DREAMBOOKS★

DREAMBOOKS★

DREAMBOOKS★

DREAMBOOKS★

전생자

전생자 10

초판 1쇄 인쇄 2019년 3월 8일
초판 1쇄 발행 2019년 3월 22일

지은이 나민채
발행인 오영배
편집 편집부
일러스트 eunae
본문편집 오정인
제작 조하늬

펴낸 곳 (주)삼양출판사 · 드림북스
주소 서울시 강북구 도봉로 173
대표 전화 02-980-2112 **팩스** 02-983-0660
편집부 전화 02-987-9393 **팩스** 02-980-2115
블로그 blog.naver.com/dreambookss
출판등록 1999년 3월 11일 제9-00046호

ISBN 979-11-283-9473-7 (04810) / 979-11-283-9410-2 (세트)

+ 이 도서의 국립중앙도서관 출판시도서목록(CIP)은 서지정보유통지원시스템홈페이지(http://seoji.nl.go.kr)와 국가자료공동목록시스템(http://www.nl.go.kr/kolisnet)에서 이용하실 수 있습니다. (CIP제어번호: 2019006734)

ORIGINAL FANTASY STORY & ADVENTURE

나민채 판타지 장편소설

10

전생자

dream books
드림북스

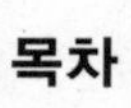

목차

Chapter 1.

그래도 진규는 경계의 끈을 놓을 수 없었다.

다른 구역의 사람들은 수가 훨씬 많을 뿐만 아니라, 개개인의 능력 또한 절대 꿀리지 않았다.

언제 돌변해서 이쪽을 습격할지는 아무도 모르는 법이다. 아니, 아주 높은 확률로 그럴 것이다.

진규는 슬그머니 반지들을 빼서 주머니 속으로 감춰 놓으며, 다른 구역의 사람들을 지켜보았다.

그들은 몬스터 시체를 갈라 뭔가를 수거하고 있었다.

작고 검은빛을 품고 있는 딱딱한 장기. 진규도 처음에는 그 장기에 어떤 정체불명의 힘이 깃들어 있지 않을까 의심했던 적이 있었다.

하지만 아무 쓸모도 없는 걸 깨달은 이후부터는 단 한 번도 거기에 눈길을 준 적이 없었다.

그래서 이상했다.

다른 구역의 사람들은 저 장기를 수거하는 데 공을 들이고 있었고, 한쪽에서 들려오는 대화 소리들은 틀림없이 그것들을 배분하는 과정에 집중되어 있었다.

그때 다른 그룹의 일원들이 무리를 이탈해 진규에게 다가왔다.

전신을 가릴 정도로 커다란 방패를 가진 사내와 소년, 그렇게 둘이었다.

진규는 급히 땅을 짚고 일어서려다가 앞으로 쓰러졌다.

"살려만 주시면…… 어?"

그에게 따뜻한 기운이 주입되는 시점에서, 진규가 놀란 고개를 치켜들었다.

메시지도 그렇고 당장 깊게 파인 상처들이 아물어 가고 있었다.

진규는 힐러인 것이 틀림없는 소년을 쳐다보며 말했다.

"고, 고마워."

소년은 말없이 고개를 끄덕였다.

"안 죽이니까 가만히 있어. 네가 이 사람들 리더라고 들었다."

주혁이 소년에게 눈치를 주자, 소년은 다른 사람들을 치료하기 위해 자리를 옮겼다.

"이진규입니다. 덕, 덕분에 살았습니다."

진규는 주혁의 방패를 바라보며 대답했다. 진규는 저 방패에 자신과 그룹원들의 목숨이 달렸다는 것을 상기하며 침을 삼켰다.

몬스터에게 그랬던 것처럼 금방이라도 저 두툼한 방패 날로 제 목을 칠 것만 같았다.

"어디서 왔어."

"58구역에서 왔습니다."

"하! 이젠 하다못해, 58구역에서까지 기어들어 오는군."

"혹시…… 12구역 분들이십니까?"

"12구역이라니. 대체 언제 적 이야기를 하고 있는 거냐. 천공 길드다."

그 순간 바로였다.

'제대로 찾아왔어! 드디어. 드디어!'

진규의 얼굴에 화색이 돌았다.

진규와 주혁의 대화를 엿듣고 있던 진규의 사람들 또한, 초조하고 패색 짙었던 눈들이 말똥말똥해지는 것이었다.

진규의 시선에도 하나 새롭게 들어오는 게 있었다.

진규는 주혁이 방패에 강제로 새겨 넣은 번개 문장을 향해 흥분된 목소리를 냈다.

"저희들, 천공 길드 소문을 듣고 여기까지 왔습니다."

여기까지 당도하는 데 겪었던 온갖 고초들이 진규의 뇌리를 스쳐 댔다. 고통스러웠던 그 나날들이.

"딱 봐도 아는 소리 그만두고 계산이나 끝내 두는 게 좋겠군. 마석. 얼마나 가지고 있지?"

"마석…… 이 뭡니까."

"우리들 찾아왔다면서?"

"그렇습니다."

"그런데 그것도 모르나? 그래, 그래. 모를 수도 있겠지. 하나, 둘, 셋, 넷, 다섯, 여섯, 일곱. 한 명 당 D급 아이템 두 개씩 해서 열네 개. 없다고는 하지 마라. 우리 공대원들에게 내 체면 정도는 세워 줘야지."

"당연히 드려야지요. 그런데 길드 땅으로 돌아가실 계획입니까?"

"이봐."

"그럼 길드 땅까지 들어가는 길은 안전합니까?"

"숨은 돌리고 말하지그래."

"죄송합니다."

"우리라고 떠돌이 군집들까지는 알 수 없지. 이 근방에는 그것들만 남았거든. 알잖아. 한창 약삭빨라져 가지고는, 안 된다 싶으면 피해 버리지. 하지만 그것들 눈에 너희들은 아주 훌륭한 먹잇감으로 보일지도 모르겠군."

"죄송합니다만, 여기에서 길드 접경 구역은 얼마나 멉니까?"

"도보로 하루, 탈것으로 두 시간. 됐나?"

탈것이라면 오래전에 잃었다. 진규는 고민 끝에 말했다.

"공대장님. 저희들을 받아 주시면 안 되겠습니까? 뭐든지 하겠습니다."

"언제 그 말 나오나 했지."

"제 그룹원들의 능력은 목숨 걸고 보장합니다. 지금까지 살아남은 건 둘째 치고, 저희들. 58구역부터 여기까지 왔습니다. 그리고 저, 보기보다 강합니다."

* * *

진규는 아직도 몸이 떨렸다. 우연히 마주친 다른 그룹 사람들이 천공 길드가 아니라, 다른 구역의 사람들이었다면 아이템 몇 개를 내놓는 걸로 끝나지 않았다. 시험을 봐 주지도 않았을 것이다.

그냥 목을 쳤을 일이다.

어쨌거나 소문은 사실이었다. 12구역, 아니 천공 길드가 개방적이라는 소문 말이다.

공격대부터가 다양한 구역의 사람들로 구성되어 있었고 그에게 사수라 붙은 중년 남자도 스스로를 다른 구역에 있었다고 소개했다.

"나는 25구역에 있었어."

"거기는 어땠죠?"

"어땠겠어. 우리 리더는 개새끼 중에서도 개새끼였지. 그 새끼만 떠올리면 아직도 분이 안 풀려, 개새끼. 좋은 것을 자기들이 다 처먹어 댄 건 그러려니 하겠다만 그랬다면 적어도 공략을 성공시켜야 했을 거 아냐. 내 말이 틀려? 그런데 그 새끼들은 거기서 뒈졌다고."

"우리 쪽도 비슷합니다."

진규는 맞장구치면서 눈살을 찌푸렸다.

진규가 속했던 58구역도 1막 2장을 돌파하는 데 실패했다.

제한 시간 안에 첨탑 전체를 공략하지 못했으며, 제한시간이 끝나자마자 공략을 끝내지 못한 첨탑의 각 방에서 몬스터들이 쏟아져 나왔었다.

1막 2장의 보스 몬스터라던 석상도 물론이었다.

진규로서는 구역에서 도망치는 데 성공한 이후부터가 더 끔찍했다.

1막 1장은 한 개 무대.

1막 2장은 1장의 다섯 개 무대가 합쳐져서 한 개 구역.

1막 3장은 무려 2장의 200개 구역을 다뤘다. 자그마치 일천 개의 무대가 하나로 이어져 한 지역을 형성한 것이다.

문제는 현재, 2장과 3장 사이의 준비 시간 동안에 벌어졌다.

인도관이 쳐 놓은 약 때문에, 그렇지 않아도 배타적일 수밖에 없었던 다른 구역의 사람들이 더 배타적으로 변해 버렸다.

어둠 속에서 마주치는 몬스터 떼보다도, 붉은 눈깔을 번뜩이며 나타나는 다른 구역의 사람들이 더 공포스러운 시간들이었다.

그렇게 자신을 포함해 50명이 넘었던 인원은 점점 줄어들다가 7명만 남았다.

"그런데 말입니다. 꼭 포인트 때문에 몬스터를 사냥하는 것 같진 않아 보이던데, 마석이 아이템 같은 거라도 됩니까?"

"돈."

"돈?"

"여기까지 헤치고 왔다면서 들은 것 없어? 헤치고 온 거 맞아?"

“살기 바빴습니다. 우린…….”

“알 만하군.”

“돈은 무슨 말씀이죠?”

“돈은 돈이지. 분배받으면 잘 챙겨 둬. 돌아가면 요긴하게 쓸 곳이 한두 군데가 아니야. 크크크. 장담컨대 깜짝 놀랄 거다. 그건 돌아가 보면 알 테고. 더 물어볼 건?”

“우리 어디까지 가는 거죠?”

“19구역.”

“거긴 안 됩니다!”

“왜.”

“석상이 돌아다닙니다.”

“석상이 이 부근까지 들어왔나? 하나였어?”

“예. 하나였습니다.”

“공대장님께서 좋아하실 만한 소식이군. 직접 본 건가?”

“그렇긴 합니다만.”

“운도 좋은 녀석이군. 우리를 만난 데다 들어오자마자 한몫 단단히 잡을 수도 있겠고.”

“……석상을 사냥하시겠다는 겁니까?”

“물론 해 본 적 있고 대박도 쳤었지. 석상뿐이었나? 떼거리는?”

“석상만 있었습니다.”

"음. 공대장님께서는 이미 그 정보를 접하셨는지도 모르겠군. 어쩐지 서두르신다 했다. 그래그래. 틀림없어. 크크. 또 궁금한 건?"

"공대장님께선 어떤 분이십니까."

"강하지. 정말로 강해."

*　　*　　*

진규는 공대장의 능력을 두 눈으로 직접 확인했다.

얼굴 없는 석상의 강력한 공격을 끝끝내 버텨 내는 실력하며, 결정적인 순간마다 번뜩였던 딜러로서의 실력도 최상급이었다.

첨탑 공략 도중에 죽은 과거의 리더와 견주어봐도 그 이상임이 틀림없었다.

뿐만 아니라 그가 빈틈없이 장악하고 있는 공격대는 몬스터 사냥 팀다운 면모도 과시했는데, 진규가 보기에도 이상적인 공격대였다.

부상 피해는 컸지만, 전사자는 없었다.

정확히 말하자면 본시 공격대가 아니었던 자들, 즉 진규의 그룹원이었던 사람들 중 넷만 죽었을 뿐이었다.

최고로 극렬했던 순간에 투지를 잃어버렸던 게 그 원인

이었다. 작전상 후퇴와 지레 겁을 먹고 도망치는 것과는 차이가 있었다.

진규가 부상을 떨치고 일어날 수 있게 된 무렵.

"어이. 성진규. 쓸 만하던데?"

그의 사수가 다가왔다.

"선배님."

"축하한다. 지금 이 순간부터 너는 우리 공격대의 정식 일원이다. 마을 인터뷰를 통과하면…… 뭐 별문제 없겠지."

"저와 함께 들어왔던 둘은 어떻게 되는 겁니까?"

"안 버려. 그것들은 마을에서 알아서 잘 적응하고 살 테지. 계속 달고 다닐 생각이라면 지금 말해. 없던 이야기로 해 줄 테니까."

"아닙니다. 마을이 안전하기만 하다면 마음 놓을 수 있습니다."

"우리와 같이 마을로 들어가겠다면 알아 둬야 할 것들이 있어."

"예."

그렇지 않아도 진규는 마을에 대해 궁금한 점이 한두 가지가 아니었다.

"인터뷰만 통과하면 마을에서 무엇으로 먹고살지는 자유다. 중요한 건 그게 아니지. 입에 담지 말아야 할 이름이 있다. 오딘. 꽤 유명한 남자야. 들어 본 적 있어?"

"이름이…… 특이하군요."

"가명이지 뭐. 1막 2장 때부터 줄곧 마을에 있었던 사람들은 그 이름을 두려워한다. 궁금해도 캐묻고 다니지 말란 거야."

"오딘이라는 남자. 마을 통치자는 아닌 것 같습니다?"

"통치자도 아니고 지금은 마을에도 없는 사람이지. 나도 직접 본 적은 없어. 그런 사람이 존재했다는 것만 알고 있을 뿐이야. 하지만 그 사람이 자주 언급되는 걸 싫어하는 사람이 있다. 이수아라는 여자인데, 우리 길드에서 손꼽히는 공격대 중 하나를 이끌고 있지. 길드장이기도 하면서 말이지. 감 잡혀?"

진규가 납득할 수 없던 건 바로 그 점이었다.

"그 여자가 실세입니까?"

"길드장이고 골드 공대장이고 은행장이고 상업회장이고 오딘의 심복이고. 감투란 감투는 다 쓰고 있는 게 그 여자야. 그 여자한테도 껄떡대는 건 더 안 말해도 되겠지? 금물이다."

"다른 건 알겠는데 은행…… 장이요? 죄송합니다."

"처음 들어온 녀석들은 다 그래. 그런 게 있다는 것만 알아 둬. 계좌 트는 건 우리 공대에서 보증 서 줄 테니까 그것도 걱정할 건 없어. 넌 그 고마움을 아직은 모를 거다."
"그 외 알아 둬야 할 사항이 있습니까?"
"다른 공대와도 마찰을 피해야겠지. 이참에 숙지해 둬. 골드, 기적, 특공. 특히 이 세 개 공대 놈들과는 시비 붙지 마. 붙으면 네 녀석 마음대로 해결하려 하지 말고 우리 본부로 튀어와. 그것들도 네 녀석하고 시비 붙기는 꺼릴 테지만. 그리고 더 중요한 게 있다. 인도관이 주옥같은 퀘스트를 발생시키면 반드시 보고할 것."
솔직히 말해서 진규는 아직 감이 잡히지 않았다.
"우리 공대 이름 정도는 알고 있겠지?"
"방패입니다."
진규가 그렇게 대답할 때, 그의 사수인 남자가 갑자기 꼿꼿이 섰다.
진규도 황급히 따라 일어나서 눈치껏 부동자세를 취했다. 처음에야 뭣 모르고 공대장 준혁과 되는 대로 말을 섞었었지만, 방패 공대는 규율이 엄격한 곳이었다.
진규는 공대장의 두껍고 짧은 칼을 응시했다.
방패에 몸을 밀착해 있다가, 찰나에 방어 태세를 해제하며 바로 저 칼로 석상의 몸통을 파괴했었다.
"이미 전달받았겠지만 이 문장을 박고 다니는 순간부터, 너는 우리가 되는 것이다."

그 말을 끝으로 공대장 준혁의 칼이 진규의 흉갑을 긋기 시작했다.

처음에는 네모를 그렸다.

끼이익—

다음으로는 그 네모를 관통하는 번개를 새겨 넣었다.

"네모는 우리 공대 마크. 번개는 우리 천공 길드 전체의 대표 마크다."

그 두 개가 합쳐져서 하나의 문장을 만든다.

진규는 복잡한 심경으로 문장을 쳐다보았다.

1막 1장부터 소속 그룹과 리더가 수없이 바뀌어 댔지 않은가.

지금에야 보다 강한 무리 속으로 합류한 것 같지만, 언제 또 소속 그룹과 리더를 잃고 방황하게 될지는 모르는 일이었다.

그랬던 진규의 불안함이 깨진 건, 천공 길드의 본토!

12구역의 중앙 마을로 들어서는 순간이었다.

"……."

진규는 넋을 놓아 버린 듯 눈앞의 광경에 빨려 들어갔다.

경계면에서 빠져나오자마자, 천공 길드 사람들의 거주지가 분명한 천막들이 시선에 가득 차 들어오는 게 시작이었다.

고기 굽는 냄새가 났고, 천막들에선 다양한 대화 소리가 들려왔다.

천막 거리와 마을의 중심부를 경계로 하는 바리케이드는 엄중한 경계로 무장된 상태였다.

그런데 그 너머부터가 진짜였다.

온갖 사람들로 북적거렸다.

"아……."

진규는 순간에나마 바깥으로 돌아간 듯한 느낌을 받았다. 다시는 이런 사람 냄새가 물씬 나는 광경을 접하지 못하게 될 줄 알았는데, 그랬는데.

어딘가에서 들려오는 언성 높은 소리들마저, 사람 냄새가 났다.

누구는 웃고 떠들고 누구는 주눅 들어 배회한다. 그 거리 안에서 연인이 사랑을 속삭이며, 멱살잡이를 하는 두 싸움꾼은 구경꾼들의 시선 속에 있었다.

전방의 광경은 배경과 차림새만 다를 뿐이었다.

바깥세상의 사람들을 고스란히 가져다 놓았다.

진규는 믿기지 않았다. 죽고 죽여 대는 살의(殺意)가 저기에서는 번뜩여 대지 않는다. 그제야 깨달았다. 방패 공격대 사람들이 비교적 정상적인 얼굴들을 할 수 있었던 이유를 말이다.

완전히 메말라 더는 없을 거라 생각했던 눈물도 그때 핑 돌았다.

"받아."

진규의 눈물 차오르는 시선 안으로 가죽 주머니 하나가 불쑥 들어왔다.

사수의 털이 숭숭 난 손과 함께.

"네 몫이다. 충분히 즐겨 둬. 여자, 도박, 식사. 원하는 뭐든지. 개털만 되지 마. 전비도 갖춰 둬야 하니까."

"여긴……."

"알아. 인마. 직접 보고도 믿기지 않지? 나도 처음엔 그랬어. 가 봐."

사수가 진규의 등을 밀었다.

진규는 감격에 뭉개진 얼굴로 발걸음을 뗐다.

조금이라도 정신을 놓으면 모든 게 와르륵 무너질 꿈일 것만 같아서, 그는 두 눈을 부릅뜨고 마을 중앙의 깃발을 응시하며 걷기 시작했다.

천공 길드의 대표 마크.

번개.

그것이 뚜렷이 박힌 깃발이 새로운 길드원, 진규를 환영하고 있었다.

*　*　*

그 시각.

다른 구역의 강한 세력권 안.

선후가 100번대 구역이 몰려 있는 지대까지 들어온 이유는 처음부터 다른 게 아니었다. 2장의 첨탑을 공략하는 데 실패한 부랑자들로부터 들어 왔던 게 있었다.

점점 부풀려지거나 변질된 이야기 속에서도 하나는 일치했다.

십여 개의 구역들을 단숨에 집어삼킨 신 세력의 리더가 있으며, 바로 세계 각성자 협회 출신의 여성이라는 것!

"그 대답 하나만 듣고, 우리는 그냥 떠날 거라 약속하지."

선후와 성일은 자신들을 둘러싼 사람들의 고함 속에서도 태연했다.

오히려 긴장하고 있는 쪽은 둘을 포위하고 있는 무리였다.

"아따. 더는 피 보지 말자고잉. 싸게 싸게 대답들 혀 봐. 그 짝들 두목 이름."

성일이 한 발자국 내딛자 포위망 전체가 꿈틀거렸다.

그가 마저 뇌까렸다.

"마리여, 아니여?"

*　　*　　*

"그런 이름을 쓰시지. 너희들, 우리 리더와 구면인가?"

맞은편에서 대답이 들려왔다.

"드디어 찾아 부렀구만! 맞어. 구면이지!"

"거짓인지 아닌지는 리더께서 도착하시면 판가름 나겠군. 기다리고 있도록."

눈싸움에 녹초가 되어 버린 듯, 사내는 지친 기색이 역력했다.

그가 떠나고 나자 성일이 포위망을 향해 외쳤다.

"따지고 보면 그 짝들이나 우리나 같은 편 같은디. 힘 빼고 편히들 있자고잉."

하지만 이미 선후와 성일의 능력을 겪어 본 자들은 처음의 경계 태세를 풀지 않았다. 성일은 어깨를 으쓱하며 선후를 쳐다보았다.

그런데 찾아 헤매던 사람을 드디어 만나게 되는 사람의 얼굴이라기에는 특별한 감정의 변화가 보이지 않았다. 그래도 언제나 그래 왔던 오딘이었기에, 성일은 별로 대수롭지 않게 생각했다.

한참이 지난 후였다.

떠났던 사내가 돌아왔다.

"본토로 사람을 보내 놓았다. 우리는 마을에서 기다리도록 하지."

"얼마나 걸리지?"

선후가 되물었다.

"반나절."

"그럼 식사나 제대로 대접받고 싶군. 이전에 가지고 들어온 것들, 아직 남아 있지?"

"상황 파악이 제대로 안 되는가 본데, 너희들은 아직……."

"리더에게 잘 보일 수 있는 기회란 걸 모르지 않잖아. 다시 말하는데 웅덩이에서 낚아 올린 것들이라면 질리도록 먹었어. 좀 더 귀한 걸 내놔야 할 거야."

사내의 얼굴이 일그러졌다. 그가 텅 빈 마을로 선후와 성일을 안내했다.

공략에 실패한 첨탑이 서 있는 그 마을은 한때 1막 2장의 중앙 무대였었다.

벽에 뿌려진 채로 거무튀튀하게 굳은 핏물도 그렇지만, 바닥 또한 피로 찍힌 발자국들과 몬스터들의 체액으로 더럽혀져 있었다.

하지만 성일에게 그런 것 따위가 눈에 들어올 리 없었다.

얼마 만에 맛보는 참치인지, 그가 캔 속의 기름까지 빨아

마시며 입맛을 다셨다.

"여기에 쇠주 한잔이면 딱인디."

"소주."

선후가 뒤의 건물 입구 쪽을 향해 뇌까렸다.

거기에 버티고 서 있던 남자가 짜증 가득한 목소리로 대꾸했다.

"그런 게 남아 있겠어? 작작들 하지?"

"국물도 가지고 와. 그래. 라면이 좋겠어. 라면, 소주. 가지고 있잖아."

"아따, 우리들은 그 짝들 리더의 거시기여. 대접하려거든 거하게 해야, 먹히는 거 알어 몰러? 잊지 않고 잘해 줄 텡게 아낌없이 가져와 봐. 몇 배로 돌려받는다니까 그러네."

쿵!

문이 닫히는 소리가 크게 울렸다.

씨발, 하고 중얼거린 남자의 목소리는 거기에 파묻혔다.

성일이 이미 닫혀 버린 문에 대고 외쳤다.

"라면 네 개, 물 만땅 곱빼기로!"

성일의 시선이 다시 선후에게로 돌아갔다. 다른 그룹 사람들을 대하는 선후의 태도에서 그 또한 눈치챈 게 있었던 것이다.

"저것들, 구라 같어?"

선후는 짧게 한 번 고개를 끄덕였다. 여기에 묶어 두려는 수작질이다.

"이참에 이전 음식들이나 실컷 먹어 둬. 잘됐네. 술도 있고."

"진짜 쇠주 있는 거여?"

"있어."

"이야! 감각이 오르면 개코가 되는구만. 어쩜 그렇게 딱딱 찍어 내는가 몰러. 나도 감각부터 우선 해야 할가벼. 흐흐. 쇠주라니. 근디 말여. 괜찮어? 여기에도 마리가 없으면 영 틀린 것 같은디……."

곧 진위 여부가 판별 나겠지만, 선후는 우연희가 아니라는 데 올인할 수 있었다.

애초에 세계 각성자 협회를 내세웠다는 것부터가 우연희답지 않았다.

그래도 일거에 십여 개의 구역을 통일하는 등 강력한 세력을 만들 수 있는 한국인 여성이라면, 우연희가 아니라고 해도 도움이 될 수 있지 않을까?

레볼루치온이나 투모로우 소속일 가능성이 높으니 말이다.

그런 생각으로 왔다.

이윽고 오랜만에 사회의 음식들로 포식한 둘은 대충 자릴 깔고 누웠다.

한숨 자 둬도 좋다는 선후의 말이 떨어진 지 얼마 되지 않아, 성일의 코를 고는 소리가 방 안 가득했던 라면 냄새를 밀어 나갔다.

마찬가지로 꾸벅꾸벅 졸던 선후가 눈을 뜬 건 몇 시간이 지난 후였다.

'도착했군.'

막 어둠을 헤치고 나오는 사람들의 인기척이 느껴졌다.

그들의 수가 빠르게 불어나기 시작했다.

선후는 피곤에 찌든 성일을 내려다보다가 혼자서 건물 밖으로 나갔다.

첫 번째로 진입한 공격대 뒤로, 네 개의 공격대가 꼬리를 물었다. 각 공격대 간 그리고 공격대 안에서도 구성원들 간의 격차가 확연히 보였다.

본 시대에서도 그랬고, 여기에서도 빈부 격차가 뚜렷해지는 시기였다.

1장 웨이브에서 준비된 자들이 2장 첨탑에서 공격대를 구성하며 최초와 차순위를 독점했던 시기.

탈것 위의 각 공대장과 부공대장들은 일반 공대원들보다 눈에 띄었다.

그중에서도 단연코, 선후의 시선이 집중되어 있는 쪽은 제일 선두였다.

그 여자가 개선장군처럼 모두를 이끌고 나타났다.

그때.

선후와 대척하며 일정 거리를 두고 있던 여자의 손가락에서 검은빛이 번뜩였다.

정확히는 여자가 차고 있는 반지에서 토해 낸 빛으로, 일순 번뜩였던 속도만큼이나 소환물이 생성된 속도도 찰나의 순간이었다.

소환물.

그것은 '얼굴 있는 열두 개의 석상' 중 하나로 2장 최종 보스의 호위병으로 존재했던 것이다.

여자의 지시를 받은 석상이 선후를 향해 큼지막한 걸음을 내디뎠다.

하지만 석상은 두 번째 걸음에서 산산조각 났다.

쾅!

부서진 파편들은 여자의 얼굴에도 부딪쳐 댔다.

여자가 제 얼굴에 묻은 돌가루들을 털어 내며 적의를 담아 말했다.

"강하네. 당신도 세계 각성자 협회 소속이겠지?"

*　*　*

선후의 얼굴이 굳어졌다.

틀림없었다.

이 여자가 세계 각성자 협회 출신이라는 소문은 거짓이다.

레볼루치온도 투모로우 소속도 아니다.

'하지만 그만큼이나…….'

선후는 호기심 짙은 눈으로 여자를 훑었다. C 등급의 지배의 반지 외에도 여자의 모든 아이템이 C 등급 수준에 맞춰져 있었다. 1막 2장을 훌륭하게 끝낸 한 무리의 수장으로는 당연한 무장.

그러나 감각은 그 이상이다. 자신이 여자의 소환물을 파괴하던 순간, 여자의 시선은 이쪽을 놓치지 않기 위해 분주했었다.

감각만큼은 B 등급이라는 뜻.

보상 시스템을 손봐서 전 무대의 각성자들이 본 시대보다 월등히 빠른 속도로 성장하고 있는 중이라 하지만, 그걸 감안해도 최정상급이었다.

다만 기억에는 없던 여자였다.

불귀 강우성처럼 유명한 한국인 각성자였다면 보자마자 알았을 것이다.

그러니 둘 중에 하나다.

강했으나 시작의 장을 통과하지 못했던 인물이거나, 어떤 나비 효과로 인해 새로이 출몰한 강자.

스읏.

여자가 뒤로 손짓하자, 나머지 공격대들이 선후 주위로 빠르게 대열을 갖췄다. 그들은 하나같이 긴장한 상태였다.

선후는 그 얼굴들과 여자의 얼굴을 번갈아 쳐다보면서 더욱 궁금해졌다.

구역 경계면에서 마주쳤던 허접한 공격대는 빠져 있었다. 그것들의 역할은 고작 세력권 외곽을 지키는 것일 뿐, 여자가 대동해 온 다섯 개 공격대가 추스르고 추스른 진짜 정예들이다.

세계 각성자 협회에 적개심을 드러내는 것이나 맨몸 상태의 자신을 극도로 경계하는 자체만으로도 알 수 있는 사실이 있었다.

"협회인과 싸워 본 적이 있군?"

선후가 물었다.

"동료 소식이 궁금해?"

"죽었겠지?"

"그놈? 살려 둘 리가 없잖아. 호호호!"

*　　*　　*

1장 1막 처음부터 놈과 같이 시작했던 경아는 놈의 변천 과정을 똑똑히 지켜보았다.

처음에는 살아남기 위해 놈에게 의존할 수밖에 없었다.

몸도 바치고 머리도 바쳤다.

놈은 그걸 사랑이라 여겼고, 자신도 비슷한 감정으로 발전한 적이 있었다.

그러나 놈은 점점 변해 갔다.

애초부터 그런 놈이었는지도 모른다. 혹은 이 지옥 같은 세상이, 놈을 그렇게 변질시켰는지도 모른다.

어쨌든 처음에는 안 그런 놈이었다.

제법 정의감에 불탔던 놈이었으니까. 어쩔 수 없이 사람을 죽여야만 했던 날에는 괴로워하며 잠을 못 이루던 놈이었으니까.

그때까지만 해도 여기는 절대적인 힘을 갖춘 리더가 필요한 세상이라 그런 남자와 함께 시작한 것을 진실로 행운이라 여겼다.

하지만 어느 순간, 놈은 처음이 생각나지 않는 악귀가 되어 있었다.

놈은 살인에 의미를 두지 않았다. 고작 사소한 실수를 한 것에 몇 배 이상의 가혹 행위로 사람들을 괴롭히기 시작했다. 놈은 그걸 리더십이라 여겼다.

돌이켜 보면 우습기만 한 얘기다. 리더십을 그리 신경 썼던 놈이, 정작 공들여 키운 공격대들과 애인의 손에 죽다니.

다시 생각해 봐도, 첨탑 공략을 완전히 끝냈을 때 나왔던 환호보다 놈이 죽었을 때 나왔던 모두의 환호 소리가 더 컸던 걸 보면 백번 죽어 마땅한 놈이었다.

그렇게 놈을 2장 초반에 낙오시켰다. 모두가 한마음 한뜻으로!

하지만 문제는 그 뒤, 2장을 최종 마무리시키면서부터였다.

놈이 밤 자리에서 들려주었던 이야기들이 있었다.

세계 각성자 협회의 양대 조직 중 하나, 투모로우에 대한 것.

오랜 시간 비밀을 유지해 온 조직답게 동료애가 끈끈하다는 것.

그렇기 때문에 2장이 최종 마무리되며 200개 구역이 하나로 합쳐진 후부터는 그들을 의식할 수밖에 없었다.

아니나 다를까.

놈의 상사들이 여기까지 찾아왔다.

투모로우라는 조직 안에 한국인은 고작해야 세 명이라고 했었다.

조직 간부급인 목포 남자와 중간 직급의 서울 남자 그리고 놈은 말단.

그러니까 놈이 말했던 조직 간부급의 목포 남자는 건물 안에서 나오질 않고 있는 전라도 말씨의 남자일 것이고, 이 어린 남자가 중간 직급이 되는 것이다.

"호호호……."

경아의 웃음소리가 점점 희미해졌다. 그녀가 웃음을 그치며 말했다.

"무슨 배짱으로 단둘이서 온 걸까."

세계 각성자 협회는 불공평하게도 시작의 장 이전부터 능력을 키워 왔던 자들이다.

그래도 변하지 않는 사실은, 그들도 어쩔 수 없는 사람이란 것이다. 개개인의 능력이 높을지언정 다수 앞에서는 무릎을 꿇을 수밖에 없다. 놈이 그랬듯이.

더욱이 지금 이 순간에도 추가 공격대가 달려오고 있는 중이었다.

경아는 건물 쪽을 턱짓하며 말했다.

"상사 안 깨워도 되겠어?"

"누가 상사여?"

그때 성일이 걸어 나왔다.

경아는 성일이 뿜어내는 기세도 그렇지만, 그의 훌륭한

흉갑을 보면서 과연 투모로우의 간부급답다고 감탄했다.

놈을 죽이고 확보한 아이템도 저런 빛깔을 품지는 못했다.

처음 보는 것이지만, 매우 고귀한 아이템임이 틀림없었다.

"한 놈, 두시기, 석 삼, 너구리, 오징어…… 125명이여? 허벌나게 모였구마잉."

경아는 성일이 등장하는 순간 큰 출혈을 직감했다.

그래도 저 전라도 말씨를 쓰는 남자의 흉갑이라면 출혈을 대체할 수 있지 않을까, 하는 계산도 서는 게 사실이었다.

순간 팽팽한 긴장감이 감돌기 시작하던 그때.

쏴아악—

세 사람이 일제히 치솟아 올랐다.

경아에게 달려드는 선후와 그런 선후를 피하려는 경아, 그리고 선후를 뒤쫓아 몸을 던진 성일이었다.

경아의 공대원들이 몇 박자 늦게 반응했던 것도 잠깐이었다.

그들은 성일이 휘두른 둔기에 나가떨어졌다.

허공에서 우수수 떨어졌기에.

추풍낙엽(秋風落葉)이라는 말이 틀리지 않았다.

성일은 바닥에 착지하며 벌써 저만치로 멀어져 버린 선후의 뒷모습을 응시했다. 오딘은 결국 이 세력의 여주인을 낚아챈 대로, 경계면 바깥을 향해 사라져 버렸다.

성일이 둔기 끝으로 머리를 긁적이며 주위를 둘러보았다.

"흐미!"

제 주위가 살기 등등한 이쪽 세력의 녀석들로 가득 차 있었다.

"그렇게 가 불면 나는 어찌라고……."

성일이 울상된 얼굴로 주위에 말했다

"미안한디. 아그들아. 이따가 대장들 돌아오믄 그때 하믄 안될까? 이 형이 쪼까 후달려서 그려."

하지만 돌아오는 대답은 하나였다.

"우리는 저 멧돼지부터 잡아 놓는다. 쳐!"

"쓰벌! 사람 말 하는 멧돼지 봤어? 멧돼지한테 들이받혀 볼 텨?"

*　　*　　*

"놔!"

경아는 놈의 손길이 생각났다.

종국에는 폭력적으로 변했던 그 손길처럼 도무지 떨쳐낼 수가 없었다.

공대원들에게 인계받은 인장들은 처음부터 무용지물이었다. 스킬성 공격형 인장은 남자에게 통하지 않을뿐더러,

어떻게 그런 것이 가능한지 모르지만…….

순간 이동의 인장으로 공간을 도약하던 순간에도 그것까지 차단되고 말았다.

"왜 죽였지?"

"그게 중요해?"

"중요하고말고. 난 내 팀에 아무나 받아 주지 않거든."

"지랄하세요."

"죽어도 싼 놈이었던 것 같은데, 틀려?"

"너한테는 엉덩이나 흔들어 댔던 놈이었겠지만!"

선후는 경아에게서 팔악팔선 급의 자질을 발견했다. 가만히 방치하면 분명, 그런 수준의 네임드가 될 여자였다.

자그마치 사전 각성자의 통제하에 있는 그룹에서 역성에 성공했을 뿐만 아니라, 2장 첨탑 공략을 매우 성공적으로 끝낸 여자다.

B 등급까지 올라 있는 감각 등급이 그 분명한 증거.

"우리한테는 그놈 같은 악마도 없었어! 세계 각성자 협회라면서. 시작의 장에서 성장해 너희들에게 합류하라면서. 함께 인류를 구원하자면서. 그런데 이래도 되는 거야?"

"그 점은 내가 사과하지. 나라고 모든 인원을 속속들이 알 수 있는 게 아니야."

"모든 인원? 너희들은 고작 셋이었어."

"셋? 아아. 투모로우 쪽이군."

경아의 눈매가 가늘어졌다.

세계 각성자 협회의 두 조직은 교차점이 그리 없었다고 들었다.

은근히 라이벌 의식도 컸고.

거기까지 떠올린 경아는 욱신거리는 손목을 주무르며 툭 내뱉었다.

"뭐냐. 너. 레볼루치온이냐? 이러면 나만 웃긴 년 되는데. 대체 너희들은 뭔데!"

"길잡이."

"저기요. 초면에 실례인데, 미친놈이세요?"

선후는 피식 웃으며 생각했다.

사전 각성자들의 존재 이유는 무엇일까?

시스템이 둠 카오스의 개입으로 어긋나지 않았다면, 그래서 이 시작의 장이 정말 각성자들을 교육시키는 완전한 무대였다면.

아마도 사전 각성자들은 교육자로서 배정된 것이 아니었을까?

길잡이 말이다.

정령이 교장 역할을 하고 사전 각성자들은 교사가 될 수 있었다.

많은 실수를 통해 터득한 것들을 신참들에게 베푸는, 선의(善意)의 길잡이로서 말이다.

하지만 둠 카오스의 개입으로 신참 각성자들의 학교는 생존 경쟁의 장으로 변해 버리고 말았다.

사람들끼리 죽여 대라는 암살 퀘스트는 당연하고, 각 장마다 설정되어 있는 제한 시간도 본래는 존재하지 않았던 게 아닐까?

'그 두 가지부터 처리해야 돼. 해야 한다면 암살 퀘스트부터.'

1막 2장이 끝난 후, 대대적인 암살 퀘스트가 펼쳐졌었다.

다른 구역의 사람들을 죽이라는 퀘스트였다. 덕분에 많은 구역들이 통폐합되지 않았던가. 자연히 파생된 구역 간 전쟁 때문에.

선후가 말했다.

"진행해야 되는 퀘스트가 있다. 보상 박스는 없어. 하지만 포인트가 대단하지. 최소 50만 포인트."

경아의 붉은 입술이 천천히 다물어졌다.

"누적시키면 마스터 박스도 까 볼 수 있는 양이다. 궁금하지 않아?"

다른 때였다면 경아는 특유의 냉소적인 미소와 함께 욕부터 날려 주었을 것이다.

하지만 상대의 차분한 어투는 거짓말쟁이와 아첨꾼들의 그것처럼 들떠 있지 않을뿐더러, 무엇보다도 상대가 보여 준 능력이 있었다.

첨탑의 최초들을 독식해 온 자신을 압도하는 능력!

"마스터 박스 이상들부터는 신이 들어 있다."

"……."

"같은 등급의 스킬이라도, 어느 박스에서 띄었는지에 따라 천지 차이지."

"알고 있어."

경아의 목소리도 선후를 따라 차분하게 가라앉았다.

"내가 왜 오딘이라고 불리는지도?"

"그 꼴사나운 이름은……."

그때.

경아의 정면으로 메시지가 떴다.

[오딘의 분노 효과가 생성 되었습니다.]

빠지직—

경아의 양손에서는 뇌력이 튀어 대기 시작했다. 버프를 받자마자 모를 수가 없었다.

공대원들에게도 비슷한 공격형 버프를 받아 왔었지만,

당장 온몸을 타고 흐르는 이 힘과는 절대적으로 비견될 수 없었다.

그녀의 전신까지 퍼진 뇌력들이 춤사위를 펼치는 순간마다, 경아의 심장이 꿈틀대고 온몸 또한 들썩거렸다.

'말도 안 돼…….'

제 안으로 들어온 건 무엇이든 찢어발길 수 있는 위대한 공능이었다.

경아는 제 몸에서 튀어 대는 뇌력 줄기들에 매료된 한편, 두려움까지 일었다.

어떻게 이런 힘이 존재할 수 있는 거지?

* * *

경아의 휘둥그레진 눈은 금방이라도 튀어나올 것만 같았다.

분열되는 세포처럼, 벼락 줄기들이 수없이 갈라지고 재생성되면서 그녀의 시선이 이윽고 벼락 줄기들로 가득 차 버린 것이다.

무엇이든 찢어발길 수 있는 힘이, 통제에서 벗어나고 있었다.

경아가 본인도 놀라 허둥댔을 때.

빠직! 빠지지직—

벼락 줄기들이 사방으로 뻗쳐 나갔다.

그 무엇으로도 밝힐 수 없었던 어둠이 그때 사라졌다. 일시적이나마 세상이 온통 퍼런 빛깔로 물들었다.

놀라운 광경이었다.

벼락 줄기들이 스칠 때마다, 괴이한 형체의 나무들은 타오르는 게 아니라 터져 대는 것이었다.

그러고는 파편들이 한 줌의 재로 변해 사방으로 나부끼기 시작하는데, 확보한 가시거리 전역이 전부 그러한 광경이었다.

세상은 가득 차 버린 재와 그 사이에서 번뜩여 대는 벼락 줄기들뿐이었다. 시작의 장에 진입했을 때처럼 마치 다른 세상에 뚝 떨어진 듯한 느낌이었다.

그때 경아를 더욱 경악하게 만든 것은 선후의 움직임이었다.

서 있는 바로 그 자리에서 한 치의 이동도 없이 몸만 움직이고 있었다. 그때만큼은 경아도 선후의 움직임을 조금도 포착하지 못했다.

선후가 만들어 낸 잔영이 수없이 겹쳐져, 경아에게는 선후의 한 몸에 수십 개의 다리와 팔 그리고 얼굴들이 달려 있는 것처럼 보였다.

경아는 안간힘을 다했다.

감당할 수 없는 스킬 효과에 조금이나마 익숙해진 것은 한참 뒤였다.

간신히 선후에게로 향하는 벼락 줄기들을 그칠 수 있었고, 그때는 숨을 턱턱 막히게 했던 잿가루들도 모두 바닥에 깔려 있던 때였다.

비로소 전역에서 발광하던 벼락 줄기들이 경아 주변에서만 튀어 댔다.

더 선명하고, 더 강렬하게.

그럼에도 한 번씩 통제에서 벗어난 벼락 줄기들이 있었다.

그것들이 방향을 갑자기 선회해 바닥에 내리꽂힐 때마다, 전격(電激)의 파장이 타격점을 중심으로 널리 퍼져 나갔다.

경아의 심장은 미칠 듯이 뛰었다. 호흡은 진즉부터 가빠져 있었다.

자신이 만들어 버린 세상, 정확히는 오딘이 쥐여 준 힘으로 파생되어 버린 세상은 지금까지 알던 세상과는 차원이 달랐다.

여기야말로 신격(神格)이 머물고 있는 세상이다.

경아는 맨몸뿐인 선후를 넋을 놓고 바라보았다.

머리가 어지러웠다.

언제고 정신 줄을 놓지 않았던, 그녀로서도 좀처럼 생각이 정리되지 않았다.

그저 바라보기만 할 뿐.

시간이 지나며, 제 몸 안에 들어왔던 힘이 일순간 사라져 버렸다.

감각을 B 등급까지 성장시킨 후부터는 항상 충만한 느낌으로 살아왔던 자신이었는데, 그런 기억이 무색하게도 제 안이 텅 비어 버린 것 같았다.

거대한 게 갑자기 들어왔다가 거짓말처럼 사라져 버린 것이다.

경아는 다리에 힘이 풀리고 말았다. 그녀는 주저앉은 채로 고개를 들어 올렸다. 무심하게 쳐다보고 있는 오딘의 얼굴이 보였다.

1장 웨이브의 보스 몬스터, 크시포스 군드락.

2장 웨이브의 보스 몬스터, 얼굴 없는 석상.

공포는 상대적이라지만, 그때마다 마주쳤던 공포는 더는 기억나지 않았다.

당장 자신을 내려다보고 있는 무심한 눈길이 압도적이다.

남자의 입술이 열리고 있었다. 지금까지 무슨 대화를 나눴고 여기에 어떻게 왔는지조차 생각나지 않았던 경아였기에, 남자의 입술에서 나올 말이라고는 단 하나밖에 없다고 생각하고 있었다.

자신의 생사 여부.

죽고 사는 게 저 입에 달렸다.

"그게 A 등급이다."

경아는 두 눈을 깜박거렸다. 그게 무슨 뜻인지 몰랐다. 그러다 경아는 제정신이 돌아왔다.

"첼린저 박스에서 띄운 오딘의 분노. A등급. 아직 한 단계가 더 남아 있지."

"S…… 등급."

이 이상의 힘이 더 부여될 수 있다고? 경아의 목소리가 떨렸다.

"이름이 뭐지?"

"경아…… 신경아."

"그래. 신경아. 힘을 얻고 세력을 갖추며 지금껏 누린 게 많았겠지. 하지만 그게 전부가 아니야. 당장 누리고 있는 것들도, 더 큰 힘에 부딪히면 언제고 빼앗길 수 있는 일이다. 예컨대 나 같은."

"난……."

거기가 마지막이었다.

"한 계단씩이야. 능력치가 준비되면 마스터 스킬 박스를 띄우고, 거기서 더 준비되면 첼린저 박스에 도전하는 거다."

*　　*　　*

경계면을 넘어서기 직전까지도 경아는 얼이 빠진 얼굴이었다.

어둠 경계를 넘고 세상이 다시 밝아진 순간에서야, 경아의 두 눈이 부릅떠졌다.

오딘과 대화를 하고 있던 도중에 마을에서 일어났을 일이 그제야 생각났고, 실제로 예상한 그 광경이 눈앞에 펼쳐져 있었다.

고함과 신음 소리만큼이나, 허공을 가로지르는 스킬 투사체들도 상당했다.

"으악!"

"죽여어어엇!"

자신의 공대원들에 시야가 막혀 잘 보이지는 않지만, 정황이 뚜렷했다.

오딘과 함께 온 외팔이가 5개 공격대 전부를 상대로 여태껏 버티고 있는 것이었다.

자신이라도 절대 그럴 수는 없었다. 그저 오딘의 똘마니 정도로만 생각했는데. 아니, 오딘의 똘마니라서 격이 달랐던 모양이다.

"그만!"

경아가 외쳤다.

극렬했던 공략 도중에도 지시를 되풀이했던 적이 없었다.

이번에는 달랐다. 비교적 후방의 공대원들은 즉각 행동을 멈췄지만 전투의 중앙부에서는 여전히 싸움 소리가 나왔다.

"그만!"

경아가 몇 번이고 외친 끝에서였다. 길이 갈라지자 확연해졌다. 한쪽으로 옮겨진 부상 입은 대원들, 바닥에 낭자한 핏물 등.

직전의 사투가 고스란히 드러났다.

경아는 성일의 손아귀에 발목이 붙잡힌 채로 늘어져 있는 대원을 보고 눈살을 구겼다. 숨은 붙어 있지만 당장 죽어도 이상 없을 몰골이었으며, 무엇보다 그 대원은 자신의 직속 공대 부공대장이었다.

"쓰…… 벌…… 뒈지는 줄 알았…… 쿨럭."

성일이 부공대장을 내동댕이치며 바닥에 주저앉았다.

고개를 떨군 그의 머리에선 핏물이 끊임없이 떨어졌다. 방어막은 존재하지 않았다. 온몸이 갈기갈기 찢긴 채였다.

그때 부공대장이 힘 하나 없는 손길로 성일의 다리를 건드렸고, 성일도 비슷한 손길로 그것을 쳐 내며 호흡만 골랐다.

그때부터는 거친 들숨과 날숨만이 성일의 유일한 움직임이었다.

'한 시간 동안 5개 공대와 싸워? 그게 말이 된다고 생각해?'

경아는 혼자서 묻고 혼자서 경악했다.

'이 사람들…… 대체 어떻게 된 사람들이야.'

*　　*　　*

나흘 후.

성일이 자리를 털고 일어났다.

사실 하루 전부터 운신하기 어렵지 않았는데, 구태여 살기등등한 거리로 나가느니 밀린 잠이나 푹 자 뒀던 것이다.

선후도 비슷했다. 모처럼 여유롭게 건물 안에서 때가 되면 들어오는 이전의 식량들을 즐겼다. 물론 항상 배부르게 먹을 수 있던 것은 아니다.

그러나 하루에 한 번씩 가져오는 것만으로도, 가히 융숭한 대접이라 할 수 있었다.

그 사실을 모를 리 없는 성일은 라면 국물을 한 방울도 남기지 않았다.

성일이 냄비를 막 내려놓았을 때, 경아가 들어왔다.

"다 나았네?"

"또 반말이여?"

경아가 차갑게 웃으며 선후를 쳐다보았다. 별 신경 쓰지 않는 눈치라서, 경아는 거리낌 없이 말문을 열었다.

“28개.”

“뭐시 28개인디.”

“이봐요. 여기서도 나이 따지는 게 우습지도 않아요? 난 첨탑의 모든 공략을 수행했어. 28개 방이지. 계산이 되려나 모르겠어?”

7층 첨탑. 층수가 올라갈수록 난이도가 올라가며, 거기서 머물게 된 시간도 당연히 길어졌었다.

“그 짝만 들어갔다 나온 줄 알어?”

“당신이야 오딘의 ‘쩔’을 받은 거고. 난 진짜 한 층마다 몇 개월 몇 년을 사투 벌여 왔던 거고. 비교해선 섭섭하지.”

“쩔이 먼지는 모르겠고, 기분 나쁘게 들리는디?”

“기분 좋으라고 한 소리는 아니야. 알고 있으라고. 나이를 따지는 게 얼마나 무식한 짓인지. 나이 든 험상궂은 얼굴? 되려 놀림감이지. 호호호.”

“아따. 징한 것이 들어왔구만. 그래 가지고 등 뒤를 맡길 수 있겄어?”

“나 여기의 주인이었어. 짐꾼 같은 연놈 아니니까, 당신만 제대로 하면 돼.”

“자꾸 니네만 쓰던 말 쓸 거여?”

"왜 있잖아. 안주해 버린 것들. 강해지는 건 포기하고 목숨만 버티고 있는 것들. 천공 길드 본토에도 많지 않아?"

"……많기야 헌디, 무슨 말 하다가 여기까지 왔더라?"

"됐어. 이왕 이렇게 된 김에 같은 팀답게 지내 보자. 나이 많은 얼굴로 유세만 떨지 마. 웬만한 건 넘어가 줄 테니까. 당신, 첫 멤버잖아. 그건 인정해 준다는 거야."

"쓰읍. 얄랑꾸리한디."

성일이 선후에게로 시선을 옮겼다.

"이 짝하고 정말 같이 가는 거여?"

"그래. 이름은 신경아. 저쪽은 권성일. 친해지는 건 차차 하고. 준비됐어?"

경아가 대답했다.

"거의 끝났어요. 제 물건이 많은데 성일 씨가 같이 짊어져 주겠죠?"

"성일 씨?"

성일의 목소리가 바로 튀어나왔다.

"왜 싫어?"

성일은 싫지 않은 기색으로 입맛을 다셨다.

"탈 것은 있으신가요? 없다면 성일 씨 것까지 준비해 놓고요."

"준비해 둬. 한 시간 후쯤이면 떠날 수 있나?"

경아는 부공대장에게 인수인계할 게 많았다. 그래도 공을 들여서 만들어 둔 세력이었다.

자신이 떠나고 나서 와해되지 않도록, 웃는 가면 뒤에서 숨어 있는 것들이 설치지 않도록 부공대장에게 제대로 힘을 실어 줘야 했다.

지난 나흘간 경아가 해 왔던 작업이 바로 그런 일들이었다.

한 시간 후. 자신이 할 수 있는 걸 다 마쳤다 생각한 경아는 정말 떠날 준비가 끝나 있었다.

거리의 분위기가 산만했다.

부공대장이 절뚝거리며 다가왔다. 동시에 성일을 노려보며 이를 갈다가, 진심으로 걱정스러운 표정을 하고는 말문을 뗐다.

경아를 향해서였다.

"가시는 겁니까?"

"바깥에서 보자. 그 전에는 최대한 안 마주치는 게 서로 좋겠고. 죽지 마라."

둘의 대화는 더 이어지지 못했다.

경계면에서 공격대 한 개 규모의 새로운 사람들이 진입해 왔기 때문이었다.

경아를 배웅하기 위해 몰려 있던 공격대들이 일제히 움직였다.

새로 진입한 사람들의 가슴 보호구에는 그들 그룹의 문장이 박혀 있었다. 세 개의 원을 묶은 상징과 그것을 관통하는 번개 상징이 하나의 문장을 이루고 있었다.

경아의 공대원들도 알고 있는 문장이었다. 최근 들어 저 문장을 보는 경우가 잦아졌을뿐더러, 거래를 트기 시작한 참이었다.

"천공 길드, 주판 공대입니다."

"나한테 보고할 것 없어. 지금부턴 수철 씨가 공대장이야."

"그럼 해 오던 대로 진행하겠습니다. 들여보내!"

성일이 재미있다는 눈빛으로 선후에게 전방을 턱짓해 보였다.

주판석의 휘하 공대 하나가 여기까지 교역로를 뚫은 게 분명했다. 크시포스의 종자들을 말로 부리고, 어둠 속에서 자라나는 기형 나무들로 짐칸을 만들어 제대로 된 마차를 운영하고 있었다.

아이템과 이제는 희귀해진 이전의 식량들이 실려 있었다.

하지만 천공 길드의 주판 공대원들 누구도 선후와 성일을 알아보지 못했다.

공대 구성이 1막 2장이 끝나며 새로 합류한 사람들로 공대 구성이 이뤄졌기 때문이었다.

그때 문득 든 생각에, 경아가 선후에게 물었다. 그러고 보니 어디로 향하게 될지 물어본 적이 없었다. 지금부터는 같은 팀이라는 생각만 앞선 나머지.

"이제 어디로 가는 거죠?"

"11구역."

"거긴……."

경아는 선후와 막 들어오고 있는 마차를 번갈아 쳐다보며 말을 흐렸다.

마차에도 천공 길드의 번개 문장이 박혀 있다.

번개.

나흘 전, 오딘에게서 일시적으로나마 받았었던 그 힘이 바로 저것 아닌가.

경아의 입가에 묘한 미소가 걸리는 순간이었다.

*　　*　　*

"아따. 더 불어났구만."

성일이 경계면 지척까지 펼쳐진 텐트 거리와 바리케이드 너머의 활발한 중심부를 바라보며 감탄했다.

경아의 두 눈도 빛났다.

말로만 들었던 천공 길드의 본토는, 소문대로 활기가 넘쳤다.

오딘을 만나기 전까지만 해도, 경아는 세력 규모만 놓고 보자면 자신의 세력보다 그 이상은 없을 거라고 생각해 왔었다.

1막 2장이 끝나자마자 주위 구역들을 쓸어 담다시피 했다. 자신의 무력과 준비된 공대원들의 힘 앞에 굴복시켰었다.

그렇게 안주해 버린 자와 그렇지 않은 자를 구분하고, 본토를 재정비할 수 있었다.

하지만 천공 길드의 본토는 당장 눈에 들어오는 숫자만 해도 머릿수가 훨씬 많았다.

한편으로는 안주해 버린 자의 모습도 눈에 많이 띄었다.

그들은 강해지길 포기한 자들이다. 강한 자들에게 의존하며 어떻게든 장이 넘어가기만을 기다리고 있는 자들이다.

그러던 경아의 시선에 한 여자가 보였다. 뽀얀 가슴을 반쯤 드러내 놓고 깨끗하게 씻어 둔 다리를 자랑하고 있는 여자였다.

자신의 본토에도 저런 창녀가 있긴 했다. 창남도 있었다.

천공 길드의 본토가 유별난 것은, 항상 주눅 들어 있는 게 마땅한 저런 치들에게서도 활기가 느껴진다는 것이었다.

"어떠. 우리 마을 괜찮지?"

"괜찮네."

성일은 경아의 시선을 따라가며 말했다.

"나쁘게만 보지 말어. 돈 모아서 아이템 사려는 걸 거여."

"가슴 패인 옷 사려는 것일 수도 있지. 그것도 아이템이면 아이템이라고 할 수 있겠네."

경아는 저런 창녀와 창부들을 보면 초창기 때가 생각났다. 협회 놈을 유혹하고 몸을 바쳤던 시간들…….

솔직히 말해 그 때문에라도 창녀와 창부들을 보면 진절머리가 났다.

다만 경아가 궁금한 건 그거였다.

유통되고 있는 재화만큼 생산이 따라갈 수 있느냐? 저 치들에게도 아이템이 돌아갈 수 있을 만큼?

그 해답을 머지않아 발견할 수 있었다.

일명 몬스터 사냥대라고도 불리는 천공 길드 휘하의 공대들이 꽤나 많이 운영되고 있었다.

그들은 마석을 가져오기도 하지만, 몬스터를 잡아 획득한 포인트로 새로운 아이템과 인장을 유통시키고 있었다.

무엇보다 몬스터 사냥대는 자발적으로 움직이고 있는 것이었다.

그룹의 지시에 의해서가 아니라, 개인의 영달을 위해서.

안주하고 있는 자들을 제외하고는 모두가 몬스터 사냥대에 속해 있는 듯했다. 관련된 대화 소리가 사방에서 들려왔다.

*　*　*

"신경아. 서울. 나이는 필요 없잖아."

어차피 인사치레 같은 거였다.

경아는 물론 경아의 인터뷰를 담당하고 있는 길드원도 마찬가지였다.

길드원은 1막 1장부터 오딘과 함께 시작했었기 때문에, 경아를 대하는 태도가 몹시 조심스러웠다.

"끝났지? 수고해."

경아는 길드 회관 밖으로 나왔다. 그녀가 제 공대원을 떠났던 거리처럼, 여기의 거리도 어수선하게 바뀌어져 있었다.

사람들 속에서 오딘은 그 코드명 대신 '그분'이라는 명칭으로 불리고 있었다.

경아에게로 시선이 쏠렸다.

야릇한 미소를 머금고 있는 얼굴이 눈에 띄는 미녀이기도 했지만, 경아가 오딘과 함께 들어온 여자라는 말들이 삽시간에 퍼졌기 때문이었다.

경아는 솔직히 말해서 예상치 못한 해방감을 느꼈다.

여기에서는 열 개 구역을 통일하고, 그들을 이끌어 가야 할 리더가 아니었다.

오딘이 데려온 여자.

단지, 그렇게만 불렸다.

제 세력의 본토에서 해 왔던 일들을 알고 있는 사람도 없었다.

그렇게 즐거워진 경아의 미소는 평소보다 눈에 띄었다.

달걀형의 얼굴에 반달 같은 눈웃음.

은 세공품처럼 가늘게 하늘거리며 걷는 그녀에게, 남녀노소 불문한 시선들이 쏟아지는 건 당연했다. 그녀가 오딘이 데려온 사람이 아니라고 해도 말이다.

경아는 선후와 성일의 거처에 도착해 뒤를 돌아보았다.

그녀의 세력권 안에서라면 있을 수 없었던 시선들이 여전히 따라붙어 있었다. 자신도 모르게 그들에게 눈웃음을 쳐 보일 정도로, 경아는 신이 나 있었다.

단언컨대 시작의 장에 진입한 이후로 최고조에 이른 기분이었다.

그러던 경아의 두 눈이 동그래졌다. 문을 열고 들어가면서였다.

"수아 언니?"

"경아야! 정말…… 너였어? 어떡해, 어떡해. 어떡해애애애!"

두 여자는 구면이었다.

서로를 얼싸안고 한참을 울었다.

둘의 관계는 가족도 진짜 친구라고도 할 수 없었지만, 그래도 오랫동안 알고 지내 왔던 언니 동생 사이였다.

수아의 여동생이 경아와 절친한 사이였던 것이다.

같은 고등학교를 나와 같은 대학교에 진학했으며, 로스쿨까지도 같은 대학원에 동반 합격했었다.

마음 다 터놓고 울어 버릴 수 있는 게 얼마 만인지.

경아는 수아와 살을 맞대고 있는 동안 이전에서의 일들이 계속 생각났다.

기억 속의 대상이 바로 앞에 생생히 있기 때문이었다. 오래되고 만 그 기억들에 점점 색이 입혀졌다.

셋이 함께 걸었던 홍대 밤거리. 클럽에서 부끄러워하던 수아의 얼굴 등.

둘은 수아의 거처로 자리를 옮겼다.

시간이 가는지 모르고 이야기를 나눈 끝에, 대화는 오딘에 관한 화제로 이어졌다.

"텔레스타 인베스트먼트는 몰라도 제시카는 알지? 거기야."

왜 모를까.

2장 첨탑에서 오랜 시간을 관통해 왔어도 잊히지 않는 기억들이 있다. 가족과의 추억처럼, 수아 언니의 오피스텔도 그랬다.

한강을 내려다볼 수 있는 수아 언니의 오피스텔은 성공한 여성의 상징이었다.

로스쿨을 준비하는 과정에서 의욕을 준 곳이 바로 거기였다. 일류 로스쿨에 합격해서, 김앤박에 들어가, 이런 오피스텔에서 살고야 말겠다고 다짐하며 수험 기간을 이겨냈던 경아다.

경아는 지금도 수아의 오피스텔이 눈앞에 훤했다.

항상 깔끔하게 정돈되어 있으며, 금융 서적들이 가득 차 있는 책장은 자기가 잘나간다고 허풍 떠는 것들의 와인 바보다도 근사했다.

책장에서 가장 잘 보이는 곳에는 두 권이 항상 올려져 있었다.

수아 언니의 롤모델인 제시카의 자서전.

세계 제일의 거부이자 시작의 날의 영웅 중 한 명인, 조나단의 90년대 말 자서전.

그렇게 두 권.

"그립네, 언니 오피스텔. 수희 생일 파티는 꼭 우리 셋이서 언니 오피스텔에서 했었잖아."

"그랬지……."

"그런데 오딘이 잘나가는 금융인이었다는 건 놀랍지 않네. 더 이상일 줄 알았거든. 언니에게는 하는 말은 아닌데,

솔직히 시시해. 오딘인데."

경아는 지금도 손을 펼치면, 한때 그녀도 만질 수 있었던 위대한 공능이 뻗쳐 나올 것만 같았다.

그때 느꼈던 공포와 충만함은 무엇으로도 설명될 수 없었다.

"봤구나?"

수아가 경아의 초점 멀어진 두 눈에 대고 물었다.

"나 안 미쳤어. 무턱대고 그 모든 걸 다 포기하고 따라왔겠어? 내 첫 번째 남자도 세계 각성자 협회이긴 했어. 오딘과는 반대 조직에 있었던 남자였는데, 세계 각성자 협회인이라고 해도 오딘과 비교하면 발톱의 때만치도 못한 남자였지. 하지만 오딘은……."

"잠깐만, 반대 조직이라니."

"오딘이 안 들려줬어? 언니는 밤마다 대체 뭘 하고 있었던 거야? 호호."

경아는 확연히 줄어든 목소리로 말을 이어 나갔다.

"세계 각성자 협회는 두 개 조직으로 이루어져 있어. 투모로우. 레볼루치온. 레볼루치온의 수장…… 언니라면 더 잘 알 거야. 조슈아 폰 카르얀. 오딘은 조슈아 쪽 파벌이야."

그러자 수아의 눈빛 또한 추억을 깨고 나왔다.

*　*　*

세계 금융 시장을 주도하며 세계 정계 또한 장악한 소수의 가문들이 있다.

음모론이 아니라 그 가문의 성을 가진 이들이 세계 엘리트 그룹 안에서 실존하고 있다.

수아는 트레이딩 도중 그들의 주머니에서 나온 거라 추정되는 거대 자본의 움직임과 맞닥뜨리며 절망감을 맛봤던 경험이 몇 번 있었다.

그들이 움직이면 시장의 흐름은 단번에, 그들이 유도하는 쪽으로 틀어졌다.

이는 08년 서브프라임, 세계 금융 위기 사태 즈음부터 더욱 확연해졌고 수아 개인사로는 신입 티를 간신히 벗고 있을 무렵이었다.

당시는 세계 경제 역사에서도 대(大)격변의 시기였다.

대중들에게는 전설의 가문쯤이라 여겨졌던 로트실트 가문이 조나단 투자 금융 그룹과의 빅딜에서 가문 전체의 위기를 초래했다.

프랑스에 토대를 두었던 유대 가문, 골드슈타인 가문도 그 무렵에 가세가 기울었다. 그러다 결국에 전일 그룹에게 흡수되다시피 했다.

경제 금융 잡지에서만, 사내 동료들끼리만 신나게 떠들어 댔을 뿐이지.

정작 한국 국민들은 그 사건들이 얼마나 대단한 사건인지 잘 몰랐다.

조나단 투자 금융 그룹과 질리언 투자 금융 그룹 그리고 롤모델 제시카의 텔레스타 인베스트먼트 등은, 세계 금융 위기를 기점으로 천상계에 도달했다.

미친 듯이 추락하느냐, 더 미친 듯이 날아오르냐의 시기였다.

뒤를 돌아보지 않고 온 사운(社運)을 걸어, 날아오르는데 성공한 그룹이 또 있으니 바로 카르얀 그룹이다.

같은 유대계 가문인 골드슈타인 가문은 몰락했지만 카르얀 가문은 비상했다.

가문이 토대를 두었던 독일의 국경을 넘어서, 영국, 덴마크, 벨기에, 이탈리아 더 너머까지도 카르얀의 성을 단 사람들이 진출했다.

성과 같은 이름의 금융 회사들과 은행들은 마치 세계 2차 대전에서 점령지를 넓혀 나갔던 것처럼 인근 국가의 경제권을 빠르게 장악해 나갔다.

그게 08년 세계 금융 위기부터 18년 시작의 날 이전까지 벌어졌던 일이다.

꼭 금융 업계에 종사하고 있지 않더라도, 세계 금융에 조금이라도 관심이 있는 사람이라면 알 수 있는 일이기도 했다.

그만큼이나 카르얀 가문의 행보는 공격적이고 연일 새로운 사건을 일으켰으니까.

지난 10년간 유럽의 주가가 출렁거릴 때마다, 그 사건들에는 어김없이 카르얀 그룹이 존재했었다.

그런데 조슈아 폰 카르얀은 그 카르얀 그룹의 그 카르얀 가문 사람이다.

자그마치 카르얀 그룹의 총수!

그래서 수아는 확신했었다.

전일 그룹이 한국과 프랑스를 장악했고, 거시적으로는 조나단 투자 금융 그룹과 질리언 투자 금융 그룹이 세계 경제를 양분하고 있지만.

08년도의 세계 금융 위기 이래로 그들이 더욱 비상했던 것처럼, 18년도 시작의 날 이후부터는 카르얀 그룹이 세계 경제의 주역이 될 거라고 말이다.

세계 각성자 협회를 이끌고 있는 자가 '조슈아 폰 카르얀'이 아닌가.

외계 문명의 침공 아래 세계 금융 시장이 '살자' 와 '팔자' 로 양분되어 사상 초유의 금융 대전이 벌어졌던 당시에 일개 졸병으로 참전했을 때에도 그랬다.

처음 조슈아의 기자 회견을 봤을 때에도 얼마나 경악스러웠는지, 수아는 그때만 생각하면 지금도 여전히 가슴이 두근거렸다.

그리고 지금.

두근. 두근. 두두두—

수아의 심장은 또 뛰기 시작했다.

경아는 수아의 바삐 돌아가는 눈알 속에서 읽어 낸 게 있었다.

경아의 붉은 입술이 히죽 올라갔다.

"다시 들려줄까? 레볼루치온. 오딘은 세계 각성자 협회 안에서도, 조슈아 폰 카르얀의 파벌이야, 언니."

수아는 세계 각성자 협회가 조슈아의 단일 집단인 줄 알았다. 그런데 그것이 두 개의 조직으로 나뉘어져 있다면 말이 달라진다.

어떤 조직이든 힘의 격차가 있기 마련인데, 세계 각성자 협회의 경우 이를 주도하고 있는 조슈아 폰 카르얀의 레볼루치온 쪽으로 그 힘이 쏠려 있을 수밖에 없는 것이었다.

오딘이 투모로우 라인이었다면 자신도 같은 취급일 수밖에 없었다.

바깥으로 돌아간 후에도 사내에서처럼 더 강한 라인 쪽의 비위를 맞춰야 했을 것이다.

하지만 아니다.

'오딘은 이미 조슈아 씨의 사람이거나. 그렇게 될 사람이야.'

수아는 강한 확신을 받았다.

사회에서 텔레스타 인베스트먼트의 일개 매니저와 카르얀 그룹의 총수 사이에는 넘지 못할 벽이 수없이 존재하지만.

그걸 뛰어넘을 수 있는 강력한 무력이 존재하는 이상, 과거에는 아닐지라도 앞으로 오딘은 조슈아의 직계 라인이 될 수밖에 없는 것이 현실이다.

황금 동아줄인 줄로만 알았는데, 사실은 첼린저급 동아줄이었다.

수아는 속으로 소리쳤다.

'대단해. 끝내줘! 나의 오딘!'

Chapter 2.

그들은 누구보다도 치열하게 살아왔던 자들이다.

학창 시절에는 되든 안 되든 책상 앞을 떠나질 않았고, 그 후에는 정글 같은 사회 안에서 살아남기 위해 갖은 노력을 다해 왔었다.

그들에게 주말의 휴식이란 사치에 불과했다.

추진하고 있는 업무들이 많았으며, 업무에 몰두하는 와중에 업계의 라이벌 또한 신경 써야 했다.

변호사, 판사, 의사, 회사원, 자영업자, 공무원, 운동선수 등.

그 앞에 '성공한' 이라는 수식어가 붙는 순간부터는 직종의 구분이 없었다.

후회를 할지언정, 한번 결정한 일은 과감히 밀어붙이고 때로는 절망을 맛보며 그 이상의 야욕을 부풀려 온 자들.

확실한 목표와 그것을 뒷받침할 자신감 추진력이 있는 자들.

그래서 지훈은 그들과 어깨를 나란히 하는 것을 넘어서 그들보다 위에 서 있는 것이 그렇게나 자랑스러울 수가 없었다.

이전이었다면 말도 붙여 보기 힘든 사람들이, 그리고 동경하기만 했던 그 사람들이 백수 중에 상 백수였던 자신을 허투루 보지 못한다.

오히려 자신의 비위를 맞추기에 바쁘지.

바로 지금처럼.

"부공대장님. 공대장님께서 계속 기다리고 계십니다. 제가 잘 말씀드려 뒀긴 한데……."

"고맙다."

지훈은 공대원의 어깨를 툭툭 치고 지나쳤다. 이전에는 무려 검사였단다. 저 양반이.

공대 본부에 있는 공대장의 방에는 구역 지도가 넓게 펼쳐져 있었다. 거기를 응시하고 있던 공대장이 지훈에게 고개를 틀며 앞자리를 가리켰다.

"늦어서 죄송합니다."

"그럴 만한 이유가 있었겠지. 앉아."

기적 공대의 공대장 기남과 부공대장 지훈, 둘은 마주 보고 앉았다.

"그분이 들어왔다지?"

"예. 함께 들어온 여자 이름은 신경아입니다. 장비는 모두 C 등급 이상으로 풀 세팅이며, 거물답게 긴장하는 기색이 전혀 없었다고 합니다."

C 등급 아이템으로 풀 세팅을 마쳤다는 것은, 능력치와 스킬도 높은 확률로 그렇다는 뜻이었다.

그만한 거물은 찾아보기 힘들다. 인근 구역에서 1막 2장의 패자로 군림했던 자들도 풀 세팅을 끝내지 못한 것들이 태반.

그것은 천공 길드의 4대 공대장 중 하나인 기남 또한 마찬가지였다.

기남은 흥미로운 시선을 띠며 지훈에게 고개를 까닥였다.

지훈이 보고를 이어 나갔다.

"각성 나이는 스물여덟입니다."

"이전에는?"

"변호사였답니다."

"사시? 로스쿨?"

"로스쿨 출신에 김앤박에서 재직했답니다."

"접촉이 끝났나?"

"아닙니다. 그 이름을 아는 사람을 찾을 수 있었습니다. 파워 공대의 공대장 정이수입니다."

"정이수라면 김앤박을 속속들이 잘 알지. 그런데 정이수, 가만히 있을 사람이 아닌데?"

"그것까지 확인하고 오는 길입니다. 몇 마디 나눌 틈도 없이 정이수의 팔 하나를 날려 버렸습니다. 신경아는 스킬 구성이 근접 딜러였습니다."

"하하핫. 어지간히도 나쁜 상사였나 보군. 그 외에는?"

"공대장님께서도 들어 보셨을 겁니다. 100번대 구역 너머에 세력을 빠르게 확장시킨, 세계 각성자 협회 출신의 여성 리더가 있다는 소문 말입니다. 마침 그 근방에서도 흘러들어 온 녀석들이 여럿 있는지라, 그것들이 기억하는 소문의 여자와 대조 중에 있습니다만…… 아니라 하더라도 그 정도 급의 거물임은 틀림없습니다."

"그런데도 따라왔다라. 오딘이라는 분께 꼭 한번 인사드려야겠는데 언제쯤 되겠나?"

"노력해 보겠습니다."

"노력 좋지. 하하핫."

지훈은 그 웃음 속의 칼날을 눈치 채며 곧바로 고개를 숙였다.

"죄송합니다. 지금 접촉해 보겠습니다. 다녀와서 보고드

리겠습니다."

"가 봐."

"옛!"

같은 전투복을 입은 남자들끼리 세력을 형성했던 일은 과거의 이야기다.

타고난 신체 능력 혹은 사회에서 단련해 왔던 몸만 믿었던 것들은 진즉 낙오됐다.

세상은 배경만 바뀌었지 똑같았다.

잘나갔던 것들이 여전히 잘나갔다.

부모의 후광 때문인 것을 스스로 성공했다고 자부했던 자들의 이야기가 아니다. 철저하게 밑바닥부터 기어오른 자들이 여기에서도 승승장구하는 걸 수없이 목격했다.

그들 엘리트는 각성이라는 더 큰 힘까지 부여받았다.

그래서 하는 말이었다.

이제야 자신도 인생역전에 성공해서 그 반열에 오를 수 있게 됐는데, 녀석을 만나라고?

병신 같이 퉤지라고?

미쳤나.

"한 번만 더 접근하면 너도 끝인 줄 알아. 비켜."

지훈은 오래전의 경고를 떠올리며 피식피식 웃어 댔다.

동창 녀석. 아니, 그 괴물에게 접근하는 일은 다시는 없을 것이다.

처음부터 시간만 끌다가 대충 지어내서 보고할 생각이었다. 공대장도 녀석의 소문을 익히 들어서 직접 찾아갈 일은 전무하니까.

자신은 여기에서만큼은 바쁘게 보냈다. 되지도 않는 대가리를 열심히 굴리고, 사람들의 비위를 맞춰 가면서 발에 땀이 나도록 뛰어다녔다.

하지만 그것도 옛말이다. 보라, 자신을 향한 동경의 시선들을!

가슴에 기적 공대의 마크를 달고, 황금빛 명품들로 휘감은 자신은 잘나가는 각성자들 중의 한 명이 되어 있는 것이다.

문제는 이 영광이 언제까지 지속될 것이냐 하는 것인데, 룰은 여전히 같다.

가진 놈은 더 가지고, 못 가진 놈은 계속 발버둥 치다가 뒈져 가는 거다. 1막 2장까지 자리를 잡지 못한 것들은 앞으로도 그럴 것이다.

"존나게 좋은 세상이야."

그때.

지훈이 나지막하게 욕을 내뱉으며 눈에 힘을 주었다.

[각성자 여러분! 오래 기다리셨죠? 저 인도관을 잊고 있을까 봐 얼마나 애태웠는지 몰라요.]

'존나게 좋은 세상이긴 한데, 너만 빼고. 새꺄. 뭐 변명거리가 생기긴 했네.'

지훈은 사람들이 운집하기 시작한 쪽으로 뛰어갔다. 이미 그 중심에서 푸른 정령이 날고 있었다.

[어쨌든 대망의 최종장까지 도달하신 모든 여러분들에게, 감사의 인사를 올릴게요. ヾ(。>﹏<。)]

"최종? 드디어 끝나는 거지? 드디어 드디어!"

'멍청한 놈. 여태껏 배운 것도 없나.'

지훈이 속으로 뇌까렸을 때 일이 벌어졌다.

[1막의 마지막이란 말이죠. 저 인도관의 말을 끊지 말아 주세요.]

팡!

[그럼 계속 할게요. 200개의 구역이 합쳐지고, 최종적으로 2만여 명이 넘는 분들이 한 무대를 치르게 되었을 때 무슨 생각들을 하셨나요?]

사람들은 조용했다.

직전에 저도 모르게 흥분해서 외쳤던 남자가 어떻게 됐는지 또 봤기 때문이었다.

다만 1막 1장을 시작했을 때와는 달리 사람들은 이제 익숙해져 있었다.

눈앞에서 머리 하나 터져 나가는 것쯤은 말이다. 동정의 시선보다는, 그의 성급함을 탓하는 시선들이 더 많았다.

행색부터가 그리 좋지 않은 걸 보면 그저 그런 남자였다.

[대답은 없지만 집중 하는 모습 만큼은 보기 좋아요. 지금처럼만 해 주세요. 1장과 2장을 거치며 여러분들께서는 준비가 되었어요. 하지만 소규모 전투에 국한되어 있었죠. 우리 인도관들은 그 점이 무척 우려된답니다. 여러분들의 적들은 공격적이고 포악한 온갖 종족들이에요. 그 종족들은 여러분들의 소중한 터전을 장악할 전비를 이미 갖춰 놓았지요.]

평소보다 부연 설명이 길어진다는 것은, 결코 좋은 방향이 아니었다.

사람들의 입술이 바싹 말라 갔다.

[아직은 잘 모르시겠지만, 그들은 군단을 이루고 있어요. 최종장에선 그 군단들과 조우하게 될 거예요. 1장과 2장을 거치며 강해진 모든 분들께서 한마음이 되어 그것들과 대적해야 한다는 말이죠. 그것들이 각 게이트를 열고 나오는 시간과 구역을 저 인도관이……]

정령의 색채가 붉게 변했다.

[가르쳐 줄 리가 없잖아요. 꺄 (>_<).]

그러고는 다시 푸른 빛으로 돌아가며, 정령의 메시지가 계속 이어졌다.

[최종장은 1장의 웨이브와 비슷해요. 밀려오는 그것들과 전투를 치르며 크시포스 총 군단장의 직속 군단을 물리치는 것이지요. 명심해야 할 것은 크시포스 총군단장의 직속 군단 만큼은 여러분들께서 상상도 못 해 봤을

공포스러운 존재가 될 거라는 거예요. 하지만 1장과 2장에서 준비된 여러분들이라면, 그 공포를 이겨 낼 수 있을 거라 저 인도관은 믿습니다. 다시 말하지만, 각 구역에 흩어져 있지 말고 다 같이 합심 하길 바랄게요. 그럴 시간을 많이 드렸잖아요.]

그것이 모두가 봤던 마지막 메시지였다.

[1막 최종장이 시작 되었습니다.]

*　*　*

하지만 선후에게만큼은 동시에 떠오르는 메시지와 창들이 있었다.

[탐험자가 발동 하였습니다.]
[게이트 23개를 감지 하였습니다.]

[분류: 게이트 1
등급: F — E
출몰지: 2 구역

출몰 시간: 13 시간 ~ 15 시간 이내]

…….

[분류 : 게이트 23

등급: F — E

출몰지: 175 구역

출몰시간: 2 시간 ~ 5 시간 이내]

탐험자 특성 등급을 더욱 높여 두었다면, 등급과 출몰 시간 등의 정보 오차가 확연하게 줄어들었을 테지만 이 정도로도 충분했으며, 애초에 계산상에도 200 구역 전부를 탐색권 안에 넣을 수 있는 단계가 B 등급이었다. 그 이상에 쏟아부을 포인트가 있다면 좀 더 누적시켜서 최우선 종목들을 높여야 할 일.

어쨌거나 다른 게이트보다 등급이 높은 게이트는 딱 하나였다.

152 구역, 8 게이트로 분류된 그것의 등급이 E — D로 잡혀 있다.

그 게이트에서 총군단장의 군단이 나올 수밖에 없는 것이다.

“한 군단당 최소 다섯 개 이상의 공격대를 운용해야만 승부를 볼 수 있다. 여기서 기준은 정예들로만 다듬어진 공격대일 경우다. 수아.”

“예.”

“네 마을은 제대로 준비가 되어 있지. 경아와 함께 최초와 차순위를 최대한 확보해.”

‘제 마을이 아니에요. 당신의 마을이죠.’

수아는 그 말이 턱 끝까지 차올랐다.

“저는 왜죠?”

경아가 반문했다.

“모난 돌이 정 맞는다고. 그게 맞는지 모르겄는디, 시키면 시키는 대로 혀.”

“빠져. 성일 씨가 끼어들 일이 아니야. 난 오딘과 함께하려고 합류했지, 이런 마을 같은 건 내게도 있었어.”

“경아야.”

“언니. 오딘이 내게 약속한 게 있어요.”

“수아 동상한테는 말 높이고 나한테는 왜 또 반말인디? 족보 꼬이게 할 텨?”

그때 큭, 하는 선후의 짧은 웃음이 터졌다. 셋은 동일한 느낌을 받았다. 오딘 앞에서 서로 간 더 언성을 높였다간…….

갑자기 조용해진 가운데 선후가 입술을 뗐다.

“같은 팀끼리 족보는 없고, 내가 경아에게 약속한 게 있다는 것은 사실이지. 경아.”

“예.”

“네가 기대하는 무대는 이다음이다. 싫든 좋든, 조금만 기다리면 강제로라도 데리고 가 주마. 내가 돌아올 때까지 계속 생각해 봐. 진짜 그 무대로 가고 싶은지.”

“전…….”

“대답은 다녀와서 듣지. 최종장의 군단들을 상대한 후에도 그 마음이 변치 않는다면, 넌 나와 끝까지 가게 될 거다. 수아와 성일도 마찬가지야. 진짜 무대가 뭔지 궁금하지?”

“그야 당연한디, 목숨 열나게 걸어야 하는 거 아녀?”

“수아. 너는?”

“위험한 무대겠지만 그만한 가치가 있다면, 가야죠.”

“그러니 1막의 최종장을 겪어 봐. 우리가 가게 될 진짜 무대는 최종장과도 비교할 수 없는 곳이니까. 경아, 답변이 됐나?”

“네.”

“그럼 조만간 여기에서 다시 만나도록 하지. 그때까지 오래 걸리진 않을 거야. 적어도 우리들은.”

시작의 장은 3막까지 구성되어 있었다. 그리고 각 막당 1장 2장 최종장의 구성으로, 최종장에는 어김없이 군단들을 상대하는 무대가 펼쳐져 있었다.

점점 더 강한 종족이 더 많은 숫자와 더 강력한 군단장과 함께 나타났다.

그것들과의 무수히 많은 전투들이 전부 끝나고 나야, 비로소 바깥으로 돌아가는 안식의 장에 돌입하게 되는 것이었다.

앞으로 남은 히든 보상은 8개.

그중에서도 1막의 최종장에서 얻을 것은 귀환석이었다.

* * *

152구역.

우에에엑—

남자가 경계면을 넘어오자마자 속을 게워 내기 시작했다. 그를 알아본 같은 그룹의 사람들이 남자에게 몰려들었다.

남자는 끊임없이 중얼거리고 있었다.

"도, 도망쳐. 온다. 온다. 온다……."

남자가 손바닥의 도톰한 부위로 사정없이 제 눈을 문질러 댔다. 그 작업이 끝났을 때에도 빨건 핏발이 거미줄처럼 뻗친 눈은 여전한 공포로 떨리고 있었다.

그는 허겁지겁 바닥을 기었다.

그를 안정시키려는 손을 뿌리치면서 그가 향한 곳은 그룹의 리더가 기다리고 있는 건물이었다.

"버…… 버…… 버려야 합니다. 막, 막을 수 있는 것들이 아닙니다. 여기로 오고 있습니다. 오고 있습니다! 오고 있습니다아아악!"

남자는 비명처럼 외쳤다.

핏물과 침뿐만 아니라, 이빨까지 뽑혀 나오며 리더의 얼굴에 부딪혀 댔다.

리더는 이 남자가 이렇게까지 겁에 질린 걸 처음 보았다. 어떤 상황에서도 차분함을 잃지 않았던 남자였다. 그만큼 손속이 잔혹하기도 했고.

그런 자가 제대로 말을 잇지 못할 정도로 떨고 있는 것이다.

"나머지는? 다 전사했을 리가 없어."

남자에게 맡겼던 공대가 자그마치 네 개였다.

100명 중 단 한 명만 살아 돌아왔다는 걸 믿으라는 말인가?

아직 전투가 한창일 것이다. 리더는 남자를 걷어차 버리며 무장을 챙겼다.

그런데 이상할 정도로 바깥이 소란스러웠다. 남자에게서 전염된 공포라고만 판단하기에는, 귀에 거슬리는 단어들이 있었다.

리더는 건물 밖으로 뛰어나갔다.

모두가 하늘을 올려다보고 있었고, 일대는 거대한 그림자 속에 파묻혀 있었다.

상공을 배회하고 있는 괴수는 거대했다. 피부도 깃털도 없이 골격만 존재하고 있기에, 더 괴이하며 공포스러운 존재였다.

누구는 저것을 본 드래곤이라 불렀다. 누구는 해골 용이라 부르고 있었다. 저것을 지칭하는 단어가 무엇이든지 간에, 리더는 등골이 오싹했다. 저것을 상대했다가는 공격대 네 개만 전멸당하고 끝날 문제가 아니지 않은가.

이제는 오래된 일.

1장의 보스 몬스터, 크시포스 군드락과 마주했던 때가 뇌리를 스쳤다.

하물며 상공에서 배회하고 있는 저 괴수는 1장의 보스 몬스터와는 비교도 안 될 분위기를 머금고 있었다. 두껍고 거대해 보이는 날개 뼈가 움직일 때마다, 무수히 죽어 나갔던 그룹 사람들의 비명 소리가 다시 들리는 것 같았다.

"피햇!"

리더가 소리치지 않아도, 다들 미친 듯이 뛰기 시작했다.

쉐아아악— 쿵!

도로가 부서지며 튕겨 나온 파편들이, 동시에 인 먼지들을 뚫고 나왔다.

안개처럼 자욱한 먼지 속으로 번뜩이고 있는 것은 단 두 개.

괴수의 눈두덩이 안에서 불타고 있는 퍼런 화염이었다.

리더는 순간 자신의 귀를 의심했다.

"리더가 누군가. 남아 있나?"

하지만 틀림없이 사람의 목소리였다.

"저, 접니다만……."

리더는 자신도 모르게 말을 내뱉고야 말았다. 여전히 퍼런 화염만 일렁이고 있는 흙먼지 속으로 말이다.

"지금부터는 내가 너희들의 리더다. 가능한 모든 전력을 갖추고 내 지시에 따르도록."

"아……."

"도망치고 싶으면 그렇게 해도 상관없다. 퇴로가 없다는 것만 알아 둬."

자욱했던 흙먼지가 내려앉았다.

그러며 드러난 것은 불타는 검을 움켜쥔, 해골 용의 주인이었다.

* * *

꼭 이들을 구제해 주기 위해서가 아니었다.

성일에게도 맡긴 것이 있듯이, 이들도 나름 해 줄 수 있는 일이 있기 때문이었다.

시스템을 수정한 결과로 전반적인 성장도가 본 시대에 비해 월등히 높은 상태.

이 그룹의 리더라고 밝힌 남자도 그랬다.

비록 해골 용에 놀라 온몸을 파르르 떨고 있어도, 긴장에 따라 움직이는 잔 근육의 움직임들이 놀랍도록 섬세하다.

단언컨대 1막 3장 초반에서 마주할 수 있는 움직임이 아니었다.

저러한 움직임을 가지기 위해, 본 시대의 얼마나 많은 각성자들이 비명에 갔던가.

나는 사내와 거리를 좁히며 들어갔다.

굴려 대는 녀석의 눈깔.

거기에서 자신의 인장 상황을 가늠하는 소리가 다 들리는 것 같았다.

"다시 말해 주지. 퇴로는 없다."

한 무리의 총군단장 정도 되는 것이라면, 무턱대고 돌격만 하지 않는다.

전술을 쓴다. 본인들이 압도한다 싶으면 포위망을 만들어, 해당 지역을 격멸시킨다.

맞다.

이 세력의 중심부에 들어오는 과정에서도 직접 확인한

바이며, 비행 몬스터와의 충돌이 있었다.

내 몸에 튀어 있는 피와 같이 달라붙어 있는 털들? 내 것일 리가 있나.

바로 그것, 비행 몬스터들의 것이다.

저벅. 저벅.

마지막 걸음을 멈춘, 남자의 코앞에서 핏물과 함께 응어리진 털들이 흘러내렸다.

남자는 내 모습과 내 등 뒤의 해골 용을 쫓기에 바빴다. 해골 용이 날개 뼈 소리를 내며 자세를 가다듬기 시작하자, 남자는 어김없이 뒷걸음질을 치는 것이었다.

그런 남자의 멱살을 잡아 내 쪽으로 잡아당겼다.

"읍!"

남자의 놀란 호흡에 침 마른 단내가 확 풍겨 왔다.

"누…… 누구냐. 넌."

"내 지시에 따르든지, 여기서 전멸하든지. 네 그룹 사람들의 목숨은 이제 네 결정에 달렸어."

남자는 제힘으로 내게서 벗어날 수 있을 거라 생각했던 것 같다. 남자가 힘을 썼다. 그러나 도리어 그가 버티고 서 있던 지반만 밀려 나간다.

그러던 중 게이트 퀘스트가 연달아 뜨면서 그의 저항도 멈췄다. 우리 둘 사이에, 서로에게만 보이는 메시지가 떠올랐다.

하지만 내용은 같을 것이다.

[퀘스트 '불타는 악령'이 발생 했습니다.]

[퀘스트 '백병전'이 발생 했습니다.]

...

[퀘스트 '고결한 기사들'이 발생 했습니다.]

[퀘스트 '총군단장의 죽음'이 발생 했습니다.]

남자의 두 눈의 휘둥그레진 건 당연한 일이었다.

[총군단장의 죽음 (퀘스트)

등급: B

임무: 총군단장을 처치하라

최초 보상: 첼린저 박스 1개

차 순위 보상: 마스터 박스 1개

공통 보상: 100,000 포인트]

최종장을 장식하는 퀘스트답게 화려한 보상을 제공한다.

남자의 눈깔은 금방 욕심으로 물들었다. 절박함은 바로 증발되어 더 보이지 않았다.

하지만 전멸 위기. 그것도 한 개 구역만 간신히 유지하고 있던 세력으로서는 넘볼 수 없는 퀘스트임에도 주제를 몰랐다.

욕심만 앞설 뿐이다.

그쯤에서 남자의 멱살을 놓고 몸을 돌렸다.

여기에 제법 적응하고 항상 더 강한 힘을 열망하던 치들로서, 마스터 박스를 보고 눈깔이 안 돌아갈 자가 어디 있겠냐마는…….

할 수 없이 이 싸움은 성일하고만 치를 수밖에 없겠구나 싶었다.

"기다렷!"

남자의 부쩍 바뀐 목소리가 등 뒤로 들렸지만, 때는 늦었다.

탓!

해골 용의 목덜미에 착지하여 자리를 잡았다.

상공으로!

해골 용이 내 육감에 반응했다. 거대한 몸을 기울여 솟구친다. 뒤로 쏠리는 중심을 다리 힘으로 버텼다.

쉐에엑—

위에서부터 쏟아지는 바람결들이 전신에 부딪히며, 지상의 광경을 멀찌감치 떨어트려 놓았다.

어차피 남자와 그의 휘하들에게 기대했던 건 거의 전무했다.

내 지시를 따르면 전투 시간이 더 길어지고 몇은 살아남겠지만, 지금대로도 남자와 휘하들은 총군단장의 직속 군단에 항전할 수밖에 없는 상황이다.

사방 너머의 어둠 속에서 놈들이 몰려오고 있다.

그렇다면 총군단장의 어떤 부대가 선봉대로 들어올 것인지가 관건인데.

이것 봐라?

스타트를 본인이 직접 끊고 싶다는 건가.

털북숭이 놈이 처형 도끼를 짊어진 채 탈것과 함께 마을 거리로 돌진해 오고 있었다.

저놈이 총군단장.

외관만으로 섣불리 판단해선 안 된다. 근접 공격도 강한 전사형 타입이면서, 마법도 강력하게 부리는 놈이 바로 저놈들.

크시포스의 얼음 혈통들이니까.

놈을 시작으로 사방의 경계면에서, 온갖 부대들이 출몰하고 있었다.

여기, 상공에서도 마찬가지다. 두 개 부대가 경계면을 뚫고 날아왔다.

* * *

시스템이 이것들에게 붙인 이름은 크시포스 날개 기수다.

40마리씩 세 개 부대를 이뤄서 총 120마리인데, 이 정도 규모라면 해골 용을 잠시나마 붙잡아 두기에는 부족함이 없는 전력이다.

1막 최종장의 모든 부대를 통틀어 전력이 가장 높은 부대.

하지만 놈들은 나를 간과했다.

해골 용의 브레스가 아니라, 내 몸에서 튕겨져 나간 칼날이 놈들을 휩쓸었다.

완전체의 해골 용을 얻은 땅.

그 죽은 자들의 대지에서 고난의 세월을 관통해 오지 않았더라면 있을 수 없는 일이겠지.

나를 거기에서 끝내 놓지 못한 이상. 시스템, 그래. 오염된 시스템으로썬 작금의 상황을 각오했어야 할 일이었다.

날개 잘린 짐승들의 비명 소리가 꾸에에엑, 바람에 실려 왔다.

짐승과 함께 동반 추락하고 있는 기수들이 꼭 앞뒤로만 펼쳐져 있는 게 아니다. 우리보다 더 높은 상공을 점거하고 있던 쪽도 역시, 천둥이 치며 휘도는 칼날의 궤적 속에 존재했다.

그것들 중 몇은 뛰어난 움직임을 선보였다. 추락하는 와중에 짐승에서 뛰어내린 것이다.

몇은 나의 해골 용 등에 제대로 착지하고, 몇은 간신히 해골 용의 골격에 손을 걸치면서 살아남았다.

한편 해골 용은 아직 날개를 잃지 않은 짐승들의 꼴을 참지 못하고, 그것들을 쫓기 시작했다.

꼬리로 치는 동작에, 양발로 쥐고는 터트려 죽이는 동작에.

그럴 때마다 해골 용의 등에서도 거친 반동이 쉴 틈 없이 일었다.

해골 용을 타고 오르려던 기수들은 그때 아래로 추락했다. 제대로 착지했었던 여섯 놈들만 한 걸음씩 나를 향해 거리를 좁혀 들어왔다.

그때쯤이 돼서야 메시지가 떴다. 추락했던 놈들의 숨통이 끊긴 것이다.

[고결한 기사들 : 날개 기수 처치 6/ 50]

퀘스트 완료 조건까지 빠르게 이어졌다.

[고결한 기사들 : 날개 기수 처치 50 / 50]

[파티원 '권성일'이 배분 거리 안에 존재 하지 않습니다.]

[최초로 퀘스트 '고결한 기사들'을 완료 하였습니다.]

[최초 보상으로 다이아 박스가 지급 됩니다.]

[박스를 선택 하여 주십시오.]

선택을 다음으로 미루며 해골 용의 등을 걸어오는 놈들을 쳐다보았다.

어쩌면 놈들은 본인들이 타고 왔던 짐승의 날개를 무수히 잘라 냈던 그 공격들이, 해골 용의 능력이라 오인했는지도 모른다.

그러니 저렇게 나를 도모할 생각을 가지고 있는 것이지.

나는 해골 용을 타고 앉은 자리에서 몸을 일으키지 않았다.

고개만 놈들을 향하고 있을 뿐, 저놈들을 처단할 수 있는 공능이 따로 존재한다.

하누만의 꼬리는 훌륭한 스킬이다.

[하누만의 꼬리를 시전 하였습니다.]

두 팔과 두 다리 이상으로, 하나의 신체 기관을 더 주는 격인데 아니 그럴 수 있겠는가.

스킬을 시전하는 등 시스템을 사용할 수 있는 감각을 육감이라고 부르기 때문에 이 불타는 꼬리를 움직이는 감각은 제 칠의 감각이라 할 수 있을 것이다.

놈들이 공격 거리 안에 들어왔을 때.

화악.

놈들 전부를 휘감았다.

그렇게나 길고 거대한 화염이 갑자기 튀어나와 자신들을 덮칠 것이라고는 생각지 못했을 터.

놈들의 경악했던 표정도 금방 고통으로 물들었다. 저 털북숭이들의 털이 타는 고소한 냄새는 여전히 몰아쳐 대는 바람과 함께 날아갔다.

다만 저놈들이 '고결한 기사' 라는 퀘스트 명을 달고 있는 건 그만한 이유가 있다.

비명을 지르지 않는다. 어떻게든 거리를 좁혀서 내 목을 치려는 의지를 고통 가득한 얼굴로도 번뜩이고 있기 때문이다.

실제로 놈들은 꼬리에 휘감아진 상황에서도, 한 시점에서 다 같이 몸을 던져 왔다. 그러나 거리가 멀다.

꼬리 힘을 이겨 냈던 것도 잠깐이었을 뿐이지, 결국 내게 미치지 못한 거리에서 바둥거린다.

놈들을 지상으로 냅다 던져 버렸다.

불탄 채 추락하는 와중에도 비명을 지르지 않는 것만큼은 가히 기사라고 할 수 있다.

짝짝짝.

놈들 외에도, 몇 놈이 더 해골 용의 등으로 떨어졌지만 결과는 같았다.

이제 남은 기수들은 뿔뿔이 흩어져 도망치기 시작했다.

다리에 힘을 더욱 쏟았다. 해골 용이 수직으로 상승하는 짐승들을 쫓아, 똑같이 전신을 곤두세웠기 때문이었다.

시퍼런 하늘이 마치 바다처럼 보였다. 등을 보인 기수와 짐승들은 저 깊은 바다에 스스로 몸을 던지는 도주자가 되어 있었다.

해골 용의 흥분이 전해져 온 때였다.

어둠의 브레스로 저 도주자들을 소멸시켜 버리고 싶겠다만. 아서라, 나의 해골 용이여.

놈들의 보스를 위해 아껴 둬야지.

*　　*　　*

해골 용은 끝내 쫓아가서 날개 달린 짐승 일곱 마리를 더 터트려 죽였다.

해골 용이 조금이나마 갈증을 해소시켰을 때는 본대로

도주하는 데 성공한 기수들이 이미 지상에서 활개를 치고 있었다.

한 개 부대 정도 되는 것 같았다.

우리에게 일방적으로 당한 것이 분통한 것인지, 보다 공격적이었다.

그것들이 낙하한 그대로 충돌할 때마다 각성자들은 튕겨 날아가고 있었고, 겨우 피하는 데 성공한 각성자들은 난데없이 들어온 기수들의 대검에 목이 잘려 가던 중이었다.

마지막 생존자의 비명이 들렸다.

시선에는 나를 올려다보고 있는 총군단장 놈이 잡혔다.

놈은 해골 용이 아니라 정확히 해골 용의 주인인 나를 응시하고 있었다.

감각을 최고조로 끌어올리는 순간, 놈의 두 눈이 비로소 시선에 가득 차 들어왔다. 그렇게 분노 가득한 눈깔 두 개만이 내 시선 안에 존재했다.

예상했던 눈깔이 맞았다.

오래전부터 놈의 혈족들을 무수히 죽여 온 나인데, 놈이라고 나를 모를 리가 없는 것이다.

나와 우연희는 크시포스 군단뿐만 아니라 많은 종족과 다른 군단들에게도 유명 인사다.

기억을 공유하는 종족들은 우리들의 얼굴을 진즉부터 알

고 있었고, 냄새를 공유할 수 있는 것들은 우리들의 살 냄새를 뇌리에 박아 두었다.

크시포스의 강력한 혈통들은 후자에 속했다.

우연희와 내가 던전에서 잡았던 보스 몬스터 중에는, 놈과 직접적으로 관련된 핏줄이 있었을 것이다. 유별나게 더욱 분노하고 있는 것을 보면 말이다.

침략자가 누군데, 웃기는 것들이지.

나는 해골 용의 목덜미를 쓸어내리며 입술을 뗐다. 비록 뼈지만.

"저 털북숭이가 브레스 한 방 먹여 달라는군."

나지막한 내 목소리가 해골 용을 흥분시켰다.

드드득.

명령이 떨어진 즉시, 해골 용의 골격 전체가 꿈틀거렸다.

거칠지만 기분 좋은 반동이 엉덩이를 때려 대기 시작했다.

해골 용의 뼈 사이마다 칠흑같이 까만 기운이 나타났다.

오래전부터 품고 있었지만, 평상시에는 볼 수 없기에 그래서 더욱 위험해 보이는 그 검은 기운들이 해골 용 내부를 감돈다. 마치 피처럼 말이다.

해골 용의 고개가 지상으로 향했다.

해골 용의 내부를 순환하던 검은 기운들이 한 방향으로 쏠렸다.

내 엉덩이 밑의 골격을 가로질러, 제 해골 대가리를 향해서!

드디어 해골 용의 입이 벌어지고 있었다.

*　*　*

거침이 없었다.

브레스를 쏟아 낼 준비가 끝난 해골 용이 지상을 향해 방향을 틀었다.

중심이 앞으로 쏠려 버린 것은, 밑에서부터 솟구쳐 오는 역풍이 되려 버팀목이 되어 견딜 수 있었다.

안구에 따갑게 부딪쳐 대는 바람이야 참기 어려울 정도는 아니다. 내가 참기 힘든 건 해골 용의 대가리에 쏠려 있는 그것의 검은 기운에 있었다.

결코 정순한 기운이 아니다.

그것이 머금고 있는 파괴력만큼이나 부정적인 힘도 내포하고 있다.

검은 기운으로 가득 찬 해골 용의 대가리.

저 안에서 소용돌이치고 있는 기운들이 생각하기 싫은 기억들을 들춰낸다.

아버지의 쓸쓸한 장례. 기아로 가득한 거리. 세상을 장악한 몬스터 군단. 그 와중에도 서로를 죽이지 못해 환장했던 각성자들.

내가 죽여 댔던 자들의 마지막 순간들도 미친 듯이 번쩍여 대던 그때.

문득 정신을 차리니 지상이 가까워져 있었다.

투사체들이 날아왔다.

기운이 깃들어 있는 화살은 물론, 마법 자체의 투사체들도 그득했다.

그것들은 지상에서 이쪽으로 비스듬히 날아와, 해골 용의 몸에 부딪혀 댔다.

팡팡!

그때마다 해골 용의 보호막이 깜박깜박거렸다.

놈들도 본인들의 마지막을 직감했던 것 같다. 어떻게든 한 번이라도 더 해골 용을 공격하려는 행동들을 제외하고라도, 털 밖으로 보이는 모든 두 눈들이 공포로 질려 있었다.

구아아아아—

해골 용의 벌어져 있던 입에서 마침내 검은 기운이 토해졌다.

순간 온 힘을 다해 버티지 않았다면, 나조차도 낙상했을 것이다.

강대한 기운이 한꺼번에 요동치는 중이다.

해골 용이 브레스로 군단을 긁으며 날아가는 동안, 자기 비명에 숨이 막히는 소리들이 들렸다.

지상은 검은 물결로 가득 찼다.

그 안에서 허우적대던 팔다리들이 금세 자취를 감췄다.

북쪽 거리 끝에서 남쪽 거리 끝까지.

해골 용은 쭉 긁으며 날아가다가 마지막 부근에서 방향을 틀었다.

크게 선회, 다시 거리로 진입했다.

우리가 지나쳐 날아온 거리는 꽤 깨끗해졌다. 마석조차 남기지 못하고 소멸되어 버린 것들이 상당했기 때문이었다.

반면, 최초로 퀘스트를 완료했다는 메시지들은 난잡하게 떠 댔다.

그런 게 보일 리 없는 해골 용은 아직도 잔존해 있는 것들을 향해 날아갔다.

쉐에에엑—

북쪽 거리 부근에 있는 것들로, 총군단장과 호위 부대 그리고 날개 기수들이다.

하지만 오롯이 서 있는 놈은 총군단장뿐.

날개 기수들의 짐승들은 직전에 소멸돼서, 검만 든 그들 기수들이 총군단장의 호위 부대와 함께 나뒹굴고 있었다.

해골 용은 적당한 거리에서 지상으로 착지했다.

쿵!

나를 제 목 위에 달고서, 한 걸음씩 큰 발걸음 소리를 내기 시작했다.

해골 용의 대가리 속에서 여전히 검은 기운이 소용돌이치고 있는 걸 보면, 해골 용에게는 마지막 한 발이 더 남아 있었다.

그리고 마침내.

구아아악—

돌진해 오는 총군단장을 향해 검은 기운을 토해 버렸다.

칠흑같이 까맣기만 한 기운. 총군단장이 악에 받쳐 뛰어오던 모습은 그 안으로 파묻혀 더는 보이지 않았다. 하지만 해골 용이 브레스를 그치지 않고 있는 것도 그렇고, 나도 느낄 수 있는 게 있었다.

놈이 브레스 바깥으로 솟구쳐 오른 때는 바로 그때였다.

무기를 포함한 모든 장비가 증발된 모습이었다. 전신을 덮고 있던 털 또한 한 올도 남김없이, 허연 피부만 드러낸 상태.

터질 듯한 근육과 분노로 가득 찬 눈빛이 놈이 가진 전부였다.

해골 용은 놈을 쫓아 고개를 움직였다.

그때부터 놈은 검은 기운에 잠식됐다가, 다시 바깥으로 튀어나오는 등.

해골 용에 어떻게든 저항하려는 움직임을 보이기 시작했다.

하지만 저런 식으로는 절대 해골 용을 대적할 수 없다. 한 번에 맞서려 해서는 안 된다. 이미 브레스에 노출된 것부터가 글러 먹은 것이지만…….

나는 내가 나서지 않아도 상황이 종결될 거라 확신했다.

나조차도 몇 년을 공들여서 잡은 해골 용이다.

저런 빈사 상태로 지금 당장 될 리가 있나?

[죽지 않는 자들도 경배하는 해골 용의 다크 브레스가 소진 되었습니다.]

[남은 재사용 시간: 1일]

아니나 다를까.

해골 용의 브레스가 멈췄을 때. 놈에게는 간신히 도래한 기회가 될 수 있었으나, 그 기회를 잡을 수 있을 만한 상태가 아니었다.

바닥에 쓰러져 있었다.

모든 감각을 잃고 되는 대로 바닥만 긁어 대는 것이다.

아주 느릿했다. 놈은 그 자리에서 한 치도 움직이지 않았다.

해골 용의 고개가 기울었다.

피부도 없고 근육도 녹아 버린 놈을, 해골 용이 섬세하게 물어 올렸다.

마치 내게 보라는 것 같았다. 자랑하는 것 같았다. 혹은 내게 묻고 있는 것 같기도 했다.

고작 1막에서 출몰한 놈이 자신의 상대가 될 것 같냐고 말이다.

그러고는 콱!

해골 용의 턱뼈가 닫혀 버렸다.

놈에게 핏물 같은 건 남지 않았다.

바스러진 뼈들만 바닥으로 떨어질 뿐이었다.

투두두둑.

[축하합니다! 최초로 퀘스트 '총군단장의 죽음'을 완료 하였습니다.]

[총군단장의 죽음이 군단 전체에 알려졌습니다.]

[군단의 힘과 사기가 현저하게 하락 합니다.]

[최초 보상으로 첼린저 박스가 지급 됩니다.]

[박스를 선택 하여 주십시오.]

*　　*　　*

좋아!

첼린저 박스 하나, 마스터 박스 하나, 다이아 박스 아홉 개.

총군단장과 놈의 직속 군단을 독식하며 얻은 보상이다. 이는 A급 던전과 비등한 놀라운 보상이나, 과연 시작의 장이란 것이다.

얼마 만에 얻은 첼린저 박스인가. 기쁨도 잠시 우선순위대로 진행시켰다.

첼린저 박스와 마스터 박스로 민첩을 S급까지 상승시켰다. 2회 차에 진입해서는 최초로 띄운 S급.

이미 충분한 아이템을 보유하고 있는 상황에서는 기본 능력치의 성장이 우선이다.

나머지 다이아 박스 아홉 개는 모두 인장으로 가슴에 틀어박고 성일에게 향했다.

그는 몬스터 시체 더미 속에 주저앉은 채로 나를 기다리고 있었다. 피 웅덩이가 군데군데 파여 있어, 걸음을 내디딜 때마다 철벅거리는 소리가 났다. 그렇지 않은 땅도 핏물로 흠뻑 젖어 질퍽거렸다.

"크윽."

성일의 고개가 나를 향해 들려졌다. 일어서지는 못하고 간신히 고개만.

"다이아…… 박스 먹었으."

힘에 겨운 표정과 목소리였다.

"게이트는?"

"닫혀 버렸구만."

군단을 일거에 몰살시키는 건, 그것들이 한 마을에 모조리 들어왔을 때에나 가능했다.

때를 놓치면 사방의 경계면에 퍼져 있는 군단을 헤집고 다녀야 했던 거다. 그래서 나는 마을로 향했던 거고, 성일은 히든 보상을 획득할 수 있는 방향으로 보냈던 것이었다.

"게이트에 접촉했을 때, 얻은 게 있었을 텐데?"

그렇게 묻는데 어쩐지 조마조마했다. 가짜 정보가 아니어야 할 텐데.

그때 성일은 느릿한 동작으로 제 품속에 손을 집어넣었다 뺐다.

아아. 거기에는 어김없이 귀환석이 들려 있었다.

성일의 손에서 귀환석이 툭 떨어졌다. 그의 고개도 힘없이 떨궈지며 거친 호흡 소리를 동반했다.

나는 수고했다는 말과 함께 귀환석을 집어 들었다. 곧바로 한기가 손바닥을 감돌았다.

성일이 지금까지 정신을 놓지 않을 수 있던 까닭이 이 한기에 있었다.

[크시포스 얼음 성물 (아이템)

크시포스 군단의 강력한 힘이 집약 되어 있습니다.

효과: 귀환 지역을 설정 할 수 있습니다.

등급: S

귀환 지역: 얼음 성채 (크시포스)

재사용 시간: 7일]

아이템을 사용하자마자.

[얼음 성채 (크시포스) 로 귀환 하시겠습니까?]

그 메시지가 경종을 울렸다.

설정된 귀환 지역이 놀랍기는 하다만, 저기에 응하는 사람은 누구도 없을 것이다.

귀환석을 향해 일으킬 수 있는 육감은 두 종류다. 하나는 귀환 지역으로 순간 이동 하는 것이고, 다른 하나는 귀환 지역을 설정하는 것.

[현재 지역을 귀환 지역으로 설정 하시겠습니까?]

[대상: 152 구역]

내 대답은 이것이었다.

[보관함에 크시포스 성물이 추가 되었습니다.]

마지막으로 성일 차례였다.

"성일. 권성일."

그를 불러도, 정신을 잃기 직전의 상태라 반응이 없었다.

하지만 운이 좋게 직전의 다이아 박스에서 성일을 위한 것이 나왔다.

* * *

B급 치유의 인장.

이거라면 성일은 더 이상 외팔이가 아닐 수 있었다.

스르르—

영롱한 빛이 성일에게 스며들었다. 다 죽어 가던 그의 얼굴에도 생기가 감돌았다.

빳빳하게 힘이 들어간 그의 시선은 빠르게 재생되기 시

작한 그의 잘린 팔 쪽으로 향했다.

골격이 자라나고 신경 다발이 거미줄처럼 퍼지며, 해골 용의 대가리에 검은 기운이 쏠려 들었을 때처럼 일순간 그 쪽으로도 혈관들이 함께 생성되었다.

그 위로 근육과 지방이 채워졌다. 피부가 붉은 근육을 덮어 나가는 걸 마지막으로, 성일의 주먹이 쥐었다 펴졌다.

꽉 쥐었다가, 확 펴 버린다. 그러고는 어깨를 휘두르며 두 눈을 반짝였다.

좀 전에 다 죽어 가던 성일은 이제 없었다.

두툼한 이두박근을 만들며 내게 씩 웃어 보이는 성일만 있었다.

그는 최종적으로 팔을 쭉 펴서 온 힘을 쏟아부었다. 손목과 팔꿈치 사이의 전완근부터가 하나의 둔기나 다름없었다.

그럼에도 뭘 생각하는지, 기존에 남아 있던 팔에도 힘을 집약시키며 뭔가를 휘두르는 시늉을 하기 시작하는 성일이었다.

휙 휙.

양손에 하나씩.

그 이름이 인간 칼리버였나?

성일은 아이템보다 그걸 즐겨 사용했다. 외팔이의 한계 때문에 그럴 수밖에 없었던 것인데, 한 팔을 찾은 이후에도 변함이 없을 것 같았다.

어지간한 아이템들보다는 오히려 그편이 성일에게 맞을지도 모르겠다.

시스템이 부여한 스킬은 아니지만, 성일은 그걸 활용하는 데 이제 능숙해져 있으니까.

재미있는 사람이다. 권성일은.

그도 재미있는 생각이 들었던 모양인지 혼자서 낄낄대다가 말했다.

"수아, 경아. 그 가시나 둘이 다 뎀벼도, 될 것 같지 않어?"

성일에게 신뢰가 가는 게 바로 이 점이다. 제 눈으로 똑똑히 S급이자 다른 지역으로 순간 이동이 가능한 아이템을 봤음에도 불구하고, 거기에 대해 묻는 게 없었다.

시킨 대로 귀환석을 확보한 후 내게 돌려준 것으로 끝이었다.

우직하기도 하지.

"돌아가자."

* * *

마을은 여전히 활기로 넘쳤다.

주력 공대들이 인근 구역에서 출몰한 군단을 대적하기 위해 떠나 있는 상황에서도 그랬던 것이다. 위화감마저 들었다.

성일은 여기까지 돌아오는 길에, 각 구역의 공대들이 몬스터 군단들을 상대로 어떤 혈전을 벌이고 있는 중인지 목격해 왔었다.

그렇기 때문이었다.

"쓰벌."

마을에 남아 있는 사람들을 바라보는 성일의 시선은 곱지 않았다.

"바깥의 전선이 무너지면 다 뒈지는 걸, 아주 천하태평들이여."

따지고 보면 내게도 원인이 있었다.

많은 각성자들이 본 시대 때보다 훨씬 빠른 속도로 성장 중이며, 그 영향으로 생존자 수는 늘어났다.

하지만 원래도 그랬듯이 여기에서도, 빈익빈 부익부의 세상이다.

정규 공대에 들어간 자들에겐 그나마 기회라도 있었다.

하지만 지금까지 자리를 잡지 못한 자들은, 내가 만들어 둔 경제 시스템 안에서 어떻게든 살아가려고 발버둥 치는 수준밖에 못 됐다. 전투 쪽으로는 외면해 버리기 일쑤다.

무엇이 저들을 저렇게 만들었나?

멘탈도 문제였지만 저들 대다수가 자신들의 성장을 체험한 정도가 크게 높지 않다는 게 공통점이다.

시작의 장의 생존자 수만 늘어난다고 해서 인류에게 도움 되는 일은 없다.

필요한 건 강한 각성자, 적극적인 각성자들이지.

안주해 버린 자들은 민간인들과 크게 다를 바가 없는 것이다. 내가 칠마제를 대적하는 동안, 저들은 그것들의 군단과 싸워야만 하는 사람들이다.

저들을 보면서 깨달은 게 있었다.

암살 퀘스트니 뭐니 하는 것들보다도, 먼저 손봐야 하는 것이 따로 있었다!

시스템이 보다 직관적이어야 했다.

포인트를 누적시켜서 박스를 까는 게 아니라, 몬스터를 처치할 때마다 당장의 성과가 눈에 보여야 한다.

F에서 S급의 각 등급까지 뭉뚱그려서 묶어 버릴 게 아니라, 성장도에 따른 구별이 보다 확실해져야 한다.

그런 식으로 수정된다면 안주해 버린 자들 외에도, 이미 적극적인 자들 또한 더욱 적극적으로 임하게 될 것이다.

그들의 첫 시작이야 미약하겠지만 한 번이라도 체험해 본다면…….

"어디 가?"

성일이 따라붙으며 물었다.

"전선으로."

이수아와 신경아를 합류시킨다.

내가 원하는 식으로 시스템을 수정하려면 어떤 극악의 난이도를 돌파해야 될 일인지 모르겠다만, 더 늦어져서는 안 될 문제였다.

시작의 장이 1/3 지점까지 왔다. 더 늦어져서는 혼선만 빚을 뿐.

게임이 아닌 세상이지만 최대한 게임과 가깝게.

각성자들을 고취시키는 시스템이야말로, 우리 인류가 이 전쟁에서 승리할 수 있는 길이다. 애초에 그런 시스템이어야 했다.

등급은 레벨로.

포인트는 경험치로.

Chapter 3.

"떴었어요. 총군단장이 죽었다고."

오딘이었죠?

신경아는 그렇게 확신한 얼굴로 물었다.

지금 중요한 건 놈의 죽음으로 격렬했던 이 구역의 전선이 소강상태를 맞이한 것 따위가 아니었다.

몇 번의 전투가 꽤나 처참했기 때문에, 그녀의 얼굴에는 전과 같은 자신감이 지워져 있었다.

그럼에도 진짜 무대를 겪어 보고 싶다는 마음에는 변함이 없다고 밝혔다. 대견하게도, 더 강해져야 한다는 열망만큼은 그대로였던 것이다.

모두가 신경아와 같은 마음가짐이라면 시스템을 뜯어고치지 않아도 될 일이었다.

하지만 그녀는 제대로 된 힘을 맛본 소수 중에서도 소수에 속한다.

전선 정리가 끝난 건 그날 오후였다. 나도 직접 참전하여 이 구역에 들어왔던 군단을 와해시켰다.

그런 후에 나 홀로 사람이 없는 곳으로 자리를 옮겼다.

[현재 지역을 귀환 지역으로 설정 하였습니다.]

[대상: 13 구역]

"인도관. 인도관!"

보고 싶지 않은 작은 얼굴이 허공에서 튀어나왔다.

만일 거기에서 소리가 났다면 뿅! 쯤이 되었을 것이다.

[직접 대면하는 것은 오랜만이네요. 도전자로서 눈을 뜬 것이겠죠?]

2회 차 특전이 내 이후로도 아홉 명에게 더 안배되어 있다.

오염된 시스템의 견제가 우연희에게도 벌어졌다면 그녀로서도 다른 능력치들을 S급까지 올리며 2회 차 조건을 충족시킬 여지가 있었다.

계속 그걸 염두에 두고 있었다.

"도전자는 아직까지 나 혼자인가?"

그러기만을 바랐다.

나 외의 도전자가 존재한다면 우연희 또한 2회 차를 시작했다는 소리가 되니까.

우연희의 모든 능력이 리셋된 상태에서 이 무대를 진행하는 건 조금도 바라지 않는 일이었다.

[아마추어 같이 왜 그러세요. 제 권한을 넘어선 질문이랍니다.]

그냥 넘어가는 법이 없군.

"본론으로 들어가지."

수정하고 싶은 내역들을 열거했다.

지금의 등급제를 레벨제로 치환할 수 있는 방법이 주였다.

사대 능력치의 수치 1을 1스탯으로 잡는다.

예컨대 한 종목의 수치가 F(1)이라 쳤을 때 이는 1스탯이다.

F(100)은. 그러니까 E(0)은 100스탯이 된다. E(1)은 101스탯, D(1)은 201스탯, C(1)은 301스탯으로.

영문과 숫자를 병기하여 각성자의 능력을 가시화시켰던 체계를 오로지 숫자로만 바꿔 놓는다.

이를 레벨로 변환할 때는 5스탯당 1레벨로 삼았다.

무슨 말이냐 하면.

[이름: 홍길동

체력: E (45) 근력: E (10)

민첩: E (22) 감각: E (14)]

위와 같이 체력 E(45), 근력 E(10), 민첩 E(22), 감각 E(14)의 각성자가 있다고 할 때.

변환 스탯은 체력 145스탯, 근력 110스탯, 민첩 122스탯, 감각 114스탯으로 치환되며 총합 스탯은 491이 된다.

이에 5스탯당 1레벨로, 위 각성자의 레벨은 98레벨이 되겠다.

상태 창은 이렇게 바뀐다.

[이름: 홍길동 레벨: 98

체력: 145 근력: 110

민첩: 122 감각: 114]

각성자들의 능력을 560레벨까지 광범위하게 쪼개 놓고, 빠르게 이어지는 레벨 업을 통해 그들의 의욕을 고취시킨다.

레벨 업, 레벨 업, 레벨 업!

연쇄적으로 떠오르는 메시지에 피가 끓어오를 것이다. 똑같은 성장 정도를 두고도, 직접 체감하는 성장 속도는 무척 빠를 것이다.

내 설명이 끝난 시점에서 정령이 메시지를 띄웠다.

[아실 거예요. 원하는 수정 권한을 얻기 위해선 도전자께서 그만한 자격이 있는지 검증하는 시간을 겪어야 하죠.]

지난번에는 이것이 마음대로 도전자 퀘스트를 진행시켜 버렸다.

아직은 푸른 빛으로 달짝지근한 메시지만 떠올리고 있지만, 언제 나를 지옥의 땅으로 던져 버릴지는 모르는 일이다.

준비는 되어 있어도 긴장되는 게 사실이었다.

그런데 아마도 녀석이 당장 퀘스트를 진행시킬 수 없는 이유는 남겨진 문제들 때문일 것이다.

녀석이 그걸 언급하고 나섰다.

[도전자께선 1레벨이 오를 때마다 5스탯을 원하는 능력치에 분산시키길 바라죠. 그런데 이런 게 가능하지 않겠어요? 각성자 님 말대로 한 종목의 S 등급을 700스탯으로 환산한다고 했을 때, 140레벨에 도달하기까지 분산할 수 있는 스탯이 700스탯이예요.]

정령의 메시지가 이어졌다.

[140레벨을 지금의 시스템대로 보자면, E 등급 각성자예요. E 등급까지 도달한 각성자가 140레벨까지 한 종목에만 주력한다면, 현재로 치면 S 등급 종목 하나를 보유할 수도 있게 되는 거죠. E 등급 각성자가 S 등급 종목을요.]

"다른 종목들은 최하 수준에 멈춰 있는 상태에서."

[그래도 다른 종목들의 약점을 얼마든지 초월할 수 있는 구성이에요. S 등급이잖아요. 도전자의 수정안에 따르면, 700스탯.]

“상관없을 텐데. 시스템은 각성자들을 성장시키기 위해 존재하는 것 아니었나?”

[E 등급 수준의 각성자가 S 등급의 종목을 보유하지 못하게끔 설계된 까닭은, 준비되지 않은 자에게 그만한 힘을 나눠 주는 것이 낭비이기 때문이죠. 시스템의 힘은 무한하지 않아요.]

준비되지 않은 자에게 힘을 나눠 주는 것은 낭비라.

예상은 하고 있었지만 그런 것이었다.

스탯을 분산하는 데 자유롭다면 각성자들은 보다 강해질 수 있었다. 그러나 아직은 푸른빛을 띠고 있는 인도관의 말에도 일리가 있었다.

“그럼 레벨 구간당 올릴 수 있는 성장 폭을 제한하지. 박스 시스템과 같게.”

[예를 들면요?]

“현재로 치자면, 각 등급의 구간은…….”

F 등급은 80레벨.

E 등급은 160레벨.

D 등급은 240레벨.

C 등급은 320레벨.

B 등급은 400레벨.

A 등급은 480레벨.

S 등급은 560레벨 구간이 된다.

"그 이상의 레벨로 진행하기 전까진, 올릴 수 있는 스탯에 한계를 정해 두는 거다. 그러면 시스템의 의도대로 준비되지 않은 자들에게 필요 이상의 힘을 낭비하는 일은 없겠지."

80레벨 안에서는 각 종목을 100스탯 초과하여 올릴 수 없도록 제한을 거는 것이다.

80레벨을 기준으로 160, 240, 320, 400, 480 등의 레벨 구간을 돌파할 때마다 한계치가 풀리는 것으로.

[그럼 레벨 업에 따른 필요 경험치는 생각해 보셨나요?]

"F 등급의 각성자들만 놓고 보지. 그들이 브론즈 박스만으로 네 능력치를 E 등급까지 모두 올리는 데 필요한 평균 개수는 73개. 이를 포인트로 환산하면 21900포인트. 1포인트당 1xp. 즉, 21900xp를 점진적으로 차등해서 80레벨 안에 분배시키는 것으로 진행하는 거다. 그것이 시스템의 의도와도 부합되지 않나? 준비된 자에게 더 강한 힘을 부여한다는 의도와."

[상위 박스를 띄우면 더 높은 기댓값을 얻을 수 있을 텐데요?]

잘 언급했다. 중요한 게 그거다.

그 기댓값을 포기하는 만큼, 시스템과 거래하고 싶은 게 있었다.

"스킬과 특성에는 숙련도를 도입했으면 좋겠군. 스탯을 소비하지 않으며, 적극적으로 사용하거나 발동된 만큼의 자연한 성장."

이 수정안이 받아져야만 위에서 말해 왔던 것들이 의미가 있게 된다. 그렇지 않고서는 정말로 표기법을 바꾸는 것에 그치기 마련.

[박스 시스템을 전부 삭제 하고 포인트로 환산하고 싶은 건가요?]

"그건 아니야."

그걸 날리고 나면 스킬과 아이템 등을 얻을 창구가 사라지게 되겠지.

[숙련도의 성장 속도를 지금 수준에 맞춘다면 가능해요.]

[도전자가 발동 하였습니다.]

[퀘스트 '장엄한 도전(2)'이 발생 하였습니다.]

[장엄한 도전(2) (퀘스트)

임무: 바클란 군왕 척살

보상: 등급제 수정 권한, 숙련도 시스템 도입 및 포인트

* 본 퀘스트는 도전자 전용 퀘스트입니다.]

……바클란 군왕이라니!

[퀘스트 장소로 이동 됩니다. 성공하세요. (*ʊ‿‿ʊ)ノ]

정령이 발산하는 빛이 빨건 색과 퍼런 색으로 빠르게 바뀌어 댔다. 마지막 순간에 보인 건 틀림없이 빨건 색이었다.

전신이 어딘가로 던져지던 찰나의 순간.

바로 그때!

[유연희가 파티에 합류 하였습니다.]

뭐?

* * *

퀘스트 지역으로 던져진 직후에 봤던 메시지는 착각이 아니었다.

다시 봐도 그녀였다.

동그란 두 눈을 깜박거리고 있는 그녀가 내 앞에 있었다.

수국 꽃처럼 탐스럽고 화사했던 얼굴이 예전 그대로였다. 보고 싶었던 얼굴이 바로 내 앞에 놓였음에도, 기쁨만큼이나 울컥한 심정도 컸다.

여기는 연희도 함께 진입돼서는 안 되는 곳이기 때문이다.

그 생각에 깜짝 놀란 건 바로 직후였다. 가장 도움이 될, 어쩌면 나만큼이나 강할 연희가 동참한 것은 환영해야 할 일 아닌가.

나는 생각보다 많이 그녀를 그리워하고 있었던 것 같다.

동료가 아닌 여자로서.

젠장.

언제, 어느새?

이런 감정은 곤란하다.

"어떻게 네가……."

내 목소리가 시발점이 되었다. 우연희의 두 눈에 눈물이 금세 차올랐다.

그러고는 왈칵, 내 허리를 감싸며 들어오는 것이었다. 잠깐이었다. 하지만 그녀가 지금까지 겪었을 마음고생들을 알 것 같았다.

너머로 나와 함께 진입된 다른 파티원들, 성일과 이수아, 신경아. 셋의 모습이 보였다.

우리는 광활한 초원 위였다.

산들바람과 아련한 곳에서 내리쬐는 태양 볕 아래였으며, 세 사람의 표정도 밝았다.

콘크리트 건물 하나 없이도 바깥 현실로 돌아왔다고 착각하기에 충분한 광경이긴 했다. 주위를 두리번거리던 세 사람이 나와 눈이 마주쳤다.

각기 다른 시선들이다.

우리가 지구로 돌아왔다고 착각하고 있는 게 분명한 성일은 나와 우연희를 보며 어쩐지 감격한 시선으로 콧등을 긁적이고 있고.

이수아는 상황을 이해하려는 신중한 시선으로 바뀌어 있으며, 신경아는 가늘어진 시선과 함께 입꼬리가 살짝 올라가 있었다.

그때 아래에서 우연희의 목소리가 나왔다. 잠긴 목소리였다.

"……퀘스트가 떴었어. 드디어."

그녀가 내 가슴에 파묻었던 얼굴을 천천히 떼고 나를 올려다보았다.

그런 후에 제 뒤쪽으로 고개를 돌려 세 사람을 응시하기 시작했다.

바로였다.

우연희의 옆얼굴이 날카롭게 변하기 시작했다. 틀림없었다. 이수아와 신경아, 두 여자를 향해 번뜩인 것은 살의(殺意)였다.

직전까지 울먹였던 눈망울은 처형자의 무정한 눈이 되어 있었다.

두 여자가 동시에 움찔했다.

"그룹원이야?"

우연희가 물었다. 목소리에도 어김없이 칼날이 품어져 있다.

어쨌든 일단은 여기에서 벗어나야 할 때였다.

바클란 군단의 본토에 들어온 것은 이번이 처음이지만, 시야가 확 트인 곳이 위험하다는 것만큼은 어디에서나 변치 않는 사실이니까.

초원의 굴곡을 따라 한참을 내려가던 끝에, 계곡 사이로 몸을 숨길 수 있는 곳을 발견했다

거기에서 성일은 실망한 마음을 감추지 못했다.

그도 여기가 지구가 아니라는 것쯤은 눈치챘던 것이다. 그것도 잠시, 서글서글한 미소로 우연희에게 아는 체를 해 왔다.

우연희의 등장 이후부터 말이 없어진 두 여자와는 판이한 모습이었다.

"그 짝은 마리일 것이여. 참말로 많이 들었구만. 나, 권성일이여."

성일이 우연희에게 손을 내밀었다. 하지만 우연희는 그 악수에 응하지 않고 담담하게 뇌까리기만 했다.

"당신을 좋게 봐 줬나 보네. 날 마리라고 불러도 좋아."

성일은 겸연쩍어진 손을 허벅지에 문지르는 한편, 당황한 기색이 역력했다.

두 여자 중 우연희에게 먼저 접근한 사람은 신경아였다.

그 순간 우연희의 얼굴은 냉혹하게 변해 있었다.

열리려던 신경아의 입술이 바로 닫혔다. 입술만 닫힌 게 아니었다.

몸 전체가 경직된 게 틀림없었다. 다가가던 자세에서 시간이 정지된 것처럼, 그대로 멈춰져 있기에는 부자연스러운 자세로 멈춰 버린 것이다.

우연희의 전신에서 뻗쳐 나왔다가 찰나에 사라져 버린, 검은 기운 때문이었다.

쉑—

우연희가 경아 앞으로 유령처럼 날아들고 난 후.

화악!

한 박자 늦게 바람이 일었다.

신경아의 단발머리는 물론이고, 뒤쪽에서 숨죽이고 있던 이수아의 긴 머리카락도 강하게 펄럭거렸다.

우연희는 신경아의 움직임 멈춘 두 눈에 대고 똑바로 말했다.

"지켜볼 거야."

그 목소리가 어찌나 섬뜩하게 들렸던지, 성일이 침을 꼴깍 삼켰다.

한편 나는 우연희의 변화가 이해되면서도 많이 불편했다.

누가 뭐래도 나를 빼다 닮은 모습으로 변해 있는 게 아닌가.

우연희를 육성시키며 줄곧 저런 변화를 기대해 왔었던 게 사실이라지만…….

막상 그 모습을 마주하고 있노라니 가슴 한구석이 쿡쿡 찔러 들어왔다. 알고 있다. 이 감정이 무엇인지. 경계해야 할 감정이라는 것도 잘 알고 있다. 그래서 조심해야 한다고 생각했다.

우연희가 굳어 있는 경아를 지나쳐 수아에게 향했다. 이미 신경아에게 했던 경고가 있었기 때문이었을 거다. 이수아에게는 그런 게 없었다.

우연희는 이수아보다 훨씬 작은 키로 그녀를 올려다보고.

이수아는 우연희의 시선을 피해 고개를 돌리고 있는 게 전부였다.

우연희의 입술이 소리 없이 움직이는 게 보였다.

첼린저급 동아줄?

그렇게 피식 웃어 버린 우연희가 내 앞으로 돌아왔다.

감각이 S 등급의 벽을 넘으면 사용할 수 있는 게 있다. 그것은 시스템이 규정해 둔 스킬은 아니지만 S 등급 각성자들 사이에서는 유용하게 사용되던 기술이었다.

주파수(周波:Frequency)라는 명칭보다도 전음(傳音:Trill)

이라는 명칭으로 더 많이 불렸다.

우연희는 그걸 내게 사용하고 있는 듯했다. 감지될락 말락 하는 아슬아슬한 선 안에서 자꾸만 놓쳐지는 게 있었다.

우연희가 전해 오는 말이 툭툭 끊겨 제대로 파악하기가 힘들었다.

"내 감각 등급으로는 아직 무리야."

그러자 우연희의 고개가 천천히 끄덕여졌다. 그녀가 말했다.

"권성일은 괜찮지만 이수아와 신경아는 아니야. 그게 신경 쓰여."

언제고 배신할 수 있다는 뜻이었고 물론 알고 있는 바다.

완전한 신뢰란 첼린저 박스에서도 나오는 것이 아니다.

사람이라면 누구나 적당한 가면을 쓰고 이득을 계산하며 살아가는 법.

당장 필요로 하는 사람은, 그것이 비록 이득 계산 때문일지라도 내게 완전히 협조하고 팀원과 생사를 함께할 수 있는 사람이다.

모두는 우연희가 자아내는 분위기에 눌려 있었다. 평소라면 성일이 너털너털 웃으며 분위기를 환기시켜 보려 했겠지만, 그도 긴장된 기색이 역력한 표정으로 우연희를 주시하고 있는 중이다.

우연희가 어떤 아이템도 착용하고 있지 않은 점에서, 성일만큼은 눈치 챈 게 있을 것이다.

그때 헉, 하는 숨소리가 크게 터져 나왔다.

신경아 쪽이었다.

신경아는 그녀를 옥죄고 있던 기운으로부터 풀려나자마자 바닥에 쓰러졌다.

그러고는 가쁜 숨을 몰아쉬며, 도무지 믿을 수 없다는 눈으로 우연희의 등에서 시선을 떼지 못했다. 그 눈의 밑에선 경련이 일고 있었다.

"여기서 대기하고 있어."

셋에게 말했다.

우연희만 데리고 셋과 떨어진 곳으로 자리를 옮겼다.

셋의 C 등급 감각으로는 쫓을 수 없는 거리.

거기에서는 상류와 하류의 구분이 확연한 물줄기가 흘렀다.

거기까지 도착하는 동안 우연희의 얼굴은 확연히 밝아져 왔었는데, 물줄기에 직접 세수를 하고 난 후 나를 쳐다볼 때에는 더욱 밝아져 있었다.

그때야말로 그리워했었던 그녀의 얼굴이 돌아와 있었다.

그 얼굴이 오래가길 바랐다.

그래서 말없이 그녀만 쳐다보고 있었는데 그녀의 표정이 다시금 어두워지기 시작했다.

우연희 본인도 그걸 의식했던 것 같다. 억지로 미소를 지으려 하지만 예전의 미소와 함께 있었던, 두 눈의 반짝거림이 없었다.

이수아와 신경아 두 여자가 우연희의 기세에 눌려 말수를 잃어버렸던 것처럼, 우연희는 아마도 그동안 겪어 왔던 기억들에 파묻혀 버린 것 같았다.

억지로 웃으려고 노력하기 때문에라도 괴롭게 보이는 미소였다.

가슴이 또 쑤셔 왔다.

연희야.

떨어져 있던 기간 중에 대체, 내게 뭘 남기고 간 거냐.

나는 그녀를 위로해야겠다는 생각을 짓누르며 본론으로 들어갔다.

"떴다는 퀘스트가 뭐지?"

"떴다기보다는 기존에 있던 게 강화됐어. 시스템이 이상해. 우리가 알고 있던 시스템이 아니야. 수정되고 있잖아."

"강화됐다는 퀘스트에 대해서 더 말해 봐."

"언젠가 말했었지? 오래전에 네게 접근했었던 이유 말이야."

"그 퀘스트는 포기한 것 아니었어?"

그건 그녀의 정신계 특성을 만들어 낸 퀘스트였다.

시스템이 지정한 대상에게 도움이 되라는 퀘스트였고, 그 연계 퀘스트의 마지막이 바로 나였다.

퀘스트 임무가 너무 막연했기 때문에, 그런 퀘스트 따위는 진즉에 포기하라고 했던 적이 있었다.

우연희가 당시에 포기하지 않았었다는 뜻으로 고개를 저어 보였다.

"시스템이 수정되고 있다 했지?"

"응."

"내가 하고 있어. 여기도 그 일부야."

네가 어떤 곳에 들어온 줄 알아? 그 소리가 턱밑까지 차올랐다.

"너였다고?"

"그래. 시스템은 수정을 빌미로 내게 대리전을 시키고 있어."

어쩐지 그런 생각이 들었다. 우연희의 퀘스트를 강화하여 그녀를 내게 보내왔던 것이 선량한 의도 같지가 않다.

진짜 목적은 우연희 또한 여기, 바클란 군단의 본토에서 죽게 만들려는 것이 아니었을까.

하지만 셋을 버린다는 가정 하에선, 이 땅에서 도망치고자 마음먹는다면 못할 일도 아니었다.

"총군단장은?"

다행히 그녀가 대답 대신 꺼낸 것이 있었다.

귀환석.

아무것도 없던 손바닥 위로 귀환석을 소환해 내는 것을 보면, 그녀도 1장의 히든 보상 또한 확보해 둔 것이었다.

지금 당장에라도 퀘스트를 실패하고 설정 지역으로 귀환할 수 있다.

그게 이 귀환석에 깃든 진짜 힘이다. 시공의 규약을 받지 않는.

"해골 용은?"

"없었어."

결국 그렇게 된 건가 싶었다.

정확한 내막은 모르겠지만 내가 완전체의 해골 용을 확보한 결과가 다른 무대에도 영향을 끼쳤다.

오랜 시간 강화를 거쳐 완전체의 해골 용을 만들 수 있는 목걸이들이 전부 사라진 것.

그렇다면 이전에도 그렇고 앞으로도 해골 용은 내가 확보한 것이 유일하다.

그때.

또다시 시선에 잡히는 건 연희의 괴로운 낯빛이었다. 날 만나기 전까지 눌러 왔을 그녀의 감정이 도드라지는 것 같았는데, 저 낯빛을 마주할 때마다 가슴이 쓰라려 온다.

연희는 1막에서 무슨 일을 겪어 온 것일까.

연희에게도 시스템의 견제가 있었던 것일까.

연희는 군중들의 어떤 적나라한 감정들과 마주해 왔던 것일까. 가뜩이나 연희는 정신계 특유의 감수성이 특출 난, 소녀 같은 여자였다.

그러던 문득!

아!

뇌리에서 번뜩인 생각에 정신이 바짝 들었다.

연희에게, 아니 우연희에게 들켰을지도 모른다.

그녀를 향한 내 마음의 변화를 말이다.

그 순간에 내가 어떤 표정을 짓고 있는지는 알 수 없었다. 분명한 건 나도 모르게 시선을 우연희에게 가져갔다는 것이다.

그런데 우연희의 얼굴에 머물러 있는 괴로운 빛에는 변함이 없었다.

내 마음이 들켰다면, 조금이라도 변화가 있었을 텐데?

"가까운 사람들에겐 감응을 차단했군."

"그러면 안 되는 거였어……."

더 이상은 묻지 않을 수 없었다. 말이 먼저 튀어나왔다.

"무슨 일들을 겪어 왔던 거냐."

*　　*　　*

오딘과 마리라고 불렸던 여자의 발걸음 소리가 더는 들리지 않게 된 시각.

"후우……."

성일이 숨을 길게 내뱉으며 자리에 주저앉았다. 꼿꼿했던 다리의 힘부터가 풀려 있었다.

"누가 오딘 애인 아니랄까 봐, 살벌하구만. 안 그려?"

성일이 수아와 경아에게 말을 던졌지만 들려오는 대답은 없었다.

수아는 경아를 챙기기 바빴다.

성일이 보기에도 경아의 상태가 이상했다.

퀭한 동공의 초점이 불분명한 데다가 식은땀까지 흘리고 있었다.

쇼크를 받았다 치기에는 뭔가 달랐다.

접신(接神)한 사람의 모습에 가까웠다.

외계 문명의 침공이다, 스킬이다 아이템이다 뭐다 하는 현실에 그런 기억을 떠올리는 게 우습긴 하다만.

성일이 언젠가 봤던, 귀신 들렸다던 사람의 몰골이 영락없이 저랬다.

넋이 나간 것도 아니고, 아니 나간 것도 아니고.

성일은 이때다 싶어서 그 큰 손바닥으로 경아의 뺨을 후려쳤다.

짜악이 아니라 퍽 소리가 났다.

"뭐 하는 거예요, 지금!"

"힘도 안 실었으. 거봐. 정신 들었잖어. 매가 약이라니까."

"언니……."

"괜찮아?"

"그 여자 뭐야……."

경아는 수아의 팔을 치워 내며 고개를 저어 보였다. 더 이상 자신을 건들지 말라는 뜻이었다.

수아는 조용히 일어섰다.

긴 머리를 허리까지 늘어뜨린 여자.

160에 훨씬 못 미치는 작은 키도 그렇지만 무척 어려 보이는 여자였다.

처음 오딘을 향했을 때의 얼굴은 길 잃은 강아지처럼 안쓰러운 꼴이었다.

십대 후반? 외모상으로는 그렇게밖에 보이지 않았다. 그래서 오딘과 이전부터 알던, 동생으로만 여겼다.

처음에는 그런 모습만 눈에 들어왔기 때문에 그렇게 무시무시한 여자일 줄은 상상도 못 했다.

그렇지만 어떤 면에선 오딘보다 더했다.

그 얼굴이 자신과 경아를 향했을 때 잔혹한 악귀(餓鬼)처럼 돌변해 버릴 줄이야.

마리라고 했던가.

수아는 여전히 소름이 끼쳤다.

그 여자가 자신을 올려다보던 눈빛이 제 근처에 남아 있는 듯했다.

허기와 흥분에 찬 몬스터들의 눈빛보다 더한 섬뜩함.

조금만 움직여도 무슨 일을 저질러 버릴 것 같은 눈빛이었고, 그 눈빛이 아래에서 치솟아 오르고 있던 당시에 자신은 꼼짝도 할 수 없었다.

그 여자가 아가리를 쩍 벌린 독사였다면 자신은 궁지에 몰린 쥐였다. 본능이 가르쳐 주었다. 저항은 용납되지 않았다.

그러다 수아는 그 여자가 오딘에게 안겼던 광경을 떠올리며 성일에게 다가갔다.

“성일 오빠. 마리라고 했죠? 전 한 번도 들어 본 적이 없어요.”

“오딘이 줄곧 찾고 있었어. 아마 이거여. 이거.”

성일이 새끼손가락만 펴서 보였다.

수아는 아니다 싶었다. 오딘의 애인, 이란 걸 생각조차 하기 힘들었다.

물론 오딘도 사람이긴 했다.

하지만 오딘은 주관이 뚜렷하고 절대적인 목표가 있는 남자였다.

적어도 자신이 판단하기에는 말이다.

여자를 사서 하룻밤을 보낼 때에는, 본능에 충실하다는 느낌보다는 그것을 빠르게 해소시키려는 느낌을 강하게 받았다.

그랬던 이유는 그가 정진하고 있는 어떤 목표에 걸림돌이 되지 않기 위해서였을 것이다.

지켜보고도 믿기지 않을 정도로 외길 인생을 사는 남자, 오딘.

그런 남자에게 애인이 존재한다고? 매치가 되지 않았다.

'오딘은 그런 남자가 아니야.'

수아가 물었다.

"그 여자에 대해서 어디까지 알고 있어요?"

"왜 나한테 그려. 나도 심장이 벌렁벌렁하구만."

"앞으로 같은 팀이 될 여자예요. 저도 알 수 있는 만큼은 알아야겠어요."

"같은 팀이라 했으? 흐흐. 흐허허허. 동상 꿈도 야무지네. 보고도 몰러? 똑같어. 같은 팀이라 할 수 있는 건 우리 셋뿐이여. 어지간히 차이가 나야지."

성일이 경아를 턱으로 가리키며 대답했다.

수아의 시선도 성일이 가리킨 방향을 좇아 경아에게 향했다.

경아는 쭈그리고 앉은 채로 손톱을 물어뜯고 있었다. 수아는 그런 경아의 모습을 처음 보았다.

아니, 이전에나 있었던 버릇이었다. 하지만 시작의 장에 돌입해 다시 조우한 이후부터는 저런 과거의 모습을 본 적이 없었다.

"마리에 대해선 나도 하나밖에 몰러. 세계 각성자 협회원이라는 것밖에."

수아는 경아에게 조심스럽게 다가갔다.

"경아야. 정말 괜찮아? 어떻게 된 거였어? 무슨 공격을 받았던 거야."

"아 좀!"

경아가 화를 벌컥 냈다가 고개를 떨어트리며 마저 말했다.

"……조용히. 조용히 좀 있자고요. 언니."

주위는 적막에 휩싸였다.

*　　*　　*

하지만 연희는 지난 이야기들을 풀지 않았다.

걱정이 된다고 해서, 그녀를 채근할 수는 없는 일이었다.

굳게 닫혔던 그녀의 입술이 다시 열렸을 때에도 나온 건 자신에 대한 이야기가 아니었다.

"그것보다 네 얘기를 듣고 싶어. 시스템을 수정한다는 거 말야."

첫 번째 수정에 대해 들려주었다.

연희가 맞장구치기 시작했다.

확실히 시스템이 수정된 다음부터 각성자들이 사대 능력치를 우선 성장할 수 있게 되면서, 전력에 큰 도움이 되고 있다고 말이다.

그러나 희미하니 자신 없게 말하는 투였다.

내가 정신계가 아니라고 해도, 연희가 거짓말을 하고 있다는 것쯤은 느낄 수 있었다.

그녀는 홀로 모든 짐을 떠안고 있는 게 분명했다. 혼자서 웨이브를 박살 내고, 혼자서 첨탑을 부수고, 혼자서 다른 구역과의 전쟁을 치렀을 것이다.

그렇게 연희가 속한 무대의 모든 사람들이 그녀에게만 의존했던 것은 아닐까.

그러며 연희의 절대적인 능력을 탐내는 독사들이 출몰했던 것은 아닐까.

연희는 말하길 꺼려 하고 있지만, 적지 않은 배신을 당한 사람들만이 풍기는 분위기와 화법이 그녀에게 존재했다.

회한과 분노가 반반이다.

그녀의 뒤통수를 쳤던 새끼들은 전부 뒈졌을 것이다.

자멸했든가, 그녀에게 목이 잘려 나갔든가.

싹수가 안 되는 녀석들은 남녀노소 능력 여부를 불문하고 제거해 둬야 한다고 그렇게 말했었는데.

그랬는데 연희는 그걸 잘하지 못했던 것 같다.

오래전 칠선, 팔선 자매를 제거했을 때가 생각났다.

그 둘의 자매애에 강하게 감응해서 연희까지도 울어 댔던 걸 돌이켜 보면, 어쩌면 예견된 일이었을지도 모른다.

조금 더 준비시켜 둬야 했었다. 한다고는 했지만 부족했다.

결과가 그렇지 않은가.

빌어먹을, 배신자 개자식들!

그나마 위안 삼은 일은 연희가 그 새끼들에게서 벗어났다는 거다.

벗어났겠지……?

"누구였어?"

젠장. 말해 버리고 말았다.

"응?"

"그중에서도 널 제일 힘들게 한 새끼."

"그중에서?"

"유별났던 새끼가 있을 거 아냐."

"지나간 일이야."

"죽였어?"

"아니, 죽었어. 선후야. 우리 오랜만에 만났어. 망치고 싶지 않아. 진심이야."

연희가 계속 말했다.

"걱정 끼쳐서 미안한데, 이젠 그런 일 없어. 알겠더라고. 네가 왜 그렇게 사람들을 향해 항상 날이 서 있었는지."

끝으로 연희는 자조의 빛을 띠며 웃었다. 정말 그만두기로 했다.

더는 연희를 괴롭히는 것밖에 되지 않았다.

"이번 수정안은 뭐야?"

연희가 물었다.

그것에 대해서도 들려주자 연희의 고개가 천천히 끄덕거려졌다.

그러나 좋은 느낌이 아니었다. 앞머리가 찰랑거릴 때마다, 그 안으로 날카롭게 선 눈빛들이 사정없이 번뜩였다.

과거를 회상하고 있는 것이겠지.

연희의 입이 열리고 있었다.

"각성자들을 강하게 만들고, 더 많이 생존시키는 게 좋은 일일까? 힘을 쥐면 사람은 변해. 자신도 모르는 사이에 천천히, 나중에는 처음의 자신이 어떤 사람이었는지도 까맣게 잊어. 그런 사람들이야. 여기 사람들은…… 젠장. 아, 미안.”

연희는 스스로 분통을 터트리다가 얼굴이 빨갛게 달아올랐다. 그러고는 내 눈을 마주치지 못해서 입술만 빼금거렸다.

젠장이라니.

그것마저 내가 입버릇처럼 쓰던 단어였다.

“나쁜 새끼들 많이 봤을 거다. 하지만.”

하마터면 그녀의 이름을 제대로 부를 뻔했다. 연희야, 라고.

“하지만 우연희. 여기나 바깥이나 똑같아. 원래부터 그런 새끼들이라면, 그나마 인류의 공존에 이바지할 수 있게 만들어 두자는 거다. 우리 둘만으로는 안 돼.”

물론 그렇지 않은 자들도 많다. 대개 안주해 버린 자들이 그렇다.

마찰을 꺼려 하고 경쟁을 싫어하며 공포에 쉽게 순응해 버리는 자들. 어디서나 흔히 볼 수 있는 평범한 사람들이 그랬다.

그나마 자식을 둔 부모들은 강해지는 것 자체에 목적을 두지 않고, 끝까지 생존해 가족들에게 돌아갈 목적으로 몸부림치고 있지만.

그렇지 않은 자들은 이 생존 게임이 끝나기만을 기다리고 있다.

자신들이 나서지 않아도, 보다 빠르게 강해지고 있는 강자들이 이끌어 주고 있으니까.

난 그들도 이 게임에 동참해야 한다고 생각한다.

그래서 바클란 군단의 본토에 들어오게 된 것이다.

"어떻게 그렇게 만들 수 있어? 사람은 고쳐지지 않아…… 아, 망치지 말자고 해 놓고 내가 해 버렸네."

연희가 고개를 들었다. 그녀가 단단하게 변한 눈빛으로 말을 이었다.

"시작의 장이 끝나면. 과연 여기 사람들이 몬스터 군단하고만 싸울까? 아니야. 나는 아니라고 봐. 반드시."

내게 말하고 있기 때문에 최대한 상냥한 투를 쓰려 하지만 느껴진다.

저 속에 담긴 강한 불신이.

그렇다.

연희에게 진실을 들려줄 때였다.

그녀에게 꼭 필요한 이야기를.

그녀가 몰랐던 진실을.

* * *

내가 물었다.

"이상하다 여겨 본 적 없어?"

"뭘?"

"외계 문명의 침공이란 대사건이 일어났어도, 우리 인류 문명이 그대로인 것. 세계 경제는 문을 닫은 채로 진즉 곪아 터져 버렸을 일이었지. 그렇게 됐어야 했어. 그게 당연하잖아."

IMF 시절 당시.

머리에 피도 안 마른 녀석들을 대상으로 국난을 이해시키려고 노력했던 게 중학 교사, 연희였다.

"하지만 왜 그렇게 되지 않았을까. 인류가 쌓아 올린 문명은 왜, 이전과 이후가 변함이 없을까."

"……."

"거기에는 내가 있었다. 조나단 투자 금융 그룹, 질리언 투자 금융 그룹, 전일 그룹 등의 네가 알고 있을 모든 기업의 진짜 주인인 내가."

단단했던 우연희의 눈빛이 흔들리기 시작했다.

"내 자산은 나라도 추정이 불가능해. 항상 궁금해 왔었잖아. 내가 왜 그렇게 바쁘기만 했는지. 그래서였어. 던전을 돌지 않을 때면 돈에 환장할 수밖에 없었지. 더, 더, 더. 더 많은 돈이 필요했어. 시작의 날에 처참히 박살 날 문명 때문에."

"선…… 후야?"

"알겠어? 세계 경제가 문을 닫은 채로 터져 버려야 마땅했을 것을, 문을 열어 두고 내가 온전히 다 떠받아 줬다. 전 세계의 자본 세력들이 공포에 질려 속옷까지 팔아 댈 때, 나는 그것들까지도 전부 사 줬어."

계속 말했다.

"차트상으로는 완만한 하락 곡선을 그리고 있었겠다만, 그때는 세계의 모든 자본들이 충돌하고 있던 시점이었다. 차트 그래프만으로는 표현되지 못하는 금융 전쟁이 벌어졌었지. 그 전쟁이 있었기 때문에 이전과 이후에 변함이 없던 거였다. 하지만."

연희가 고개를 살짝 끄덕였다.

내 말이 믿기냐고, 물을 필요는 없었다.

"세계 각성자 협회도 내가 창설해 둔 조직이지. 시작의 장이 끝나고 나면 대부분의 각성자들은 협회로 소속될 수밖에 없는 구조야. 안 그런 것들은 뼈저린 후회만 하게 되겠지. 무슨 말인지 알겠어?"

"그럼……."

"그래. 내가 어떻게 지켜 낸 곳인데, 어떤 애송이들이 난리 치게 둘 것 같아? 넌 신경 쓰지 않아도 돼. 바깥은 클리어다."

마지막이었다.

"지구는 내 거야."

Chapter 4.

셋에게 돌아가는 동안 말소리는 한 마디도 들리지 않았다.

"다시 소개하지. 여기는 마리. 말을 건넬 때는 반드시 경외를 담도록."

그러자 성일이 나도? 라는 식으로 자신을 가리켜 보였다.

물론이다.

등급이 올라간 던전을 공략할 때면 사선을 함께 넘었으며, 그러한 던전에 적응이 끝난 후부터는 단언컨대 노가다라고 말할 수 있는 단순 반복 작업을 함께해 왔었다.

그 세월이 근 이십 년이었다.

연희가 아니라면 누가 그렇게 할 수 있겠는가.

불평 없이 끝까지 따라오면서도 변함이 없었던 연희와 고작 시작의 장에서 내 육성을 받고 있는 이들과는 동급일 수가 없었다.

등급부터가 C급과 S급 차이.

수정된 체계 안에서 각성자들의 성장이 빨라졌다고 한들, 여전히 천지 차이.

"그럼 브리핑을 시작하겠다. 우리 모두의 목숨이 여기에 달려 있다는 걸 명심하고, 반드시 머릿속에 새겨 넣어."

*　　*　　*

"외계 문명의 종족들은 다양하고 그것들의 거주지도 별개의 차원 속에 존재한다. 그렇지만 그것들이 공통적으로 형성하고 있는 문화 요소가 있는데, 바로 칠마제(七魔帝) 숭배다. 흔히 생각하는 종교와는 차이가 있다. 그것들의 신인 칠마제는 초(超) 고등한 존재로서 현존하며 그것들의 문명에도 직접적인 영향을 미치기 때문이지. 그래서 외계 문명의 종족들은 광신도적 면모를 띤다."

오딘의 브리핑 중.

경아는 마리가 계속 신경 쓰였다. 아직도 마리가 노려봤던 시선이 머릿속에 남아 있었다.

도무지 떨쳐지지가 않는 공포스러운 시선이었다.

그런데 그냥 느낌만이 아니었다.

눈만 살짝 감아도 검은 배경 속으로 가득 차며 나타난다.

안과 질환 중 하나인 비문증처럼 말이다.

차이가 있다면 비문증은 날파리나 실오라기 같은 작은 형태를 띠지만, 자신을 노려보던 마리의 두 눈은 검은 배경을 가득 채웠다.

아주 가득.

"지켜볼 거야."

그 섬뜩했던 말이 바로 이런 걸 뜻했던 거였나? 자신의 정신 속에서 잔존하며 지켜본다고?

경아는 심장이 떨렸다.

'설마 아니겠지.'

그러나 다시 눈을 감았을 때에도 어김없이 마리의 시선이 가득 차 버리는 것이었다.

겁이 덜컥 났다.

마리의 시선이 영원히 사라지지 않는다면 잠은 고사하고 일상생활이 불가능한 것 아닌가.

또다.

눈을 깜박일 때마다 마리의 시선이 번쩍거려 댔다. 정작 지금 마리는 오딘의 옆모습을 하염없이 바라보고 있는 중인데 말이다.

"바클란 군단은 칠마제 중 둠 아루쿠다를 숭배하는 종족이다. 군단장으로 배속되거나, 그만한 고등 몬스터들부터는 둠 아루쿠다의 권능을 빌려 사용하기도 하는데……."

정체불명의 땅.

뜬 퀘스트는 아무것도 없고, 오딘의 지시에만 의존해야 하는 지랄 같은 상황에서도.

경아는 오딘의 브리핑에 집중할 수 없었다.

오딘이 저렇게 한꺼번에 많은 말을 하는 것도 처음이었고, 칠마제니 바클란 군단이니 뭐니 하는 새로운 정보들도 쏟아지고 있지만 중요한 건 그게 아니었다.

경아는 벌떡 일어섰다.

그때까지만 해도 마리에게 머릿속에서 나가 달라고 소리칠 생각이었다.

하지만 앞에서 부딪친 진짜 마리의 시선에, 경아는 계속 떨려 대던 심장이 결국엔 뚝 끊겨 꺼져 버리는 느낌을 받았다.

그때 다리에 힘이 풀렸다.

"집중해. 신경아."

오딘의 브리핑이 계속 이어졌다. 바클란 군단의 잔병들부터 고등 몬스터들까지, 그 어느 때보다 자세한 설명들이었다.

"앞서 설명했던 대로 정공법으로는 절대 바클란 군왕을 잡을 수 없다. 그것보다 멍청한 자살은 없겠지. 이들의 문화와 세력 구도를 이용하는 것만이 우리가……."

브리핑이 끝나 가던 순간에서였다.

힘겹게 꿈틀거리기만 했던 경아의 인상이 확 펴졌다.

"지금부터 너희들이 쓸 만한 장비들을 지급해 주겠다. 권성일, 이수아, 신경아 순으로 나오도록."

'역시!'

경아는 속으로 소리쳤다.

성일과 수아가 차례대로 지급받은 아이템들은 때깔부터가 달랐다.

둘이 착용할 때마다 브론즈, 실버, 골드, 플래티넘, 다이아. 그 모든 빛깔이 품어진 다채로운 빛이 번뜩였다가 사라진다.

말로만 듣던 마스터 박스의 내용물, 무려 A급 아이템인 것이다.

오딘은 무작정 사지로 자신들을 끌고 온 게 아니었다.

경아는 감격했다.

과연 오딘은 그만한 준비가 되어 있었다.

오딘의 지시에 충실히 따라가기만 한다면 언젠가는 오딘처럼 강해질 수도 있는 것이다.

'우리들의 리더, 오딘!'

드디어 자신 차례였다.

경아는 어떤 아이템을 지급받을지 격앙된 마음으로 몸을 일으켰다. 그렇게 거침없이 걸어가 오딘 앞에 섰을 때였다.

무슨 이유에선지 오딘은 자신을 빤히 쳐다보다가 옆으로 고개를 돌리는 거였다.

거기에는 오딘의 오래된 동료인 마리가 있었다.

콧수염이 제법 매력적인 히스패닉 남자.

그런데 이상했다.

오딘이 오래된 동료를 바라보는 눈빛은 혼란으로 가득 차 있었다.

"왜요?"

경아가 물었다.

"내 옆에 누군지 알아보겠어?"

"마리 님이죠."

"마리가 어떻게 보이는지 말해 봐. 구체적으로."

"갑자기 왜요. 마리 님께 실례잖아요."

경아는 난처한 낯빛으로 두 사람을 번갈아 쳐다보았다.

*　　*　　*

신경아를 눈여겨보고 있었다. 상태가 안 좋았기 때문이었다.

그런 여자가 아닌데, 도무지 브리핑에 집중하지 못했다. 눈을 깜박여 대면서 인상을 쓰질 않나, 갑자기 벌떡 일어나 브리핑을 중단시켜 버리질 않나.

가장 이상한 점은 브리핑을 끝까지 듣고도 두려워하는 기색이 하나도 없었다는 데 있었다.

오히려 종국에는 밝은 낯빛마저 띠었다.

성일과 이수아가 사태의 심각성을 깨닫고 얼굴이 굳어진 반면, 신경아만이 두 눈을 반짝여 댔다.

신경아의 정신 체계가 달라졌다는 것을 제대로 눈치챈 것은 그녀를 마주하면서였다.

바로 옆에 연희를 두고도 의식하지 않았다. 연희에게 직접적으로 경고를 받았을 뿐만 아니라, 우리가 다시 돌아온 시각부터 꾸준히 연희를 두려워하는 눈으로 쳐다봤던 신경아였다.

그러다 연희와 시선이 마주치면 고개를 숙여 버리기 일쑤였었고.

"내 옆에 누군지 알아보겠어?"

"마리 님이죠."

"마리가 어떻게 보이는지 말해 봐. 구체적으로."

"갑자기 왜요. 마리 님께 실례잖아요."

마리 님이라고? 경외를 담으라고 했어도 너무 쉽게 나왔다.

신경아의 성격을 알고 있는 성일과 이수아도 순간 의아해져서는 눈살을 찌푸리고 있었다.

"잠깐 보자."

연희를 스쳐 지나간 후 앞장섰다.

걸음을 걷는데 가슴이 서늘하다.

단언컨대 이악(二惡)은 불귀 강우성과는 다른 면모로 잔혹한 악마였다.

제 세력을 갖추지 않는 대신.

다른 세력의 장을 죽여서 그 신분을 차지하거나 혹은 정신을 조작하여 자신의 뜻대로 부리는 걸 즐겨 했다.

특히 팔선의 세력을 내부에서부터 갉아먹는 걸 그토록 좋아했다.

세력 없이 혼자이면서도 누구나 두려워했던 게 이악이었다.

어디서 어떤 모습으로 출몰할지 모르기 때문이었고, 이악이란 망령이 스며든 세력의 마지막은 하나같이 몰살로 끝났기 때문이었다.

그중에서도 가장 두려운 점은 자신도 모르게 정신이 조작당해 그 악녀의 종이 될 수 있다는 가능성에 있었다.

그랬던 이악.

이악(二惡)이 계집이라고 알려졌던 것은 일악의 말실수 때문이었는데, 그 일 하나 때문에 일악과 이악은 척을 졌다.

그 이후부터는 레볼루치온의 대 유럽 항쟁에서처럼, 치열한 전장이 아니고서는 둘이 같은 공간 안에 있던 경우를 볼 수 없었다.

어쨌든 그 전까진 이악의 모든 것이 베일에 가려져 있었다.

각성 나이, 성별, 국적, 진짜 목소리 등.

일악의 말실수 다음에야 고작 성별 하나만 특정 지어졌다.

내가 아는 것도 그게 전부다.

어딘가에선 존재하지만 얼마든지 존재하지 않을 수도 있던 게 그 계집.

그런 걸 다 떠나서, 나도 그 계집만큼은 절대적으로 얽히는 일이 없도록 피해 다녔었다.

하지만 내 시대가 도래하면서부터는 달라졌다.

여성이라는 것 외에는 알 길이 없지만, 만일 신분을 특정 짓게 된다면 반드시 제거해 둬야 한다고 꾸준히 생각해 왔었다.

일악과 칠선, 팔선 자매 그리고 불귀처럼, 앞으로도 남은 것들처럼.

그런데 나도 일악의 특성과 일선의 스킬, 그리고 사선의 스킬을 품고 있지 않은가. 연희가 이지스의 시선을 띄웠던 당시만 해도 단지 나와 같은 경우일 거라고만 생각했었다.

그래서 지금은?

느낌이 싸하다.

이수아와 신경아를 노려봤던 눈빛이 새삼스럽게 다시.

"신경아는 전리품 때문에 합류했어. 하지만 죽음을 불사할 각오까지는 아니었어."

연희가 말했다. 자신이 한 일에 한 점의 후회가 없는 얼굴이었다.

"그래서 정신을 건드렸어?"

"너와 대화를 나누기 전이었어. 지나쳤다면 돌려놓겠지만, 저런 여자들이 꼭 문제를 일으켜 왔거든. 그대로 두는 게 낫지 않겠어? 신경아 자신을 위해서라도 저편이 나을 거야."

"연희야. 우연희."

"이수아는 몹시 계산적이지만 괜찮아. 열심히 계산만 하고 각오가 되어 있지 않은 것들이 태반인 반면에, 신경아는 아니거든. 그리고 권성일은 바깥에 나가서도 그의 트리거만 지켜 준다면 계속 유용할 거야. 난 권성일 같은 사람들이 좋아. 가족과 멀어졌기 때문에라도 더 신경 써야 돼. 안 그러면 정말 영영 멀어……."

연희의 미간이 살짝 찌푸려졌다.

"오고 있어."

그녀가 말했다. 하지만 내 A급의 감각으로는 잡히는 게 없었다.

할 수 있는 한 최고조로 감각을 끌어올려도 연희의 수준에는 못 미치는 게 현실이다.

나는 2회 차. 연희는 S급의 벽을 넘은 후로 한계의 끝을 향해 진행 중이니까.

"내 선에서 처리가 가능할 것 같아. 남쪽으로 곧장 내려가다 보면 산이 하나 보일 거야. 바클란 군단과는 다른 언어가 들려. 확인해 보는 게 좋겠어."

"아니. 같이 가지."

"한 방향이 아니야. 네 그룹원들이 남겨져. 그리고."

연희의 눈이 희미한 미소를 띠기 시작했다.

"어떻게 온 기회인데. 안 잊었지? 될 때까지는 내가 키워 주기로 한 거. 인근에서 확보할 수 있는 포인트는 전부 담고서 합류할게."

그럼 가도 될까?

연희가 그런 턱짓으로 후방을 가리켰다.

그녀를 보낼 수밖에 없었다.

"조심해라."

내 허락이 떨어지기 무섭게 그녀는 뒤도 돌아보지 않고 떠났다.

셋에게 돌아온 시점에서 메시지가 빠르게 뜨기 시작했다.

[15포인트를 분배 받았습니다.]

[1포인트를 분배 받았습니다.]

[40포인트를 분배 받았습니다.]

[1포인트를 분배 받았습니다.]

[200포인트를 분배 받았습니다.]

[500포인트를 분배 받았습니다.]

……

쉴 틈 없이 계속 이어지는 메시지들.

셋이 놀란 눈을 껌벅거렸다.

신경아의 간드러진 웃음소리가 그때 시작됐다.

"호호호! 마리 님은 역시 대단하세요. 우리는 뭘 하면 될까요."

그런 신경아를 보며 또다시 의문이 피어올랐다.

신경아를 본래 상태로 돌려놓는 게 과연 맞는 것일까?

그리고.

연희가 이악(二惡)일까?

* * *

진실은 연희가 내가 바랐던 그대로 성장했다는 것이다.

보다 주도적으로 바뀐 것도 그녀를 육성하면서 줄곧 바라왔던 일이었고, 문제가 될 만한 낌새가 보이면 사전에 제거해 두라는 것 역시 주기적으로 주입해 왔던 내용이었다.

그녀는 그래야만 했던 까닭들을 실제로 체감하며 부쩍 달라졌다.

내 자신을 관조해 봤다.

그런 변화를 두고, 그녀를 이악(二惡)이라 의심했던 이유는 그만큼이나 이악을 두려워했었기 때문이 아니었을까?

무엇보다 연희가 진정 이악이라면 이십 년 동안 함께해 오면서도 알아차리지 못한 나한테 더 큰 문제가 있는 것이었다.

"난 권성일 같은 사람들이 좋아. 가족과 멀어졌기 때문에라도 더 신경 써야 돼."

연희는 어긋난 적이 있었던 가족 관계 때문에라도 가족을 소중히 여기며 다른 사람들을 평가할 때에도 그러한 관점에 중점을 두었다.

그녀가 본 시대의 이악처럼, 제 목적을 달성하기 위해서 각성자와 민간인, 남녀노소 다 가리지 않을 위인이 되리라는 생각은 절대 들지 않는다.

이악을 특정 지을 정보가 없는 것이 문제의 원인이었던 것 같다.

시간을 역행해 왔어도 이악의 공포는 여전히 내게 영향을 끼치고 있는 것이다.

연희에게서 이악을 떠올리다니. 어떻게 그럴 수가 있지. 그 악녀와 연희를 어떻게!

젠장!

연희가 내게서 감응을 차단시켜 둔 게 다행이었다.

이런 내 속마음을 그녀가 읽어 냈다면 제 무대에서 받아 왔을 상처보다 더 큰 상처를 남겼을지도 모르는 일이었다. 틀림없이.

이제 와서야 다시 생각난 것인데, 줄곧 우려해 왔던 최악의 상황은 이런 게 아니었다.

예컨대 그녀가 정장 입은 독사들의 혓바닥에 여전히 놀아나고 있을 상황이었다.

그런 경우보다는 지금이 차라리 나았다.

만일에 하나.

정말 만일에 하나 연희가 이악이라는 게 특정되거나 그런 수준으로 더 악화된다면?

그때는 고민할 것도 없다.

사사로운 정(情)보다 더 우선시되어야 할 것은 우리 가족들이 살아갈 이 세상이니까. 연희라고 해서 예외는 아니다.

그래. 아닌 것이다…….

* * *

그때도 연희의 전투가 계속되고 있는지 포인트가 꾸준히 들어오고 있었다.

"이것들. 몬스터가 아닌디?"

성일과 신경아가 뭉족을 잡아 왔다.

산에는 우리를 감시하기 위해 일단의 무리가 매복해 있었으나, 녀석들로선 꽤 어설펐던 게 문제였다.

외계인 하면 흔히 생각하는 푸른 피부를 가진 이종족은 칠마제 군단의 대표적인 노예 종족이다.

뭉족은 칠마제 군단에게 다양한 방법으로 이용됐다.

특히 이 종족을 가장 많이 활용했던 것이 쥐새끼, 바르바 군단인데 그것들은 뭉족들을 생체 병기로 부리길 즐겨 했다.

여기 바클란 군단 같은 경우에는 이것들을 인신 공양의 제물로 활용한다. 둠 아루쿠다에게 이것들의 영혼을 바치고 더 많은 권능이 부여되길 간절히 소망하는 것이다.

"푸르딩딩한 것 빼면 우리들하고 크게 다르지 않은디?"

성일이 내 앞에 한 녀석을 던지며 말했다.

어쩐지 죄책감이 묻어 나오는 목소리였다.

이수아가 이 포로들을 바라보는 시선도 별반 다르지 않았다.

그들이 지금껏 봤던 몬스터라고 해 봐야, 수북한 털로 가려진 흉측한 얼굴들뿐이었고 성일의 말마따나 뭉족은 우리 인류와 닮은 구석이 많은 종족이다.

피부만 퍼럴 뿐.

인체 구조는 물론 이것들이 흘리는 핏물도 우리와 같은 색이다. 지금도 포로들은 그 빨건 핏물을 쿨럭이고 있었다.

[뭉족 남성 (종족)

고향을 잃은 떠돌이들입니다.

등급: E]

거기서 한 번 더 개안을 일으키자 정보가 추가되었다.

역시, 등급이 높을 때 알아봤다.

[이름: 투르바 말라 앙락
체력: E (13) 근력: E (41)
민첩: E (3) 감각: E (2)
특성(1) 스킬(3) 아이템(1)]
[특성 – 추격자 : E (31)
스킬 – 섬광 충격 : E (2) 질주 : E(0) 개안 : E(0)
아이템 – 바르바 군단의 낡은 허리띠(F)]

신경아가 붙잡아 온 것도 크게 다르지 않은 수치였다.

퍽!

신경아가 기어서 도망치려는 녀석의 등을 짓밟으며 뇌까렸다.

"오딘. 이것들이 뭔지 아세요?"

알다마다.

이것들은 우리 인류가 칠마제 군단과의 전쟁에서 패배할 경우, 반드시 겪고 말 미래의 모습이다.

하지만 본 시대의 팔악팔선들은 이것들의 존재에서 배운 게 없었다. 그들에게는 미래보다 현재가 중요했다. 현재 대척하고 있는 상대 진영을 부수는 데에만.

나는 보관함에서 아이템 두 개를 꺼냈다.

뭉족과 의사소통을 나눌 수 있는 아이템 같은 건 존재하지도 않지만 바르바 군단의 언어라면 말이 달라진다.

A급, 바르바 군단의 집행 징표.

거기에 의사소통이 가능한 효과가 깃들어 있다. 내가 손수 포로 녀석에게 팔찌를 채워 주자 녀석의 두 눈이 휘둥그레졌다.

[물리 방어력 : 5000/5000]

[마법 방어력 : 3500/3500]

녀석의 상태 창에 두 개 종목이 추가되는 즉시, 녀석의 전신에서 방어막이 생성되었다가 사라졌다.

보이지 않게 됐다고 해서 증발된 게 아니다. 피해를 받을 때마다 번뜩이며 나타나서는 처음의 색채를 잃어 나갔다.

퍼억! 퍼억!

녀석은 그때마다 몸을 꿈틀거렸다.

녀석의 방어력이 모두 깎인 시점에서 처음으로 입을 열었다.

"그, 그만…… 제발 그만."

"앙락의 아들이자 말라의 아들인, 투르바."

녀석은 놀란 감정을 번뜩였다가 이를 악물었다.

"너희들은 나를 처음 봤겠지만 난 너희들을 여러 번 본 적이 있다. 내 이름은 오딘. 칠마제 군단의 습격을 받고 있는 또 다른 차원에서 왔지. 일단 우리를 먼저 적대한 것이 너희들이라는 걸 알아줬으면 하는군. 이런 상황은 나도 원치 않던 바다."

"너…… 너희들은 뭐냐!"

녀석이 놀란 목소리를 터트렸다.

'바르바 군단으로부터 도망친 것이겠지. 너희들의 리더와 만나고 싶군. 아마도 우리는 같은 뜻일 것이다.' 라는 대답을 준비했을 때였다.

바로 그때.

[뭉족 각성자와 조우 하였습니다.]

[탐험자 특성이 발동 하였습니다.]

[뭉족 특전에 대하여 (탐험자 보상)

뭉족은 멸망하였지만 그들의 시스템이 남겼던 힘은 뭉족 각성자들에게 아직도 잔존해 있습니다. 뭉족 각성자와 조우하는 데 성공한 10 순위에 한하여 뭉족 특전을 진행 할 수 있습니다.

내용: 진행 시, 뭉족 각성자들을 제거할 때마다 남겨진 힘 일부를 회수 합니다. 대신 뭉족 전부와 적대 관계에 돌입하게 됩니다.]

[뭉족 특전을 진행 하시겠습니까?]

시간을 역행한 이래로 뭉족을 본 것은 이번이 처음이 아니었다.

연희와 함께 던전을 공략하던 당시, 쥐새끼 바르바 군단의 던전에서는 이것들이 군단 화력에서 상당한 비중을 차지했었다.

그때는 특전이 발동되지 않았었는데 이제는 분명해졌다.

뭉족 각성자와 어떤 식으로든 의사소통을 해야만 뭉족 특전을 진행할 수 있게 되는 거였다.

다만 2회 차와 도전자 특성도 그렇지만 뭉족 특전도 처음 접하는 것이었다.

이에 추정할 수 있는 건, 딱히 눈에 띄지 않았던 오선(五善)과 그의 무리들이 보여 줬던 급속한 성장에 관한 것이었다.

이렇게 된 것이었나?

본 시대에서 오선과 오선의 무리들이 바르바 군단의 연구실에 그토록 집착했던 이유가 있었던 것이다.

오선이 그저 그런 각성자에서 팔악팔선의 네임드 대열에 진입할 수 있었던 이유 말이다.

다시 생각해도 오선의 성장은 불가사의했었다. 시작의 장에서부터 부익부 빈익빈의 성장 구도가 확립되며, 안식의 장까지 모두 끝났을 때에는 굳어져 버린 그 체계를 누구도 뚫을 수 없었다.

그런데 오선은 유일하게 성공해 냈다. 때문에 비록 적이지만 대단하다고 생각했던 적이 있었다.

이런 꼼수가 있었을 줄이야.

고민은 어렵지 않았다.

불과 몇 분 전만 해도 뭉족 세력을 결집해서 군왕을 도모해야겠다던 계획은 있지도 않았다.

게다가 뭉족은 인류에게 해로운 존재다.

이것들의 영혼이 바클란 군단을 강하게 만들어 주며 생체 병기로 전락하는 것들은 바르바 군단의 무기로 쓰인다.

문제는 얼마큼의 힘을 흡수할 수 있냐는 것인데.

[뭉족 특전을 진행 합니다.]

콰직.

나는 허리를 숙인 그대로 녀석의 숨통을 끊어 놓았다.

내가 갑자기 이렇게 나올 줄 몰랐던 건 다른 포로 한 명뿐만 아니라, 성일들도 그랬다.

그들의 당혹스러운 시선이 뻗쳐 오는 가운데 메시지가 연달아 떴다.

[스킬, 섬광 충격을 흡수 하겠습니까?]

구린 스킬. 하지만 스킬을 흡수할 수 있다는 가능성 자체만은 대단하다.

패스.

[특성, 추격자를 흡수 하겠습니까?]

특성까지 되는 것이었다. 그러나 현재 보유 중인 특성들은 어떤 특성들로도 대체될 수 있는 것이 없다.

있다면 하나, 오선이 보유했었던 열정자 급 정도밖에.

패스.

[실버 박스 8개 혹은 골드 박스 2개로 지급 받을 수 있습니다.]

*　*　*

두 번째 포로를 대상으로도 시험해 본 결과.

남겨진 힘 일부를 회수할 수 있는 정도가 명확해졌다.

뭉족 각성자의 스킬과 특성은 완전히 흡수가 가능한 반면에, 그 정도까지 성장하는 동안 들였을 박스들은 각 종목을 대표하는 등급 박스 하나로만 회수가 가능했다.

무슨 말이냐 하면 첫 번째 포로의 여덟 개 종목이 E등급이어서 실버 박스 8개나 혹은 이에 준하는 골드 박스 2개로 환산되었던 것이다.

두 번째 포로의 숨통이 끊긴 직후였다. 탐험자 특성이 한 번 더 발동했다.

[특성 열정자에 대하여 (탐험자 보상)

뭉족이 딱하고 가엽게 여겨질 수 있습니다. 하지만 뭉족 각성자에게 잔존해 있는 그들 시스템의 힘은 당신의 종족에게 도움이 될 수 있습니다.

내용: 뭉족 각성자 열을 제거 할 경우, 특성 열정자를 획득합니다.]

이건!

열정자가 아니라 '뭉족 사냥자' 라고 해야 마땅하지 않겠는가?

오선은 뭉족 사냥으로 능력을 키웠고, 거기에서 획득한 특성으로 팔악팔선의 네임드에 올랐던 것이다.

전투를 지속하는 시간에 비례해서 점점 강해졌던 오선이었다.

전제 조건으로 '전투를 지속하는 시간만큼' 이라는 단서가 붙었던 게 패널티였지만, 그랬기에 레볼루치온의 대(大) 유럽 항쟁에서 가장 놀라운 성과를 보였던 게 바로 오선이었다.

종국에는 그 전투에서 일선도 꺼려 했던 일악과 1:1 전투를 치렀던 것도 그 오선이었다.

오선. 오선. 오선!

놈이 어디서 열정자를 얻었나 했더니 뭉족 특전에서부터 이어져 온 결과물이었다니.

속으로 혀를 내두르고 있을 때 신경아의 감각에도 잡힌 게 있었던 모양이다.

"이것들의 대장이 많이 화가 난 모양인데요."

신경아는 산을 주파해 내려오고 있는 뭉족 각성자와 내 능력을 가늠하는 듯했다. 그럴 수밖에 없는 것이, 무리 중 하나가 이쪽을 향해 쇄도해 오는 속도만큼은 질풍과도 같았다.

그러나 연희가 조작해 놓은 부분 탓에 신경아는 만면에 기대감을 띠고 있었다.

신경아의 그 얼굴과 나머지 둘을 향해 말했다.

"전투 준비해."

아이러니하지만 그랬다.

바클란 군왕을 잡기 위해서라도 이것들과 이것들의 대장을 먼저 잡아야 하는 상황.

무리의 대장은 과연 바클란 군단의 본토에서 제 무리를 데리고 산에 숨어들어 있는 녀석 답게, 일신의 능력이 뛰어난 녀석이다.

최소 A급 이상의 각성자라는 것이다.

다른 말로 하자면.

녀석에게는 안타까운 말이지만 놈은 내게 마스터 박스의 집약체나 마찬가지였다.

녀석을 잡기만 한다면 연희가 도착하기 전에, 나는 연희보다 강해져 있을 수 있었다.

계산컨대 마스터 박스들로 감각 능력치만 손 봐도 연희는 절대 나를 감당할 수 없다. 나머지 뒤떨어지는 능력치 부분은 특성과 스킬들로도 얼마든지 상쇄가 가능하기 때문이다.

어쨌거나 이는 천재일우의 기회임이 틀림없었다.

됐다.

도무지 답이 없어 보였던, 바클란 군왕을 잡으라던 도전자 퀘스트에도 일말의 희망이 내려앉았다.

이미 멸망한 종족. 회생이 불가능한 노예 종족. 우리 인류에게는 백해무익한 앞잡이 종족.

이것들의 처지가 안타까울지언정 동정의 여지는 없다.

그 정도로 나는 여유롭지 않다.

이윽고 놈이 지척까지 도달한 것이 느껴졌다.

나도 놈을 맞을 준비를 하며 육감을 끌어올렸다.

1:1에서는 헤라의 광기만큼 좋은 게 없다. 나머지 놈들은 셋에게 맡기면 되는 것이고.

[헤라의 광기를 시전 하였습니다.]

양 주먹을 움켜쥐자 주먹 틈 사이로 뇌력 줄기가 돋쳐 나오기 시작했다.

빠지직. 빠지직—

눈치챘겠지만, 맞다.

사선 미하엘의 주력 스킬이기도 했던 이것은 뇌전(雷電) 계열이다.

헤라의 광기는 오딘의 분노와도 데비의 칼 중 변환 스킬인 인드라의 칼과도 상성이 아주 잘 맞는 것이지.

삼중(三重) 뇌력의 폭풍 속에서는 누구도 빠져나올 수 없을 것이다.

멸망한 종족의 각성자라면 더욱이.

탓!

녀석의 기척이 쏟아지고 있는 방향을 향해 몸을 던졌다.

네 힘을 바쳐라! 멸족한 각성자여.

*　*　*

육안으로 서로를 확인할 수 있는 거리.

놈과 나는 대치하고 섰다.

놈은 제 몸보다 훨씬 커다란 대검을 한 손으로 움켜쥐고 있었다.

[뭉족 남성 (종족)

고향을 잃은 떠돌이들입니다.

등급: S]

추정했던 것보다 높은 등급인 S급 각성자.

하기야 그 정도는 되어야 어떻게든 숨어 살 수 있는 게 아니겠는가. 여기는 다름 아닌 바클란 군단의 본토다.

한편 놈도 내게서 동일한 창을 보고 있을 것이다.

아마도 이런—

[인간 남성 (종족)
칠마제 군단의 침공에 대항하고 있는 이들입니다.
등급: A]

놈은 명백한 등급 차가 있음에도 불구하고 신중을 기하고 있는 모습이었다.

허투루 S급을 달성한 것이 아니라는 듯 눈썰미가 있는 놈.

내 양 주먹 안에 갇혀 있는 뇌력들은 지금도 자신들을 풀어 달라고 발광 중이었는데, 그렇게 틈새마다 스미어서 튀어나오는 뇌력 줄기들에서 놈도 느끼는 것이 있었을 것이다.

거의 동시였다.

[뭉족 남성을 일부분 간파 했습니다. (스킬, 개안)]

[뭉족 남성에게 완전히 간파 당했습니다. (스킬, 개안)]

[이름: ?

체력: S (0) 근력: S (0)

민첩: S (3) 감각: S (0)

누적 포인트 : ?

특성(8) 스킬(8) 인장(1) 아이템(8)]

[총 물리 방어력 : ?900 / ?900

총 마법 방어력 : ?100 / ?100]

[특성 ― 가시방패꾼: A(72), ?]

[스킬 ― 개안: S(9), 뭉족 수신(水神)의 징벌: A(9), 냉기의 고리: A(21), ?]

[인장 ― 별 사냥 (A)]

[아이템 ― 바클란 투기장의 우승 대검(S), 바클란 투기장의 우승 흉갑(A), 바클란 고위전사의 전투 바지 (C), ?]

간파한 부분들만으로도 충분했다.

본 시대의 체계로 따져 본다면 중급 규모의 길드장 수준이거나, 팔악팔선 세력의 정규 길드원 수준이라고 할 수 있겠다.

나는 놈을 그렇게 평가했다.

놈이 나를 어떻게 평가하고 있는지는, 놈의 얼굴에 순간

번져 버린 감정만으로도 충분히 알 수 있었다.

놈의 눈 밑이 경악으로 파들파들 떨리고 있었다.

나라도 그럴 것이다.

지금 나는 사기적인 존재이기 때문이다.

* * *

놈의 특성 '가시방패꾼'이며 인장 '별 사냥'은 우리의 시스템에도 존재했다.

우리에게는 우리의 문명에 맞는 이름으로 달리 명시되어 같은 말은 아니겠으나, 그것들이 품고 있는 능력 자체는 동일하다는 것이다.

놈의 세계에도 역경자니 데비의 칼 같은 사기급 종목들이 지존(至尊)으로 자리해 있었을 터.

게다가 굵은 글자로 박혀 있는 2회 차라는 문구와 특성과 스킬의 보유치가 10개인 것은 놈의 상식으로는 도무지 이해가 안 될 것이다.

본 시대의 나를 이 자리에 데려다 놓는다 할지라도, 놈과 똑같은 표정을 짓고 있을 일이었다. 객관적으로 말이다.

놈이 받고 있을 충격에 충분히 공감이 갔다.

물론 놈이 역경자나 데비의 칼 같은 것들을 모를 가능성도 있었다.

하지만 특성 전체를 상위 특성인 자(者) 자로 채우고, 스킬 대부분을 신의 이름으로 도배하고 있는 자를 눈앞에 대고 있는 상황만으로도.

놈의 심각해진 표정은 당연한 것이었다.

그랬던 것도 잠시.

놈의 표정이 일순간 결연하게 바뀌었다. 나와 생사를 다투고자 계산을 끝낸 것이다.

어쨌든 모든 종목들 중에서 제일 중요한 건 기본 사대 능력치였다.

내 능력치는 민첩만 S 등급이고 거기에다 맨몸이었다.

놈의 결정은 어리석은 게 아니다.

다만 놈이 몰랐던 건 내 아이템들은 우리가 인지할 수 없는 또 다른 시공(時空) 안에서, 내 부름을 기다리고 있다는 사실이었다.

* * *

거기까지가 서로의 상태 창을 꿰뚫어 본 직후였다.

갑자기 불타는 망토가 나타나 내 어깨에 둘러지고 신성한 투구가 내 머리 위로 씌워졌을 때.

다른 8개의 아이템 또한 착용 부위에 결착되며 완전 무장을 갖추었을 때.

놈은 사색이 되었다.

그렇게 빨리 바뀌어 버린 표정만큼이나 놈의 결단도 재빨랐다.

나와 겨룰 마음이었던 시선은 순간에 사라졌다. 필사의 도주를 계산하고 있는 시선만이 분주했다.

과연 놈은 S급을 달성한 각성자다웠다.

그 순간 놈이 가슴으로 번뜩인 다채로운 빛은 나를 도모할 목적이 아니었을 것이다. 그랬다면 바로 몸을 뺐을 리가 없다.

놈이 뒤로 몸을 던진 그 찰나, 내 머리 위였다.

더 강렬한 빛들로 응집되어 있기 때문에 대낮임에도 불구하고 눈부셨다.

저것들은 수십 개의 유도체들로 구성되어 있지만 하나처럼 보였다.

놈이 인장, 별 사냥을 사용한 것이다.

등급 낮은 순간 이동의 인장으로는 별 사냥의 속도에서 벗어날 수 없다. 저것들은 피하라고 만들어진 것이 아니라 반드시 적중되라고 만들어진 것이다.

그래서 마스터 박스에서 나온 인장이 아니던가.

놈의 계산은 꽤나 빨랐지만 나도 1:1 전투라면 신물 나도록 해 보았다.

오래전이라 전투 감각이 어느 정도 쇠퇴한 상태일지라도, 뇌리에는 절대 잊을 수 없도록 과거의 경험이 깃들어 있었다.

쾅!

유도체 하나가 내 보호막에 부딪친 순간.

뇌리가 흔들렸다.

개안 스킬 없이 던전에 들어간 것과는 비슷하면서도 반대로, 시야는 아무것도 구분할 수 없게 새하얘졌다.

그 와중에도 신경 쓰고 있는 건, 당장 퍼트린 삼중(三重) 뇌력의 장막이었다.

몸에서 쏟아져 나가는 내 분신들이 느껴졌다. 뇌력 말이다.

오딘의 분노로 놈의 퇴로를 일차로 차단하고, 헤라의 광기로 놈의 움직임을 최소화시키며.

마지막으로는.

[데비의 칼이 인드라의 칼로 변환 되었습니다.]

[인드라의 칼을 시전 하였습니다.]

뇌력만으로 집약된 줄기 하나가 새하얗게 변질된 세상을 뚫고 나갔다.

악 하는 놈의 외마디 비명 소리가 먼 거리에서 울렸다.

그래도 세상은 여전히 새하얬다. 내가 속한 세상에는 놈이 던진 유도체들이 끊임없이 부딪치며 백색 빛이 좀처럼 빠지질 않고 있었다.

그것이 스킬형 인장의 위력이다.

한 번밖에 사용할 수 없는 대신, 등급 높은 첼린저 박스 스킬의 상위 등급에 맞먹는 위력을 발산하는 것이다.

이윽고 충격이 멎었다.

삼중 뇌력의 감옥 안에서 저항하고 있는 놈의 뒷모습이 보이되, 여전히 흔들리는 골 때문에 그 모습이 여러 개의 잔영으로 보였다.

방어력 상태를 보여 주고 있는 창도 지독한 난시가 되어 버린 것처럼 희미했다.

[총 마법 방어력: 75200 / 90400]

1만 5천 이상의 마법 데미지.

죽은 자들의 대지에서 획득했던 마법 저항 룬이 없었다면 피해는 훨씬 컸을 것이다.

눈을 힘껏 감았다가 뜨자, 비로소 세상이 본래대로 돌아왔다.

놈과 나를 잇고 있는 이 굵은 뇌력 줄기가 바로 인드라의 칼이다. 놈의 인장 별 사냥이 그렇듯이 인드라의 칼도 피하라고 만들어진 것이 아니었다.

놈은 빠져나올 구석이 없었다. 이미 헤라의 광기에 피습당한 상태라서 놈의 허약한 마법 방어막은 존재하지도 않았다.

등에는 인드라의 칼이 꽂힌 상태로.

정면으로는 포위망에서 온갖 화살로 변해 버린 오딘의 분노가.

빠지지직—

그 모든 크고 작은 뇌력 줄기들이 놈의 목숨을 갉아먹고 있었다.

하지만 놈과의 거리를 좁히지는 않았다. 놈에게는 차라리 즉사하는 게 더는 고통받지 않을 일이었음에도 S급 체력이란 끈질긴 생명력이 있었다.

저렇게 경험 많은 각성자들은 끝까지 포기하는 법이 없다.

보라.

내가 거리를 좁혀 오지 않을 것 같자, 악에 받친 눈을 부릅뜨는 것을!

놈이 나를 확 돌아봤을 때 두 가지 스킬이 뻗쳐 나왔다. 커다란 반달 궤적을 그리고 있는 찬 기운 하나와 강렬하게 회전하며 날아오는 물 소용돌이 하나.

두 스킬의 공격력은 현저하게 차이가 나 보였다.

물 소용돌이 쪽이 수신(水神).

놈은 이걸로 반전을 꾀할 수 있다고 생각하지는 않았을 것이다.

인드라의 칼이 떨어져 나가는 거리로 나를 떨어트려 놓을 수만 있어도 성공이라고 생각하지 않았을까. 아니면 그저 발악일까.

어쨌든 무리였다.

[염마왕의 길을 시전 하였습니다.]

[하누만의 꼬리를 시전 하였습니다.]

꼬리로 휘어져 들어오는 냉기를 증발시키며 지면을 박찼다.

언제 그랬냐는 듯 전방은 화염으로 일렁거렸다. 놈의 물 소용돌이는 그 안에서도 건재했다.

내가 돌진하며 좁혀 가는 거리 때문에라도, 거대한 물 소용돌이가 나를 향해 부딪쳐 오는 속도는 시간을 가로지르는 듯했다.

불을 물로 끌 수 있는 건 작은 불이나 그렇다.

더 큰 불 앞에서는 끼어 부어 봤자 증기로 승화하기 마련.

화염 벽, 하누만의 꼬리.

화염 벽, 라의 태양 망토.

두 개의 화염 벽을 전면에 두고 염마왕의 길로 불길을 더 키웠다.

치이이익—

나는 소용돌이를 관통하며 수증기를 달고 나왔다. 들숨으로도 뜨거운 습기가 물씬 동반됐다.

놈의 스킬을 파훼하는 데 성공한 것이다!

[스킬, 뭉족 수신(水神)의 징벌을 파훼 하였습니다.]

그렇게 뚫고 나온 세상은 신들의 잔치가 벌어져 있었다.

빠지지직.

허공에서는 뇌력 줄기의 크고 작은 나이프들이 사정없이 움직이며 칠면조를 난도질하고 있으며.

화르륵!

일자로 쭉 뻗쳐 간 불기둥이 더는 굽지 않아도 될 칠면조를 끝까지 태워 먹고 있었다.

칠면조.

아니 놈은 죽음을 직감한 눈을 껌벅거리며 나를 올려다 보았다.

죽음과 고통 그리고 적개심이 혼재된 복잡한 시선이었다.

마지막 일격으로 세트의 손톱을 꽂아 넣었다.

다섯 갈래로 생성된 어둠의 기운.

그것이 놈의 머리맡부터 다리 끝까지 훑고 지나갔다.

스사삿!

[질풍자가 발동 하였습니다.]

[민첩 등급이 변동되었습니다. 변동: S → SS]

이미 다 끝난 것을…….

쏴악.

놈이 한 번도 휘둘러 보지 못했던 S급 대검은 죽는 순간, 마지막까지 놈의 손아귀에 쥐어져 있었다.

절단면들에서 놈의 핏물이 새어 나오는 속도보다도, 메시지가 뜨는 속도가 더 빨랐다.

[뭉족 남성을 처치 하였습니다.]

다른 시스템의 각성자를 제거한 것이 기쁘다는 듯, 시스템의 그 메시지가 평소보다 빠르게 떴다고 느꼈던 것은 나만의 착각이었을지도 모른다.

[스킬, 뭉족 수신(水神)의 징벌을 흡수 하겠습니까?]

물론.

구색 맞춰서 가지고 다녔던 무쇠주먹을 날려 버리고 그 자리에 끼워 넣었다. 다른 특성들은 패스. 하위 특성의 꾼자 특성들은 필요 없다.

[첼린저 박스 5개, 마스터 박스 1개, 다이아 박스 3개, 플래티넘 박스 3개, 골드 박스 5개, 실버 박스 2개 혹은…….]

그런데 뭉족 S급 각성자 하나 잡아서 자그마치 첼린저 박스 5개라?

이런 놈들에게 붙여졌던 별명이 있었다.

리스크는 차원이 달랐지만, 어쨌거나 상위 등급의 게이트 전투나 S급 던전에서 보스 몬스터를 잡으면 몇 개의 퀘스트가 일거에 완료되기 일쑤였다.

나는 그런 대박을 겪어 본 적이 없었고 풍문으로만 들었다.

첼린저 박스가 쏟아진다고 말이다.

그래서 이런 놈들이 팔악팔선 같은 네임드들에게서 뭐라고 불렸냐고?

뻔하지 않은가.

보물 고블린.

앞으로 S급 뭉족 각성자들은 나의 보물 고블린이다.

다시 말하건대 동정은 없다.

*　　*　　*

잡졸들의 싸움이라기엔 격했다. 뭉족들의 수가 많았기 때문이다.

보물 고블린은 없었다.

반 이상이 비각성자였고 나머지 중에서도 가장 높은 수준의 뭉족 각성자는 B 등급이었다. 종합된 수는 이백을 넘어갔다.

그럼에도 성일들이 우세를 점하고 있던 까닭은 그들에게 사전 지급한 아이템 때문이었다.

셋이 A급 무구로 휘감고 있는 반면에 뭉족들은 바클란 군단에게서 떨어져 나왔을 드랍 아이템만 걸친 상태로 차이가 극심했다.

상황은 내가 개입하면서 종료되었다.

타격과 동시에 통증이 수반될지언정, 직접적인 부상은 모조리 방어막에 흡수된다. 셋은 부상을 크게 신경 쓰지 않고 공격에만 집중할 수 있는 전투가 이번이 처음이었다.

A급 무구로 완벽한 무장을 갖추었을 때 얼마만큼 강해질 수 있는지 직접 체험 중인 셋은 흥분이 가시지 않은 얼굴들이다.

침착한 성품에, 뭉족들에게 우리 인류를 대입시키고 있었던 이수아 또한 별반 다르지 않다.

이수아는 뭉족의 핏물을 전신에 뒤집어쓴 채 뜨거운 숨결을 훅훅거린다. 체력이 달려서 그런 것이 아니라 말했듯이 흥분이 과한 탓이었다.

성일이 뭉족 시체들에서 자신이 사용했던 힘을 상기하고.

신경아가 목숨만 남아 있는 것들의 숨통을 끊고 돌아다니는 그 시각.

나는 새롭게 떠오른 창을 쳐다보고 있었다.

[뭉족 각성자 10 개체를 제거 하였습니다.]

[특성, 열정자를 획득 했습니다.]

역경자, 괴력자, 탐험자, 차단자, 질풍자, 타고난 자, 예민한 자, 수집자, 도전자.

특성 종목에 열정자가 추가되며 한계치 10개가 꽉 채워졌다.

[열정자 (특성)

효과: 전투 시간에 비례하여 3단계에 거쳐 전투 효과를 강화 합니다.

1단계. 전투 시작부터 한 시간 까지.

ㅡ 부상 재생 속도가 소폭 상승 합니다.

2단계. 1단계 종료 시점부터 한 시간 까지.

ㅡ 특성과 아이템 등의 발동 확률이 소폭 상승 합니다.

3단계. 2단계 종료 시점부터 한 시간 까지.

ㅡ 물리 저항력과 마법 저항력이 소폭 상승 합니다.

등급: F(0)

재사용 시간: 7일]

맞다. 이것만으로는 오선의 주력 특성답다고 할 수 없다.

잠재력이 초특급이라고 할지라도 박스를 사용해서 등급을 상승시켜야 한다.

*　　*　　*

S급 보물 고블린을 처치, 추가적으로 뭉족 각성자들을 처치.

거기에다 연희가 밀어 넣어 준 포인트까지 합산해서 내 손길을 기다리고 있는 박스는 모두.

[다음의 박스를 개봉 할 수 있습니다.]

[대상: 첼린저 박스 5개, 마스터 박스 1개, 다이아 박스 9개, 플래티넘 박스 6개, 골드 박스 12개, 실버 박스 15개, 브론즈 박스 2개.]

첼린저 박스 다섯 개와 마스터 박스 1개를 어디에 사용할지는 오래전에 계산이 끝나 있었다.

제일 중요한 건 사대 능력치의 성장이다. 모든 각성자에게 통용되는 말이지만 내 경우에는 특히나 더 중요한 것이다.

스킬 리빌딩은 사대 능력치의 성장이 끝난 후에 해도 늦지 않다.

첼린저 박스 1개를 사용해서 근력을.

마스터 박스 1개와 첼린저 박스 2개를 사용해서 감각을.

첼린저 박스 2개를 사용해서 체력을.

그렇게 딱 맞아떨어졌다.

뭉족 특전이란 의외의 이벤트가 없었다면 2막 최종장 즈음에나 기대를 걸고 있었던 성장을 여기에 와서 이룩했다.

속으로만 하는 이야기인데, 시스템은 아무것도 하지 않는 편이 최선일 수 있었다.

죽은 자들의 대지에서도 그랬지만 여기 바클란 군단의 본토에서도 나를 성장시킬 수 있는 요소가 깔려 있지 않은가.

특히 뭉족 특전은 보상 대비 리스크가 거의 없다시피 하다.

그렇다고 시스템이 멍청하다고는 여겨지지 않는다.

시작점을 도망친 뭉족들이 잔존해 있는 인근 지역으로 잡아 줬던 이면에는 선의(善意)의 시스템이 발동했을지도 모를 일이었다.

나머지 박스들은 뭉족에서 얻은 신의 스킬과 특성 열정자로 분배했다.

결과는 다음과 같다.

[열정자 (특성)

효과: 전투 시간에 비례하여 5단계에 거쳐 전투 효과를 강화 합니다.

1단계. 전투 시작부터 한 시간 까지.

— 부상 재생 속도가 대폭 상승 합니다.

2단계. 1단계 종료 시점부터 한 시간 까지.

— 특성과 아이템 등의 발동 확률이 대폭 상승 합니다.

3단계. 2단계 종료 시점부터 한 시간 까지.

— 물리 저항력과 마법 저항력이 대폭 상승 합니다.

4단계. 3단계 종료 시점부터 한 시간 까지

— 낮은 확률로 스킬 재사용 시간이 소폭 감소 합니다.

5단계. 4단계 종료 시점부터 한 시간 까지

— 모든 아이템의 방어력 충전 속도가 소폭 상승 합니다.

등급: B(0)

재사용 시간: 2일]

방어력 충전 속도 상승이라는 효과가 눈에 띄어도.

보다시피 열정자는 1:1을 위한 특성으로는 충분치 않다.

내 수준에서는 전투에 돌입한 두 시간 이후부터, 그러니까 3단계에 돌입한 이후부터야 효과를 보는 특성인 것이다.

그러나 대(對)군단용 특성으로는 현존하는 특성 중 제일.

아직은 베일에 가려져 있는, S급 7단계에서 열정자의 진면목이 드러난다. 이에 기대가 되는 점은 이 특성이 SS급으로 강화되었을 때 어떤 수준까지 치달을까 하는 것이다.

[뭉족 수신(水神)의 징벌 (스킬)

효과: 강력한 물의 기운을 일으켜 날려 보냅니다. 시전 즉시 부상이 중폭 회복 됩니다.

등급: C (98)

재사용 시간: 2분]

C등급 성장에서 부상 치유 중폭이라는 효과를 달고 있다면, 놈이 이룩했던 A급 성장에서는 대폭 수준으로 강화됐을 것이다.

당시는 찰나였다. 놈의 스킬을 파훼하는 동안, 수증기에 가려져 있던 찰나에 아마도 놈의 부상은 상당히 회복됐을 터.

하지만 그것이 놈에게는 도리어 비극이었을 일이다. 다시 처음부터 고통을 맛봤었을 테니까.

뇌력 줄기들에 온몸의 근육들이 찢기고 타버리는 날선 감각들은 실로 고통스럽다.

육선 녀석에게 그 지독한 벼락 맛을 경험했던 당시가 문득 떠올랐을 때. 녀석의 깔깔거렸던 경박한 웃음소리가 다시금 어른거렸을 때.

연희가 도착했다.

연희에게는 설명이 필요 없어 보였다. 보다 미세해진 내 동공의 움직임을 발견한 것이 틀림없게도, 연희의 얼굴이 밝아지고 있었다.

『축하해. 선후야.』

환한 미소.

꼬리가 달려 있다면 강아지처럼 살랑거리고 있었을 미소가 그녀의 전음과 함께 제대로 잡혔다.

Chapter 5.

『이제 리셋 전만큼 맞춰 둔 거지?』

연희는 기뻐하면서 내 등 뒤로 펼쳐진 광경을 쳐다보기 시작했다.

『뭉족 특전이 떴다. 그것들에게 잔존해 있는 뭉족 시스템의 힘을 일부분 흡수할 수 있더군. 지금 난, 그 덕분이었지.』

『뭉족에게도 시스템이 있…… 었네?』

『우리보다 먼저 침공을 겪은 종족이니까. 뭉족의 기억을 읽을 수 있겠지?』

『그 전에 말해 둘 게 있어. 행여나 이상 행동을 보일까 봐 하는 말이야. 그런 일이 일어나지는 않겠지만 만일이란 게 있잖아.』

연희는 대수롭지 않게 말했다.

『예를 들면?』

연희가 잠깐 고민하는 표정을 지어 보이다가 고개를 숙였다.

얼굴이 가려져 있어도 느낄 수 있었다. 이수아와 신경아를 처음 대면했을 때의 칼날 같은 분위기와는 차이가 있었다.

고개를 숙인 채로 자아내기 시작한 그녀의 분위기는 보다 원초적이었다.

사람 거죽만 뒤집어쓰고 있을 뿐.

필시 위험한 짐승의 그것임에 틀림없었다.

연희가 갑자기 고개를 치켜들었을 때.

역시나 그녀의 두 눈은 사납고 악한 짐승의 눈깔로 변해 있었다. 작은 콧구멍이 으르릉거리듯이 벌렁거리고 입은 힘껏 다물어진 채였다.

그런 얼굴로 고개를 뚝뚝 꺾어 대는 모습 또한 어쩐지 부자연스러워 보였다.

하지만 저 포악한 눈빛은 너무도 익숙한 것이라 긴장되지 않았다. 연희가 완벽히 통제하고 있는 것 같았다. 그녀의 양팔이 떨림 없이 가지런했다.

스르르.

거짓말처럼 연희의 낯빛이 본래대로 돌아오기 시작했다.

연희가 머리카락을 쓸어 넘기며 못 보일 것을 보였다는 듯한 부끄러운 얼굴로 말했다.

『군단급의 것들과 전투를 치르려면 어쩔 수 없어.』

직접 본 적은 없지만 알 것 같았다.

이악도 게이트 전투나 반대 진형과의 전면전 같은 대단위 전투에선 꼭 그렇게 싸웠다.

주변의 적들을 무기와 방패로 이용했다.

이악의 통제를 받는 대상이 옮겨지는 과정은 무척 빠르고 자연스러워서, 이악이 대단위 전투를 치르는 광경을 보면 전혀 다른 세계의 광경을 보는 것 같았다.

연희도 바클란 군단과 그렇게 전투를 치르고 합류한 것이었다.

『몬스터들의 지저분한 감정이 남아 있다는 거로군.』

『정확히 하자면 남겨 둔 거야. 필요할 때 끄집어낼 수 있도록.』

그런 거였나.

과거의 연희는 몬스터들에게서 전해 오는 감정에 동화되기 일쑤였지만, 이제는 아이템을 번갈아 끼우듯이 그것들의 감정을 자유자재로 활용하고 있었다.

『좀 흉했지……? 음…… 전투 도중에 알아낸 것들이 있어.』

* * *

쓰벌.

성일은 속으로 뇌까렸다.

마리가 합류한 후부터 오딘과 말없이 서로를 쳐다보는 모습을 훔쳐보고 있었는데, 마리가 갑자기 오딘에게 그 눈빛을 쏟아 낸 것이었다.

성일은 살면서 그렇게 흉악스러운 눈빛은 본 적이 없었다. 절대적으로 사람이 가질 수 있는 것이 아니었다.

마리가 오딘에게 달려드는 줄 알고 가슴이 철렁했었다.

어떤 상황에서든 지시 없이는 섣불리 행동하지 말라던 오딘의 경고가 없었다면, 마리가 오딘의 애인이란 사실을 상기하지 않았다면.

그때 오딘을 돕고자 땅을 박찼을 것이다.

그래서 다행이었다.

갑자기 풀어져 버린 마리의 표정을 보건대 역시나 애정싸움이었다.

'저짝들은 지들끼리 싸우는 것도 허벌나게 살벌하구만.'

이혼한 전 여편네가 집안 살림을 던져 댈 때 지었던 표정은 갖다 댈 수도 없었다.

'그러게 오랜만에 만난 애인을 싸움터로 보냈을 때부터 알아봤구만. 우리는 내버려 두고 같이 갔어야지. 여자의 마음이란 암 그런 것 아니겄어?'

오는 도중에 얼굴은 씻어 둔 것 같았지만, 그 외 마리의 전신은 몬스터 핏물로 찌들지 않은 곳이 없었다. 마리 혼자서 격한 전투를 치르고 온 것이었다.

핏물보다 분명한 증거는 끊임없이 배분되어 왔던 포인트였다.

성일은 틈이 나길 기다렸다가 오딘에게 다가갔다. 때는 마리가 아직 숨이 남아 있는 퍼런 놈 하나를 향해 걸음을 옮긴 후였다.

"괜찮은 거여? 마리……."

성일은 차마 말을 잇지 못했다.

경외를 담아 불러야 하는 명칭이 딱히 생각나지 않았을 뿐더러 사나이 자존심이 짓뭉개지는 일이었다.

마리는 외모만 놓고 보자면 기철이가 좋아하던 십대 가수를 닮아 있었다.

왜 있지 않은가. 그룹 이름도 노래는 뭘 부르는지도 모르지만, 그래도 춤 하나만은 참 기가 막히게 추는 어린 가시나들 말이다.

텔레비전 안에서 그 작은 몸으로 다리를 쭉쭉 뻗고 골반을 흔들어 댈 때가 아들 기철이와 대화를 나눌 수 있는 유일한 기회였었다.

그래서 기억하는 거다.

조금만 더 일찍 사고 쳤으면 기철이에게도 그런 누나가 있었을지 모른다.

어떻게 보면 마리는 자식뻘이었고, 나이를 따지는 게 부질없다는 것을 알면서도 성일은 여전히 신경 쓰이는 게 사실이었다.

'사나이 권성일, 오늘 죽는구만.'

성일은 결정을 내렸다. 때문에 그의 목소리가 부쩍 크게 나왔다.

"마리 누님은 괜찮은 거여? 기분 많이 나빠지신 것 같은디."

성일은 말해 놓고도 민망해서 콧등을 긁어 댔다.

"호칭은 그걸로 정리한 거냐? 뭐 괜찮긴 하겠어. 마리는 너보다 연장자이기도 하니까."

"……."

"……."

"……마리가?"

오딘과 자신이 여섯 살밖에 차이가 안 난다는 것도 믿을 수 없던 이야기였건만!

이번에는 오히려 마리가 자신보다 연장자라고?

이게 뭐시여!

성일은 뒤통수를 세게 후려 맞은 것 같은 충격을 받았다.

그런데 오딘이 고작 나이 같은 걸로 거짓말할 이유는 추호도 없었다.

바로 그때 무겁기만 했던 성일의 얼굴이 확 펴졌다.

'마리가 누님이구만. 누님이었으! 그럼 됐어! 사나이 권성일 아직 안 죽은 거여. 흐허허허.'

*　　*　　*

쓰벌.

성일은 웃음을 잃었다.

바클란 군단의 본토라던 여기에 들어온 지 꼬박 열흘째.

죽을 맛이었다.

오딘의 브리핑에 따르자면 바클란 군단의 진 문명이 집약되어 있는, 그러니까 이것들의 수도쯤 되는 지역으로 향하고 있는 중이었다.

이국적이면서도 광활한 대자연의 풍경을 더는 즐길 수가 없었다. 시도 때도 없이 출몰하는 소대가리 몬스터들이 좀처럼 쉴 수 없게 만들었다.

특히 지금처럼 종국에 추격군을 맞닥뜨릴 때.

대전투의 어쩔 수 없는 흐름에 휩쓸려 오딘과 마리를 놓쳐 버리고 말 때면 말이다.

성일이 바락바락 소리를 질렀다.

"근디 어찌자고. 힘은 느그들만 쓰는 게 아니여!"

성일이 바클란 고위 전사의 팔을 꺾어 버리며 복부를 걷어찼다.

성일보다 몸집이 두 배는 큰 고위 전사가 땅을 짚고 일어서려던 것을, 그 위로 뛰어내린 경아가 마무리 지으며 반대편으로 몸을 던졌다.

성일은 어느새 놈들 사이에 막혀 보이지 않는 수아를 찾아 나섰다.

"수아! 수아 동상! 어딨어?"

"여기예요!"

성일은 처형대의 날처럼 연거푸 떨어지는 대형 도끼들을 피하며 깊숙이 파고들었다.

수아가 아스라이 시선에 잡혔다. 그렇지 않아도 최근 들어 신경 쓰이는 수아가 소대가리들의 더러운 근육들 사이로 고립되어 있었다.

성일이 한 놈의 다리를 낙엽 쓸듯 낚아채 올렸다. 발목을 움켜쥐며.

"우리 아버지가."

휘잉— 퍼억!

"느그들 같은 것들."

휘잉— 그어억!

"여물도 주고."

휘잉— 쾅!

"부랄도 만져 주고."

휘잉— 바클란 고위 전사를 처치했습니다!

"장가도 보내 줬는디!"

휘잉. 휘잉 휘잉—

소대가리를 달고 근육을 불끈거리고 있는 것들보다 오히려 성일이 진짜 광분한 황소와 같았다.

지금까지는 방어막으로 어떻게든 버티고 있었지만, 방어막의 색채가 최저급 단계까지 희미해져 있었다. 방어막이 곧 사라진다.

시야를 막고 있던 마지막 몬스터를 날려 버리자 비로소 수아의 절박한 얼굴이 드러났다.

"우리 힐러 건들지 마라잉!"

"오빠!"

"동상! 내 거리에서 벗어나지 말라 혔어. 안 혔어?"

“성일 씨. 멜로 영화 많이 봤네. 미녀와 야수야? 조심해. 우리 수아 언니 넘보며 죽여 버릴 거야.”

경아였다.

그녀가 수아의 후방에서 달려들던 몬스터의 목을 날려 버리며 나타나는 것으로, 셋은 겨우 대형을 갖출 수 있었다.

몇 개 부대에게 포위되고 말았는지는 전투가 소강상태에 접어든 이후에서나 짐작할 수 있었다.

오딘이 준 아이템들이 없었더라면 부대 단위는커녕 한 마리씩 상대하기도 벅찼을 것이다.

반지와 목걸이 등의 장신구들에는 특정 능력치를 한 등급씩 상승시켜 줄 뿐만 아니라 놀라운 방어력이 깃들어 있었다.

열흘쯤 지나면 그만 감탄할 일이지만 외형부터가 무시무시한 몬스터들이 시체로 나가떨어질 때면 어김없이 떠오르는 게 이 아이템들을 지급받았던 첫날의 기억이었다.

그때는 차마 생각조차 못 했다. 여기가 정말 한 몬스터 군단의 차원 전체일 줄이야.

돌이켜보면 지금까지 살아 있는 게 용했다.

그때 지축이 울렸다.

정비 시간을 가질 틈도 없이 셋은 주위를 두리번거렸다.

우우! 우우! 우우—!

사방에서 놈들의 함성 소리가 들려왔다.

사방을 에워싸며 가까워지는 소리만으로도 얼마큼의 대군이 포위망을 좁혀 오고 있는지 알 수 있었다.

"호랑이 굴에 끌려가도 정신만 차리면 산다고. 끝까지 포기하지 말어."

성일 자신에게 하는 소리였다.

일시적으로 B 등급까지 올려 둔 감각.

거기에 잡히는 거리 안 어디에서도 오딘과 마리의 것으로 여겨지는 기척이나 소리는 걸리지 않았다.

언제고 아니 그런 순간이 없었지만. 이번에야말로 마지막일 수도 있는 것이었다.

게다가 계속된 전투로 방어막 또한 남아 있지 않아서, 성일은 이런 순간이야말로 투지를 잃어선 안 된다고 생각했다.

지금까지 오딘을 따라다니며 배운 것이 그것이었다.

투지를 잃는 순간, 그렇게 마음이 죽는 순간 정말로 죽는다.

"아재 아니랄까 봐 비유가 너무 구식이야. 성일 씨."

"그럼 니가 해 보든지."

"패배를 두려워하는 이유는 승리까지의 난관을 미리 생각하기 때문이다. 호호호. 이 정도는 되어야지."

성일은 속으로 혀를 찼다.

'쯧쯧. 딱한 것.'

경아가 어떤 위기의 순간에서도 투지를 잃지 않을 수 있는 이유는 마리가 그녀의 정신을 조작해 놓았기 때문이다.

경아의 멘탈이 그토록 강하기 때문이 아니라는 말이다.

성일은 처음 마리가 작은 전투를 정리하던 광경을 봤을 때에는 그녀가 근접 딜러인 줄 알았다.

능력치에서 왔을 놀라운 신위야 둘째 치고, 그녀가 두 개의 단검을 다루는 본연의 기술이야말로 신기나 다름없었다.

찌르고 빼내고 썰어 버렸다.

두 개의 단검으로 짧은 직선과 빠른 곡선을 만들어 내며 몬스터 사이를 누비던 마리의 모습은 차마 오딘에게서도 볼 수 없었던, 오로지 전투만을 위해 만들어진 전투 기계 같은 모습이었다.

하지만 마리의 진짜 능력은 더 괴악했다. 대상의 정신을 건드린다.

그녀에게 달려들던 몬스터를 도리어 제 종족의 뚝배기를 노리게끔 돌려보낸다. 어떤 놈은 뚝배기가 부서져 가는 와중에도 다른 동족의 공격으로부터 마리를 보호하기 위해 몸을 던졌다.

한두 마리에서 그쳤으면 그러려니 했을 텐데, 그녀가 달려 나가는 경로에서마다 그런 일은 꾸준히 이어졌었다.

이놈에서 저놈으로, 저놈에서 그놈에게로.

한 놈씩 빠르게 마리의 손발이 되더니 어느 순간부터는 군단을 호령하고 있던 놈까지 마리를 위해 제 목숨을 희생하고 있었다.

공포스러운 군단장까지도 자유자재로 다루는 여자가 마리다.

'하물며 경아의 대갈빡을 헤집는 것 따위는 일도 아니었겠지.'

성일은 마리만 떠올리면 한기가 들었다.

솔직히 마리에게는 오딘도 한 수 접고 들어가야 할 것 같았다.

그런데 그만큼이나 희한한 일은 그런 마리가 오딘 앞에 서라면 꼭 순한 강아지가 되는 것에 있었다.

겁나게 무서븐 커플이면서도.

보통 상식으로는 이해할 수 없는 커플이 오딘과 마리였다.

성일은 수아에게로 관심을 돌렸다.

'수아…….'

어차피 경아는 투지를 잃을 일이 없었다.

소대가리들의 고향 땅에 들어온 이후부터 수아가 계속 눈에 밟혔다.

원래는 잔머리 겁나게 굴리고, 오딘의 환심을 사기 위해선 수단과 방법을 가리지 않는 여자라서 마음이 썩 가지 않는 치였다.

하지만 오딘의 애인이 합류하면서부터 수아는 언제나 주눅 들어 있었다.

말수도 부쩍 줄어 버려서 의식하지 않으면 깜짝깜짝 놀라곤 했다. 문득 조용히 따라오고 있는 그녀를 발견하고 나서야 수아 동생이 있었지? 하고 놀라곤 했으니까.

그렇게 줄어 버린 존재감이 비전투 상황에서만 그치면 상관없다.

문제는 전투 상황 도중까지 그 영향이 이어지는 데 있었다.

성일이 수아의 어깨에 손을 올리며 말했다.

지금도 수아의 얼굴에는 힘이 빠져 있었다. 울려 대는 지축마다 눈을 깜박이는 채로.

솔직히 성일은 예전의 수아가 더 보기 좋았다.

"보호막 다 나가 부렀어. 말하지 않아도 알 거여. 지금부턴 수아 동생의 역할이 중요혀."

"……있잖아요. 오빠."

“뭔디.”

“마리 님, 힐러 맞긴 한 거죠?”

성일이 또다시 외팔이가 되었을 때 팔을 다시 재생시켜 주었던 게 마리였다.

“그렇다잖어.”

“그런데 어떻게 저럴 수가 있죠?”

응?

성일이 수아의 시선을 쫓아 옆으로 고개를 확 틀었다.

감각을 끝까지 집중시키고 나서야 간신히 보이는 거리에 서였다.

드디어 마리가 합류했다는 기쁨은 잠깐이었다. 어김없이 피바람을 동반하며 질주해 오는 마리의 모습에서 할 말을 잃었다.

보이는 대로만 말하자면 마리의 모습은 제대로 보이지도 않았다.

슥. 쉐에엑—

두 개의 단검이 그려 내는 궤적들만 번뜩이고 있었다.

마리의 꼭두각시가 된 대상들도 시시각각 변하며, 저쪽 지역의 시간만 유독 빠르게 흘러가고 있는 것처럼 보였다.

어쨌든 마리가 합류했다는 것은 오딘도 있다는 소리였다.

역시나 거대한 불기둥이 마리의 경로상에서 치솟아 오르는 것이었다. 알아보기 힘들지만, 오딘과 마리의 것으로 추정되는 흩어진 잔영들이 이리저리 얽혀 대기 시작했다.

실제로 몬스터를 죽여 대는 둘의 잔영이 겹쳐 댈 때는 마치 오딘과 마리가 포옹을 하는 것처럼 보였다.

'오딘 커플답구만. 애정 표현도 뭐 저렇게 전투적이여.'

어쨌거나 성일은 돌아가는 상황을 깨달았다.

전장의 흐름에 휩쓸려 오딘과 마리로부터 떨어진 줄 알았건만 이번 경우에는 아니었다.

계획된 거였다.

자신들이 유인책이 되어 추격군들을 결집시킨 것이었고, 그럼으로써 마리와 오딘은 이 자리에서 추격군을 일거에 정리할 목적이었던 것이 틀림없었다.

비로소 성일은 열흘 만에 히죽 웃을 수 있었다.

그저 버티면서 짐짝이나 다를 바 없는 처지라고만 생각했었는데.

그랬는데.

어떻게든 오딘의 전략에 도움이 되고 있는 것이었다.

성일은 수아에게로 고개를 돌렸다.

수아는 오딘과 마리의 공포스러운 화합을 부럽고도 놀라운 시선으로 바라보고 있었다.

성일이 그런 수아의 얼굴을 양손으로 가볍게 쥐었다.

뜻밖의 행동에 수아의 놀란 두 눈이 휘둥그레졌다. 성일이 그 얼굴에 대고 말했다.

"뱁새가 황새 따라가다간 가랑이 찢어진다고, 저길 보지 말고 나를 봐. 수아 동상 목숨을 내 목숨보다 더 챙길 테니께."

"뭐, 뭐 하는 거예요."

"뭘 당황하고그려. 내 거리에서 벗어나지 않도록 최선을 다하란 거지. 자, 우리도 가만히 있을 순 없지."

성일이 소리쳤다.

"돌겨어어어억—!"

오딘처럼 불과 번개를 화끈하게 다룰 수 없는 게 뭐 어떤가.

마리처럼 섬세한 전투 기술이 없으면 또 어떤가.

성일은 곧장 마주친 바클란 고위 전사 두 놈을 힘으로 꺾어 버리고는 양손에 하나씩의 발목을 움켜쥐는 것으로 전투를 다시 시작했다.

* * *

생존이 힘들까. 고독이 힘들까.

답은 죽은 자들의 대지에서 머물렀던 시간들보다 지금이 낫다는 데 있었다.

바클란 군단은 우리를 잡기 위해 혈안인 상태였다. A급 던전에서나 출몰할 녀석들이 군단장으로 나타난 것도 수차례였다.

뭉족 각성자들이 밀집해 있는 지역으로 시작점을 잡아 준 것은 선의(善意)가 맞지만, 바클란 군단의 중심 지역과는 거리가 너무 멀었다.

지난 두 달 동안 초원을 가로지르고 산들을 넘으며 이동한 거리는 대략 1500Km.

산과 초원 그리고 다시 산의 연속이었다.

지도는 필요 없었다.

몬스터와 전투를 치르는 와중에 연희가 입수한 정보들이 곧 내비게이션이 되었다.

어쨌든 바클란 군단은 소나 양 따위의 가축을 기르지 않기 때문에 유목 문명이라고는 할 수 없지만, 거처를 정하지 않고 초원의 굴곡을 따라 이동한다는 점에서는 유목 문명과 흡사한 성격을 가진다.

다만 군왕과 그것들의 포악한 문명이 결집되어 있는 장소는 이동되는 법이 없었다.

우리의 최종 목적지는 시작부터 거기였다.

지금까지 이동해 온 거리만큼을 두 번 더 거쳐야 한다.

연희는 시작의 장에 남겨진 사람들을 걱정하지 않았다. 다만 거기에 꽤 많은 것들을 일궈 놓았던 수아는 슬슬 신경 쓰인다는 듯이 종종 언급했던 적이 있었다.

괜찮다.

1막 최종장은 그렇게 빨리 끝나지 않는다.

연희와 내가 속해 있던 무대는 군단장이 시작부터 잡힌 영향으로 군단 전체의 힘이 느슨해졌겠지만, 그래도 수십 개의 게이트에서 출몰한 군단들을 모조리 박멸하기 위해선 적지 않은 시간이 필요하다.

하물며 다른 무대들 전부가 1막 최종장을 완료하거나 낙오 판정이 떨어져야만 2막이 시작되기 때문에 시간은 넉넉했다.

2막 시작을 놓칠 가능성은 희박하다는 것.

즉 2막 1장의 히든 보상을 신경 쓰기보다는 바클란 군왕을 잡는 데에만 주력해야 한다는 것이다.

셋 중 체력이 제일 높은 성일마저도 지친 기색이 역력했던 때였다.

해골 용이 내 사람들도 허락한다면 좋으련만, 해골 용은 제 등에 올라탄 대상들을 적으로 간주한다. 나를 제외하고는.

그렇다고 다른 탈것을 이용하는 데에도 무리가 있었다.

연희와 나는 괜찮아도 셋은 항상 감각을 곤두세워 즉각적인 대응이 가능한 준비가 되어 있어야만, 은신 능력을 보유한 바클란 군단의 암살자와 저격수들로부터 목숨을 지킬 수 있는 것이다.

지금도 나쁘지 않다.

이동 속도가 느린 대신, 셋은 꾸준히 성장하고 있는 상황이니까.

군왕이 다스리고 있는 지역에 도달할 때쯤이면 보다 도움이 될 거다. 문제는 거기인데…….

"여기서 야영하는 게 좋겠군."

오 일 만의 정비 시간이었다.

단순 사냥보다는 퀘스트 완료에서 얻는 포인트가 비교할 수 없을 만큼 크다.

그럼에도 우리가 처치한 몬스터의 숫자며 등급 때문에라도, 정비 시간이 도래할 때면 셋은 어김없이 박스를 깔 수 있었다.

지금, 성일이 히죽거리는 게 보였다.

손바닥으로 제 가슴을 툭툭 쳐 대고 더욱 단단해진 이두근을 확인하는 것도 그랬다.

드디어 근력을 B 등급으로 성장시킨 모양이다. 아이템을 사용하면 A 등급까지 치솟는다.

1막의 최종장에서 계속 머물러 있었다면 있을 수 없는 일이 맞다.

한편 신경아는 포인트를 누적시키고 있었다. 당장 필요한 능력치를 성장시키는 것이 당연한 일이지만 내버려 두었다. 정신 체계를 복귀시키지 않은 것에 대한 일종의 보상이었다.

이수아는 육성 조언을 빌미로 연희에게 말을 건네고 있다.

이수아가 연희에게 살갑게 다가가려고 노력하기 시작한 것은 그리 오래되지 않았다.

연희는 그런 이수아를 내치지 않는다. 곧 잡아먹을 듯이 노려봤던 시선도 더는 없다. 내가 선택하고 또 데려온 사람들을 마냥 밀쳐 내지 말라는 부탁이 있은 다음부터였다.

연희의 표정이 여전히 차갑긴 해도. 장족의 발전인 게 사실이다.

"누님. 나도 여쭤봐도 되겠수?"

성일이 두 여자 사이로 자리를 잡고 앉는 모습을 마지막으로.

나는 눈을 감았다.

* * *

고기 굽는 냄새에 눈이 떠졌다.

아침이었고 성일이 식사 준비를 하고 있었다.

『좋은 아침.』

눈을 뜨자마자 들어오는 연희의 전음.

[이전의 물통 (아이템)

연희가 떠 놓은 것 같은 물로 가득 차 있습니다.

용량: 500ml]

바클란 군단의 본토에 들어온 이후부터는 항상 날 선 감각을 유지하고 있었기 때문이었다. 스킬 개안이 띄우지 않아도 될 정크 분량의 정보까지도 생성하고 있었다.

연희는 물통을 건네며 내 옆에 엉덩이를 깔고 앉았다.

『딱 지금만 같으면 좋겠네. 한가하고 조용하잖아. 좋아.』

애잔한 미소가 연희의 얼굴에 걸렸다. 그녀의 시선을 따라 나도 시선을 옮겼다.

신경아가 눈부신 햇살 아래의 계곡에서 고혹적인 자태로 몸을 씻고 있었다.

성일은 식사 준비 와중에서도 신경아를 은근히 훔쳐보며 흐뭇한 표정을 짓고 있었고, 이수아는 속내 모를 얼굴로 성일의 뒷모습을 쳐다보고 있었다.

『이수아가 권성일을 좋아해. 권성일도 마음이 없는 게 아니고.』

솔직히 놀랐다.

『몰랐어? 사랑이나 연모까지는 아니지만 호감을 가진 지는 꽤 됐어. 아직도 같은 팀원들 간의 연애는 용납 불가야?』

『득보다 실이 훨씬 크니까. 동료애를 오해한 거 아닌가?』

『나야. 나. 호감과 동료애를 구분 못 할까 봐?』

연희는 재밌다는 듯이 입꼬리를 올렸다.

거기서 대화를 그쳤다. 연희의 물음에 대답하지 않고 반문으로 화제를 돌린 것을 끝으로.

더 나아갔다가는 우리들의 이야기로 전환될 여지가 충분했다.

그녀를 위해 내 목숨을 거는 상황은 물론, 세상을 그녀 중심으로 생각하는 일도 없어야 한다.

욕구는 다른 수단으로 처리하되 도를 닦는 승려처럼 우직해야만 그녀가 걸림돌이 되지 않는 것이다.

자리에서 일어났다.

연희가 내게 기대하고 있는 게 뭔지 모르는 바 아니지만, 내 뒷모습이 차갑다고 느끼겠지만. 이게 맞다.

연희와는 지금의 선을 유지해야 한다. 우리는 연인이 될 수 없다. 절대.

“성일 씨. 그만 좀 쳐다볼래? 끈적끈적 달라붙는 것이 정말 불쾌하거든?”

“생, 생사람 잡는 거여? 뭐 쳐다볼 게 있어야 쳐다보지. 나도 보는 눈이 있으!”

“지금도 쳐다보고 있잖아.”

“그럼 훌라당 까 놓질 말든가. 까 놓고 딴소리네. 쓰벌 누굴 변태로…….”

“성일 씨 보라고 까 놓은 거 아니거든요? 볼 거면 대놓고 보든지 좀팽이처럼 그게 뭐야. 그게 더 불쾌해.”

“……돼?”

“되긴 뭐가 돼. 호호호! 이거 골 때리는 아저씨네.”

신경아가 알몸으로 걸어 나왔다.

계곡물이 피부를 따라 쭉 미끄러진 후, 그 위에 잔존해 있는 물방울들이 육감적인 몸매를 더욱 도드라지게 만들었다.

내 하반신으로도 피가 쏠리는 것은 지극히 당연한 본능이다. 건강하다는 증거였고 그만큼 활력이 감돌고 있다는 증거니까.

확실히 어젯밤의 숙면이 효과가 있었다.

식사를 느긋하게 마친 후 다시 이동을 시작했다.

수도 지역까지 향하는 도중 몇 군데 경유할 곳이 있었다.

연희가 처음의 뭉족과 인근에서 잡아 온 몬스터들로부터 입수한 정보를 토대로 다른 뭉족의 무리들이 숨어 살고 있는 지역을 특정할 수 있었다.

그리고 그것들을 습격했을 때.

시작점이 시스템의 선의라고 다시금 확신할 수밖에 없었다.

S급 뭉족 각성자는커녕, A급 각성자도 없었기 때문이다. 겨우 찾아낸 무리들은 숫자도 처음의 무리에 비해서 현저하게 적었다. 게다가 높은 비중으로 비각성자.

역시나 보물 고블린은 희귀한 존재였다.

더도 말고 딱 두 개체 정도만 찾아낼 수 있다면 나는 본 시대 말기의 일악을 초월할 수 있다.

과연 SSS 등급이 존재하는지도 확인해 볼 수 있는 일이지만 거기까지 도달할 가능성이 점점 희박해지고 있는 게 사실이었다.

이동은 계속됐고 전투의 연속으로 시간들이 지나갔다.

그렇게 바클란 군단의 본토에 들어온 지 근 반년 정도 되던 날.

우리는 수도 지역의 외곽까지 도달할 수 있었다.

가죽 장막들이 지평선까지 펼쳐진 광경을 내려다보면서 성일이 질색하며 말했다.

투기를 즐기는 종족답게, 바클란들의 함성 소리가 이 거리까지도 미치던 때였다.

"미치겠네."

한 구역에서는 짐승을 탄 바클란 수천 마리가 초원을 누비고 있었다.

성일은 압도적인 온갖 광경 중에서도 그쪽에 시선을 두는 중이었다.

그는 저것들의 포악성과 강력함을 잘 알고 있었는데, 그럴 수밖에 없는 것이 부대를 이룬 저것들과 마주쳤을 때는 팔다리가 잘려 나가곤 했었다.

목이 잘려 나가도 당연했을 순간들이 많았다. 성일은 이번에야말로 목이 잘려 나갈지도 모른다는 생각이 들었는지 제 목을 쓸어내렸다.

"곱창 장시가 보면 기겁하고 좋아하겠어. 저게 몇 부대여. 밤낮 그 짓만 해 댔나."

수천의 기수들은 빙산의 일각이다. 띄엄띄엄 초목으로 우거진 구조물 안에는 제사장부터 주술사까지 우글거리고 있을 것이다.

지평선 너머에도 S급 던전에서나 나올 것들이 수두룩하겠지.

본 시대 초기에는 각 국가의 정상들 사이에서 그런 논의가 한창인 적이 있었다.

방어만 할 게 아니라 주도적으로 역전할 수 있는 방법을 찾자는 논의였는데, 제일 대두되었던 것이 게이트로의 진입이었다.

하지만 진입할 수 있는 방법을 떠나, 저 군세(軍勢)를 직접 마주했을 때에도 그런 말을 할 수 있을까.

머리만 굴려 대고 입으로만 떠들어 댔던 치들은 고사하고 당시로서는 군 당국의 통제를 받고 있던 각성자들부터가 항명하고 나설 일이다.

군왕이 머물고 있을, 그러니까 이것들의 왕성은 보이지도 않는다.

더 멀리 깊숙한 곳까지 진입해야만 하겠지.

그게 문제다.

미션 임파서블(Mission Impossible).

* * *

줄곧 바클란 군왕에 적대적인 세력이 있길 바랐다. 군왕이 죽는 경우 새로운 군왕이 그 자리를 대체하는 것처럼, 예컨대 반군왕파 같은 세력들이 존재하여 그것들을 이용할 수 있길 바랐다.

하지만 없었다.

바클란 군왕이라는 하나의 권력 앞에 전역이 통일되어 있었다.

차원 전체를 아우르는 권력이라. 그런 건 우리 인류 역사에서도 이룩된 적이 없었다.

그나마 비견되는 것은 현시대 어느 전생자가 쌓아 올린 금탑(金塔) 정도?

결국엔 우리 다섯, 한 개의 파티로만 바클란 군단의 최고 전력을 뚫고.

나아가 왕성에서도 군왕의 침소까지 도달하며.

더 나아가 군왕을 잡는 데까지도 성공해야 한다는 것이다.

큭.

이 차원에 진입된 순간부터 어느 정도 예상하고 있던 바라 해도…….

수도 지역에 집약되어 있는 군세는 그렇다.

포악하게 통일된 문명과의 충돌!

그렇게밖에 표현되지 않는다. 이건 깨라고 만들어 둔 퀘스트가 아니다. 불나방처럼 저 안에서 자멸하라는 것이지.

그때 손아귀를 자그맣게 감싸 오는 온기가 느껴졌다. 연희의 손이었다.

『난 들어갈 수 있어. 계산에 넣어 둬.』

무슨 생각인지 알 것 같았다.

저것들 중 무엇이 연희의 앞을 막을 수 있을까. 연희에게 달려 들다가도 오히려 연희에게 길을 만들어 주기 위해 제 동족을 공격할 것인데.

연희의 가공할 점은 대상의 정신을 장악하는 속도가 찰나에 이뤄진다는 데 있다.

그렇게 길을 만들어 가며 계속 나갈 수 있다. 원거리에서 쏟아질 투사체들은 방패를 갈아 치우는 것으로 상쇄시키면서.

하지만 종국에는 한계점에 부딪히기 마련 아니던가. S급 주술사들이 무리 지어서 쏟아지면 연희라도 녹록치 않을 터.

『아니. 왕성을 찾고 도달하는 것으로 끝나는 게 아니야.』

추정컨대 왕성은 온갖 던전의 집약체일 것이다. 바클란 군단과 관계된 S급 던전들 대다수가 왕성에서 파생된 것일 터.

연희를 포함해 내 눈빛을 받은 넷이 앞으로 모였다.

“마리와 함께 아래를 치도록. 단 너희들의 목표는 진입이 아니다. 조금이라도 더 들어가 보려고 애쓸 것 없다는 말이다.”

시선을 모은다.

이들이 모루가 되어 버텨 줘야만 내가 망치가 되어 공포를 증대시킬 수 있다.

1997년. 하룻밤 만에 금리를 400%로 올렸던 홍콩, 내부에서부터 망가져 버리고 만 서울이 그랬듯 지금 필요한 건 외세의 공포다.

여기 외곽에서부터 일어난 공포가 바클란 군왕을 움직일 것이다.

그러고도 성에만 틀어박혀 있다면 군왕의 자격이 없는 것이겠지만 그럴 가능성은 적다.

이것들의 문명에 있어서 군왕은 통치자가 아닌 최고의 전사니까.

칠마제를 숭배할지언정, 그에 준하는 또 다른 공포가 도래하면 맞서야만 한다. 겨뤄야 한다.

바클란 군단의 최고 전사로서.

오죽했으면 히든 퀘스트를 대전 퀘스트로 띠고 있던 놈이었을까.

놈은 나온다. 그럼에도 나오지 않는 경우에는 일단 수도 지역에서 최대한 벗어나, 연희와 2막에서 함께할 기회를 포기할지라도 귀환석을 공략 자원으로 이용하는 쪽으로 계획을 다시…….

그때였다.

확!

마치 약속이라도 한 듯 모두의 고개가 하늘을 향해 치켜 들어졌다.

천공.

태양처럼 출몰한 것은 거대한 눈깔이었다. 구름 너머로 얼굴이 가려져 있는 것이 아니라 그 눈깔 두 개만이 존재했다.

시선 자체는 피조물을 관조하는 듯 느긋해 보였지만, 점점 커지다 이윽고 하늘 전체를 채워 버리고 말 때는 영혼마저 얼어붙는 듯 소름이 끼쳤다. 숨이 멎었다.

시스템이 가르쳐 주지 않아도 저런 존재는 하나일 수밖에 없었다.

여기는 바클란 군단의 본토. 칠마제 서열 2위, 둠 아루쿠다의 권능이 미치는 영역.

저건…… 둠 아루쿠다의 시선이다!

화신.

설마 둠 아루쿠다의 화신이 강림하는가? 그, 그럴 리가!

"억!"

머리를 박살 낼 것 같은 끔찍한 두통이 일어나는 걸 시작으로 중심이 무너졌다.

한쪽 무릎이 땅에 닿는 순간 사물들이 뿌옇게 번져 보였다.

꿋꿋이 서 있는 인형(人形)이 셋. 성일과 이수아 그리고 신경아가 이 와중에도 버티고 서 있는 게 실로 경악스럽다.

그런데 셋이 동시에 중얼거리는 말이 있었다.

"둠 아루쿠다를 숭배하라."

"둠 아루쿠다를 숭배하라."

"둠 아루쿠다를 숭배하라."

그때 한 목소리가 고막을 파고들었다. 연희의 전음이었다.

『으윽…… 선후야…… 누굴 살려?』

* * *

『신경아…… 아니…… 권성일. 권성일이다.』

『알았어.』

연희의 대답이 떨어진 직후였다. 뿌연 인형(人形)중 가장 커다란 몸집이 굳었던 신형을 움직였다.

"둠 아루쿠다를 숭배하…… 긴…… 눈깔에 먹물을 확 뽑아 불랑게. 크으으윽."

성일이 신음과 함께 내 옆으로 쓰러져 왔던 그때.

메시지가 번뜩였다.

[탐험자가 발동 했습니다.]

[바클란 군단의 대 의식에 대하여 (탐험자 보상)

바클란 군단은 이루고자 하는 목적에 큰 어려움이 부딪쳤을 때, **둠 아루쿠다**가 해결해 주기를 바랍니다. 하지만 안심 하십시오. 당신의 고향은 안전 합니다.

내용: 바클란 군단의 대 의식이 끝나는 순간까지 온전할 시, 히든 퀘스트 '**둠 아루쿠다**를 숭배하라'가 완료 됩니다.]

메시지만큼은 선명했다. 또 둠 아루쿠다가 써진 굵은 글자는 그 어느 때보다 짙어 보였다.

창의 내용은 화신이 강림하고 있는 상황도, 우리가 여기까지 도달한 상황이 들킨 것도 아니라는 것을 말해 주고 있었다.

그로부터 한참 후였다.

[축하합니다. 히든 퀘스트, '**둠 아루쿠다**를 숭배하라'를 완료 하였습니다.]

[완료 보상으로 권능 저항력이 5% 상승 하였습니다.]

[권능 저항력 : 5%]

"크."

메시지가 뜨는 걸 시작으로 뿌옜던 시야가 되돌아왔다.

뇌리를 갈가리 찢어 대던 두통도 그때 증발됐다.

정신을 차리고 보니 하늘을 올려다보는 채로 쓰러져 있는 상태였다.

천공을 가득 채웠던 둠 아루쿠다의 시선은 온데간데없이 사라져 있었다.

하늘이 깨끗했다.

반면에 끈적하게 달라붙는 살의가 느껴졌는데, 이수아와 신경아 둘이 희번득한 눈깔로 나를 내려다보고 있는 것이었다.

아니, 공격 직전이었다.

화악—!

몸을 튕긴 그대로 이수아에게는 인드라의 칼을 찔러 넣고, 신경아는 하누만의 꼬리로 휘어 감았다.

동일한 속성의 스킬들로 연격을 이었다. 오딘의 분노로

이수아의 몸을 쥐어짜고, 라의 태양 검으로 신경아의 정수리를 내리쳤다.

빠지지직! 화르륵!

둘에게 저항을 허락하지 않았다.

칠마제에게 정신을 빼앗겨 버린 순간부터는 몬스터다. 이대로 내버려 뒀다간, 팔악팔선급의 재능을 가지고 있던 신경아는 그래서 더 위험한 몬스터로 성장하여 나타날 가능성도 존재했다.

둘의 보호막이 소멸되던 순간.

팡!

신경아의 흉갑 하나가 유리처럼 깨졌다.

뇌력과 화염이 둘의 목숨을 빠르게 갉아 들어가던 시각.

쇄—

둘 위로 큼지막한 게 날아들었다.

성일이었다.

염마왕의 길처럼 파티원에게 팀킬이 되지 않는 스킬이 있는 반면 그렇지 않은 것도 있다.

오딘의 분노와 인드라의 칼이 그랬다. 흥분한 뇌력 줄기들이 꿈틀거리고 화염이 이글거리고 있는 저 지역에 뛰어들었을 때 어떤 상황이 펼쳐질지 성일도 모르는 게 아니다.

스킬들을 즉각 취소했다. 마지막 남았던 벼락 줄기가 성일의 등 위에서 튀어 댄 게 끝이었다.

성일은 꿈틀거리면서도 두 여자를 계속 덮고 있었다.

나로부터 둘을 보호하려는 게 분명했다.

"뭐 하자는 거냐."

"나도 괜찮잖으! 무슨 상황인지는 알겠는디 수아와 경아는 내가 책임지고 문제없게 할 테니께. 그러니께 제발 오딘!"

말하는 와중에도 성일은 몸을 움직였다.

두 여자의 얼굴과 상체를 어떻게든 제 배 아래 두겠다는 듯한 그 움직임은 데비의 칼을 의식하고 있는 거였다.

성일을 던져 버리고 두 여자의 목을 날려 버리는 건 일도 아니었지만, 그러기에는 성일의 간절한 눈빛이 부딪쳐 왔다.

거기에서 예전의 연희가 생각났다.

"넌 마리 덕분에 괜찮았던 거다."

그제야 성일은 연희가 눈에 들어왔던 모양이다.

"누님은 괜찮으?"

"괜찮을 리가 없지."

발걸음을 옮겨 연희를 안아 들었다.

한편 듐 아루쿠다의 시선이 떴던 당시, 바클란들도 움직임이 멎었던 것 같다. 저 아래는 정지되었던 시간이 다시 흐르기 시작한 것 같은 광경이었다.

바클란들의 동태를 살펴보다가 연희를 가지런히 눕혔다.

연희에게 외상은 따로 없었다.

『강력하네. 칠마제는…… 시선이 조금 미쳤을 뿐인데도…….』

『움직일 수 있겠어?』

그렇게 묻는데 큰 타격음이 들려왔다.

퍽! 퍽!

성일이 두 여자의 정수리를 때려 대고 있었다.

나와 눈이 마주치자 그가 엄지손가락을 치켜 보였다.

하지만 평소에 그가 짓던 미소라기에는 어색하니 겁에 질려 있었다.

당장 내가 두 여자의 목을 날려 버릴까 봐 말이다.

연희의 전음이 들어오며, 성일에게서 시선을 뗐다.

『그건 대 의식이었어.』

『맞아. 우리 때문에 나타난 것이 아니었지. 그리고 당신의 고향은 안전합니다, 라는 문구는 아마도 시작의 장이 진행되고 있는 동안…… 우연희! 정말 괜찮은 거야?』

『응. 난 괜찮아.』

정말 괜찮은 사람은 저렇게 말하지 않는다. 일단은 휴식이 필요했다.

자리를 깔고 앉았다.

그러자 성일이 두 여자 곁에서 발을 떼지 않은 그대로 말했다.

“이짝들은 깨어나는 대로 기절시켜 불랑게 걱정들 말드라고. 근디 말여. 괴물 눈깔 이름이 둠 아루쿠다라는 디, 나만 완료한 거 아니지?”

그가 권능 저항력이라는 걸 보상으로 받았고, 상태 창에서 세부 항목으로 살펴볼 수 있다는 말도 덧붙여 왔다.

하지만 허둥대는 기색이 역력했다.

“니기미 허벌나드만. 대빵은 대빵인가 벼. 아. 그 위에 또 있었던 것 같은디. 쏘리. 둠 카오스라 혔었지? 정신이 하나도 없네잉.”

성일은 계속 떠들어 댔다.

어떻게든 내 관심사를 딴 곳으로 돌려놓고 싶은 속내가 너무 티가 났다.

『나머지 둘은 가망이 없나?』

『응. 늦었어.』

대답이 빨랐다.

결국 버릴 수밖에 없다는 말이었다. 연희의 전음이 이어졌다.

『정신 체계가 완전히 함락당했어. 권성일도 간신히였거든. 간신히.』

연희는 오랜 여정 끝에 진이 빠져 버린 사람처럼 말했다.

『해야만 한다면 내 곁에 데리고 다닐 수는 있어. 그것도 계산에 넣어 둬.』

고개를 끄덕였다.

연희의 능력으로 가능한 것과 불가능한 것에 대해 파악이 끝나 있었다.

지금껏 연희가 들려줬던 설명에 따르면 이지스의 시선은 여러 대상에게 동시에 시전할 수 없었다.

전환 과정이 무척 빨라 그렇게 보일지라도 사실이 그랬다.

쿨타임이 사라진 것을 백분 활용.

대상을 바꿔 가며 칼과 방패로 사용할 수 있지만, 한 대상에게만 유지할 때에는 3분이란 제약이 따랐다.

즉 연희로서는 둘에게 계속 이지스의 시선을 바꿔 적용하며 통제할 수는 있지만, 그 피로도가 어떨지는 내가 꼭 정신계가 아니더라도 짐작이 가는 바였다.

『감응 수치를 더 올리면 둘을 구제해 줄 수 있나?』

감응의 S급 단계부터는 타인의 정신세계에 접속하는 것이 가능하다.

즉, 신경아가 나를 따르던 상황과 본시 가지고 있던 호전성을 부각시켜서 두려움을 모르는 검노(劍奴)로 만들었던 것은 정신계 고유의 특성, 감응의 영역인 것이다.

연희가 대답했다.

『정신 능력치도 올리면 글쎄. 하지만 선후야. 첼린저 박스가 많이 있어야 돼. 어디까지 올려야 가능한지도 현재로서는 알 수 없어.』

『답이 없군.』

그래서 연희는 그렇게 말했던 거였다.

누굴 살려야 하냐고.

*　　*　　*

칠마제 둠 아루쿠다는 잠깐 눈깔을 띄웠던 것만으로 내게서 팀원 두 명을 앗아 갔다.

그래도 알아낸 게 있다. 우리를 특정하면 또 모를 일이지만, 어쨌거나 S급 각성자 이상부터는 지배당하지 않는다.

전투 불능에 가깝게 무력해지는 문제가 있지만…….

[권능 저항력 : 5%]

이 또한 칠마제를 상대하는 데 중요한 요소가 될 것이다.

이름부터가 그렇지 않은가.

성일에게 다가갔다.

그가 이번에도 어색한 미소를 지으며 나를 가로막듯이 섰다.

"흐허허."

긴장으로 응집된 성일의 근육은 주인의 명령이 떨어지는 즉시, 두 여자를 향해 움직일 준비가 되어 있었다.

그러나 몇 박자 느렸다.

쏜살같이 튀어 나간 데비의 칼이 두 여자의 허벅지를 긋고 지나갔다. 성일은 그런 뒤에야 두 여자 위로 떨어졌다.

"일어나. 권성일."

성일은 두 여자의 목만큼은 내줄 수 없다는 듯이 움직였다.

"이렇게 죽으면 너무 억울할 거여. 참말로다 이렇게 죽기엔 아까운 사람들이잖어. 제발 안 되겄으? 제발이여. 오딘."

"안 죽여."

"……왜?"

"바클란 군왕을 잡으면 시작의 장으로 돌아간다."

"엉?"

"바클란 군왕을 잡고 다 같이 돌아가는 거다. 혹시 모르지. 거기에선 둠 아루쿠다의 권능이 미치지 않을지도."

성일에게 다가가자 그가 조심스럽게 비켜났다. 두 여자

의 아이템을 수거하며 허리를 폈을 때 성일도 따라서 일어났다.

성일의 눈에는 놀라움이 그득했다.

본인이 바라던 대로 됐음에도 두 여자를 살려 둔 것이 이해할 수 없다는 얼굴이었다.

지금껏 성일이 나를 어떤 시선으로 바라보고 있었는지 모르는 바 아니다.

어쨌든 시작의 장이 끝나면 내 곁에는 연희와 조나단이 있듯이, 성일에게는 이수아와 신경아가 있을 것이다.

그때까지는 함께 간다.

이수아와 신경아를 과연 구제할 수 있느냐 없느냐는 이후의 문제.

"얼굴만 줘 패 놓는 게 아니라 아주 그냥 다리짝을 잘라 놓으면 되는 거였는디. 역시 오딘이여."

"……."

"고마워……."

"그럼 둘을 생각해서라도 살아남아라."

성일이 직감했는지 침을 삼켜 넘겼다.

"시작하는 거여?"

"그래. 넌 마리의 지시에 따라."

*　*　*

오딘이 탄 해골 용이 상공으로 치솟아 올랐다. 성일은 마리에게 뛰어가 말했다.

"누님의 전투 노예로 부려져도 상관 없으요. 내가 필요하면 내키지 말고 그냥, 이 몸뚱아리 마음대로 쓰셔도 좋다는 거요."

성일이 다리 잘린 두 여자를 힐끔 돌아본 후 말을 이었다.

"누님이 나 별로 안 좋아하는 거 아는디요. 오늘만 좀 좋게 봐주면 좋겄어요. 부탁합니다. 누님도 날 좋게 봐주고, 나도 누님을 전력으로 믿고 따라야 그나마 희망이 있는 거 아니요. 호랑이 굴에 잡혀가도 거시기하잖어요."

마리가 성일을 바라보며 생각했다.

오딘에게서 느꼈던 것이나 몬스터들의 흉폭한 감정을 끌어내기보다는, 성일에게서 전해져 오는 감정에 동참하는 것이 맞는 것 같았다.

죽음에 대한 두려움이 조금도 없었다. 엄밀히 말하자면 반드시 승리해서 '다 같이' 살고야 말겠다는 마음으로만 가득 차 있었다.

그것은 시작의 장에 진입한 이래로 느껴 봤던 감정 중에 제일 뜨거운 감정이었다.

승리를 바라고 있는 점에선 같지만, 오딘의 단단하면서 차가운 감정과는 엄연히 차이가 있다.

그러자 마리의 얼굴에도 열기가 올라왔다. 기분이 확 달아오르는 것에 그친 게 아니라 혈행(血行)도 빨라지기 시작했다.

성일의 심장이 쿵쿵.

마리의 심장이 쿵쿵.

같은 속도로 뛰었을 때, 마리가 하늘을 응시하며 대답했다.

거기에선 오딘을 태운 해골 용이 지상을 향해 비스듬히 내리꽂히며, 사방으로 뇌력 줄기를 튀겨 대고 있었다.

"난 그럴 수 있는데 넌 아냐?"

"아!"

"다 했어?"

"예. 누님."

"그러자. 성일아."

성일은 저 쓰벌 것들을 끝장내서 다 같이 시작의 장으로 돌아갈 수만 있다면!

정말로 뭐든 다 할 수 있을 것 같았다.

"예! 예! 예! 누님!"

Chapter 6.

같은 박스에서 나온 아이템일지라도 차등이 있다.

A급 아이템들을 추리고 추려 시작의 장에 가지고 들어왔을 때 이미, 인벤토리 시스템의 한계가 50개까지라는 걸 숙지하고 있었다.

그래서 주력 아이템 외 몇 가지 여벌을 제외하고는 비교적 부피가 작은 장신구로 채웠던 것이다.

이에 주력 세트는

[아이템 - 죽지 않는 자들도 경배하는 해골 용 (S)
라의 태양 검 (S) 아도니스의 신성 투구 (S) 금강역사의

수호 장갑 (A) 아티스의 반지 (A) 미네르바의 반지 (A)
프리그의 깃털 (A) 에오스의 반사경 (A) 로키의 애장품
(A) 귀자모신의 갑주 (A)]

[총 물리 방어력: 74500]

[총 마법 방어력: 76400]

이면서 라의 태양 검을 태양 망토로 변환, 뭉족 각성자에게서 획득한 S급 바르바 투기장의 우승 대검으로 대체가 가능하다.

그러나 지금 해골 용만 끄집어낸 까닭은 두 가지 이유에서다.

하나는 두 여자에게서 수거한 장신구들이 충전되기를 기다리기엔 상황이 여의치 않고.

다른 하나는 주력 세트를 제외, 사용 가능한 아이템 28개 또한 군왕과의 전투나 그에 준하는 예기치 못한 위기를 대비해야 하기 때문이었다.

그러니까 스킬과 특성발로 최대한 끝까지 버티되.

아이템들은 최소한 역경자를 발동시킨 이후부터 사용한다.

군왕을 불러내면서.

* * *

콰아앙—!

해골 용이 내리찍은 자리에서 굉음이 터졌다.

깔려 버린 것들은 보이지 않는 그대로 즉사했다.

내가 처치해야 할 것들은 튕겨져 나간 수십 마리들이었다.

[전투가 시작 되었습니다.]

[열정자가 발동 하였습니다. (1단계)]

[부상 재생 속도가 대폭 상승 하였습니다.]

하단의 메시지는 무시.

내 시선에 미치는 것들에게도 그렇지 않은 것들에게도 벼락 줄기를 퍼트렸다.

벼락 줄기는 매 순간 꿈틀거린다. 때문에 화살이라기보다는 먹이를 향해 달려드는 성난 독사처럼 보였다.

내 믿음직한 푸른 독사들이 흙먼지 사이를 누빈 후.

바클란들의 울음소리와 함께 악취가 사방의 먼지를 꿰뚫으며 들어왔다.

바클란들이 해골 용을 향해 부딪쳐 오고 있었다.

해골 용이 날개를 펄럭였다. 꼬리를 휘둘렀다. 상체를 살짝 들었다. 양 앞다리로 아래를 찍었다. 아가리로 씹어 댔다.

그러면서 세상이 무너져라 울부짖자.

쿠아아아악—

바클란들의 움직임이 눈에 띄게 느려졌다. 그것들의 목을 거둬들이는 건 이제 내 몫이다.

[데비의 칼을 시전 하였습니다.]

구붓하게 이지러진 타원형의 궤적이 그려졌다. 그것은 해골 용의 주위를 휩쓸어 버린 후 사라졌다.

일거에 떨어져 나간 바클란들의 목이 서른 개를 넘는다.

그만큼의 몸뚱이들이 피를 분수처럼 솟구치며 뒤로 넘어가고 있었다. 그것들의 혈행(血行)이 어찌나 힘 있게 도는지 여기까지 튀어 오는 핏물도 있었다.

"우! 우! 우—"

바클란들은 동족의 시체를 뛰어넘었다. 그리고는 곧 빈자리를 채워 나갔다.

치솟아 올랐던 핏물들이 방향을 틀었다. 그것들의 머리를 향해 소낙비처럼 쏟아지기 시작했을 때, 해골 용이 지면을 박찼다.

우리는 다시 상공으로 날아올랐다. 해골 용이 세차게 몸을 틀어 댔다. 달라붙어 있던 것들 상당수가 그때 떨어져 나갔다.

하지만 끝까지 버티고 있던 한 녀석에게는 내가 몸을 던졌다.

푸욱.

팔꿈치까지 녀석의 두개골 속을 들어갔다 나왔다. 미지근한 핏물과 함께 뇌피질이 딸려 나왔다. 두부처럼 뭉개진 백질을 바로 토해 냈다.

다시 해골 용의 목으로 돌아온 후, 우리는 동일한 작업을 수차례 반복했다.

낙하의 충격에 이어 해골 용의 포악성에 그때그때 쿨타임이 돌아온 스킬들을 보탰다. 저급의 바클란들을 유린했다.

어느새 사방의 대지는 엉망이 되었다.

해골 용이 낙하했던 곳마다 생성된 구덩이 안에는 바클란들의 시체들과 핏물이 깔려 있었고.

벼락과 화염들이 지나간 지점들은 검게 그을려 핏물에 엉킨 재들을 진흙처럼 두고 있었다.

그러나 광활한 수도 지역을 통틀어 봤을 때에는 외곽의 일부분에 그칠 뿐이다.

조금만 시선을 멀리 가져가도 보인다. 더 많은 대열을 이루고 있는 바클란들이.

S급 던전 혹은 B급 이상의 게이트 전투에서만 목격할 수 있는 것들이 거기에 있었다. 잡졸들은 빠지고 있는 중이다.

일단 군단들의 공격 거리 안에서 벗어났다.

더 깊숙이 들어가지 않는 이유는 해골 용 때문이다.

단언컨대 군왕에게도 해골 용에 필적한 탈것이 있을 터.

놈과 마주칠 때까지는 해골 용을 처음과 다름없는 상태로 간직하고 있어야 한다.

다른 아이템들도 마찬가지!

콰아앙—!

해골 용이 지상에 내리꽂힌 순간에, 나는 해골 용의 등에서 뛰어내렸다.

멀리서 날아오는 부대들이 육안으로 잡혔을 때였다.

[경고: 죽지 않은 자들도 경배하는 해골 용이 광기로 물들 수 있습니다. 그 전에 탑승 하십시오.]

[광기 까지 남은 시간: 30초]

필요 없는 경고.

[보관함에 죽지 않은 자들도 경배하는 해골 용이 추
가 되었습니다.]

해골 용이 사라지며 시야가 확 트여졌다.
그 하늘에는 바클란들이 가득했다.
투기장에서 우승한 전사들로만 이뤄졌다던 바클란 군단의 정예 부대, 바클란 와이번 기수단.
다양한 공격 주술과 광역 버프 및 디버프를 사용하는 고위 주술사들도 몇 개 부대를 형성하고 있었다.
장담컨대.
이 정도 수준의 녀석들이 한꺼번에 출몰했던 적은 딱 한 번뿐이었다.
최초로 S급 게이트의 문이 열렸던 날.
그렇게 둠 카소의 화신이 강림했던 날밖에.

*　*　*

고위 주술사들의 공격 거리는 칼리의 칼이 미치는 거리와 동등했다.

그것들이 호위 부대 속에서 주술을 퍼붓던 순간.

나도 데비의 칼의 변환 스킬 중 하나인 칼리의 칼을 쏘아 보냈다.

짙은 갈색 빛깔의 기운들이 유성 떼처럼 쏟아지던 시각.

내가 날린 기운 또한 수직으로 쭉 뻗어 나갔다. 내 쪽의 공격이 먼저 닿았다.

콰아앙!

바클란들이 폭발 속으로 휩쓸렸다.

몸부림치는 그림자들이 화염과 함께 일렁거렸을 때 메시지가 떴다.

[강력한 피해를 입혔습니다.]

그 메시지가 연쇄 작용의 시작이었다.

터져라!

[예민한 자가 발동 했습니다.]

[감각 등급이 변동 되었습니다. 변동 : S → SS]

[타고난 자가 발동 했습니다.]

[특성 등급이 변동 되었습니다.]

[변동 : 역경자, 괴력자, 탐험자, 차단자, 질풍자, 타고난 자, 예민한 자, 수집자. A → S]

[변동: 열정자. B → A]

이는 민첩 등급이 SS급의 벽을 넘어섰을 때와는 또 달랐다.

찰나였다.

나를 둘러싼 세계가 변한다.

수천 바클란들의 생명력이 섬세하게 느껴졌다. 하나하나 각 개체마다. 그것들의 악취, 숨결, 살의(殺意)가 더욱 진해져서 내게 쏟아지고 있었다.

주술사들의 날려 보낸 투사체들도 태풍의 비바람처럼 쳐들어오는 중이었다. 그렇기도 해서 그 순간에 받았던 느낌은 분명했다.

온 세상이 나를 거부하고 있었다.

모든 게 한통속이다.

내 죽음을 바라고 있었다. 놈들은 그렇게 과신해도 마땅했다.

피할 수 있는 것들은 피했다. 파훼할 수 있는 것들도 그렇게 했다.

그러나 투사체 수백 개 전부에서 벗어나는 것은 처음부

터 불가능했다. 압도적인 물량. 어디에서나 그것들이 날아들었다.

파앙!

등에서 충격이 일었을 때 허리가 앞으로 꺾였다. 연달아 몇 개가 더 부딪쳤던 것이 분명하게도, 눈앞의 광경이 좌우로 요동쳐 댔다.

마지막에는 대지가 나를 향해 솟구쳐 오르는 듯했다. 입에서 흙 맛이 났다.

쾅!

바로 옆에서 굉음이 터지며 나는 어딘가로 튕겨 날아가고 있었다.

그러는 와중에서도 일반적인 범주를 초월한 감각이 연신 보내오는 경고가 있었다.

제 동족들을 찍어 댔던 것을 똑같이 되돌려 주겠다는 것인가.

와이번 기수들이 쏟아지고 있다. 정예 중 정예인 것들이다. S급 던전에 준하는, B 등급 게이트 전투에서만 볼 수 있던 것들이 작정하고 날아드는 것이다.

바닥으로 처박히던 중인 몸을 틀어 버렸다. 그러자 그것들이 시야를 가득 채우며 들어왔다.

그것, 와이번의 커다란 발톱들이!

하지만 발톱은 네놈들만 있는 게 아니다!

[세트의 손톱을 시전 하였습니다.]

쉑. 쉑. 쉑. 쉑. 쉐에에엑—

다섯 개의 직선이 시야 우측 끝에서 좌측 끝까지를 가로질렀다.

와이번들의 괴성이 터졌다.

갈라진 살점과 내장물들이 핏물과 함께 우수수 떨어졌던 것도 잠깐.

거기에 타고 있던 녀석들 중 하나는 나를 반 토막 낼 심산으로 도끼를 내리찍으며 착지했다.

이어 날아오던 온전한 짐승의 발톱과 함께, 혈안을 띈 눈깔이 그 위로도 쏟아지고 있었다.

계속 몸을 굴러 피했다. 하지만 어디에나 녀석들이 떨어지고 있었다. 다음의 공격도 그 다음의 공격들도 아슬아슬했다.

그러던 일순간 눈앞이 번쩍였다.

"커억!"

등 쪽의 충격이었다.

나를 짓뭉개려던 힘을 튕겨 내며 자세를 세우는 데 성공했을 때.

바클란 주술사들이 결계를 완성시켰다.

찰나에는 참을 수 없을 만큼 간지럽다가, 온 살이 쥐어뜯기는 통증으로 바뀌기 일쑤다.

그 통증이 예민한 감각을 곧잘 건드린다.

그때 시야 사방으로 들어오는 것들 전부는 바클란이 타고 있는 와이번들의 대가리였다.

와이번들이 흉악한 아가리를 벌려 침을 질질 흘려 대고, 그 안에는 촉수 같은 혀들이 도사리고 있었다.

쩍 벌린 대가리 몇 개가 서로 경쟁하듯이 날아들었다.

시야에 잡히지 않는 것들은 감각으로 느끼며 피하고 또 피했다. 초월 감각의 경고가 없었다면 이것들의 공세에 몇 번이고 바닥을 뒹굴었을 터.

콰직!

그런 내게로 도끼를 찍어 오는 바클란들은 낙하시킨 다음 제거해 나갔다.

진즉 염마왕의 길로 대지를 붉게 만들었지만, 하누만의 꼬리로 휩쓸 때마다 불에 타오르지만.

이것들의 보호막과 재생 능력도 쉽게 볼 일이 아니다.

게다가 투기장에서 우승한 그것들에게는 주술사들의 광역 강화가 깃들어 있다.

여기는 녀석들에게나 나에게나 고통뿐인 전장이 되었다.

치명상을 입은 것들이 상공의 주술사 부대들 덕분에 여전히 광폭하던 순간에는, 나도 부상을 털고 있기 때문이다.

고위급 힐러가 내게 붙어 있는 것과 다르지 않은 상황이었다.

열정자의 1단계 효과, 부상 재생 속도 대폭 상승.

뭉족 수신의 징벌의 스킬 효과, 시전 즉시 부상 중폭 회복.

두 가지가 결합된 시너지는 역경자가 터질 상황을 좀처럼 만들어 주질 않는다.

한 마리씩 공을 들여 잡고 있던 그때. 갑자기.

쵀악—

기수들이 일제히 솟구쳐 올랐다가, 와이번들과 함께 다시 쏟아져 내려오던 시각.

데비의 칼날과 물 소용돌이가 상공을 휩쓸고 있을 때.

드디어 질풍자가 터졌다.

[질풍자가 발동 했습니다.]

[민첩 등급이 변동 되었습니다. 변동 : S → SS]

직전에 날려 보냈던 물 소용돌이의 회전 속도도 그때 느릿해진 것처럼 느껴졌다.

갈비뼈가 슬쩍 보였던 상처 부위가 재생되는 속도도 그렇게 느껴졌다.

빗발치는 주술사들의 투사체. 소낙비처럼 쏟아지는 핏물. 날개 단 짐승들의 울음소리. 주인을 잃고 떨어지는 도끼들.

살랑거리는 불타는 꼬리와 거미줄 같이 펴져 있는 벼락 줄기들.

그 모든 것들의 느릿해진 움직임들이 초월 감각과 결합되었다.

본 시대 누구도 믿지 않을 것이다. S급 바클란 군단들을 상대로 혼자서 전투 상황을 유지하고 있는, 바로 지금을 말이다.

아이템 없이, 역경자 발동도 없이…….

와이번이 쏟아지는 광경을 올려다보며 생각했다.

나도 어지간한 괴물이 다 되었구나.

* * *

[예민한 자의 발동 효과가 사라졌습니다.]

[타고난 자의 발동 효과가 사라졌습니다.]

……

[열정자가 발동 하였습니다. (2단계)]

[특성과 아이템 등의 발동 확률이 대폭 상승 합니다.]

……

[질풍자의 발동 효과가 사라졌습니다.]

……

[열정자가 발동 하였습니다. (3단계)]

[물리 저항력과 마법 저항력이 대폭 상승 합니다.]

……

[열정자가 발동 하였습니다. (4단계)]

[스킬 재사용 시간이 소폭 감소 합니다.]

짚는 것마다 시체였다.

[경고: 육체 쇠락이 10중첩에 도달한 상태입니다. 최악입니다.]

시체를 끌어당기듯 딛고 올라서려는 와중에도, 시스템은 뻔한 경고를 울려 대고 있었다.

[경고: 옭아매는 죽음 뿌리가 계속 영향을 미치고 있습니다.]

[경고: 바클란 갈색 맹독을 제거 하십시오.]

[경고: 대 자연의 공포증이 당신을 약하게 만들고 있습니다.]

햇볕이 용암같이 뜨거웠다. 내 삼중(三重)의 화염 속에 갇혔던 것들이 바로 이런 열기에 발악하다 뒈졌던 게 아닐까 싶었다.

그럼에도 하늘은 바다 같이 청명하기만 해서 나를 비웃는 것처럼 보였다.

화아아악—!

어떤 놈이 또 만들어 낸 광풍이 나를 밀쳐 냈다.

"윽."

시체 위를 나뒹굴 때마다, 그것들의 것인지 내 것인지 알 수 없는 핏물들이 코와 입으로 밀려왔다. 잡히는 대로 움켜쥔 것도 어떤 녀석의 박살 난 대가리였다.

그때 거대한 그림자가 하늘을 가리며 시야에 들어왔다.

"우! 우우!"

두 눈에 힘을 주고 나서야 제 와이번을 잃은 성난 얼굴이 보였다. 놈의 뒤로는 남은 것이 없었다. 이놈이 마지막 와이번 기수다.

때는 온몸이 무거웠고 지독하게 아프며 또 뜨거울 때였다.

내 몸에는 불만 붙어 있지 않을 뿐이지, 혈관 속마다 용암이 가득 차 있는 것 같았다.

훼엑.

그 순간 풍압이 먼저 부딪쳤다. 처형 도끼가 떨어졌다. 피할 수는 없었다. 내줘야 한다면 그나마 심장을 비껴 나간 자리다.

[괴력자가 발동 하였습니다.]

[경고: 옭아매는 죽음 뿌리의 영향으로 발동 효과가 대폭 하락했습니다.]

본시 괴력자가 제대로 발동했다면 놈의 팔 한 짝이 날아가 버릴 일이나, 이번에는 도끼가 튕겨 날아가는 수준에 그쳤다.

그때 내 가슴을 향해 떨어진 발길질은 더욱 성질나 보였다.

우두둑. 뚝!

뭔가가 끊기는 소리가 났다.

쿨럭.

토해진 핏물 중 반 이상이 입안으로 다시 흘러 들어왔다. 시야를 바로 잡을 수도 없었다. 내 가슴을 짓밟고 있는 놈의 모습이 다시 뿌예져 갔다.

심장이 받고 있는 압력보다 더 나를 힘들게 만들고 있는 것은, 다 뱉어지지 않은 채 식도로 계속 넘어가는 핏물이었다.

숨이 막히는 건 둘째치고.

정말로 피가 용암으로 변하고 말았는지 식도가 타고 있는 것 같았으니까.

전신은 통제 불능.

더는 팔다리가 아무렇게나 꿈틀거려 대는 걸 중단시킬 힘도 남아 있지 않다.

시야는 점점 멀어지다 검붉은 배경밖에 보이는 게 없었다.

익히 익숙한 느낌이었고.

또 기다려 왔던 순간이기도 했다.

그렇게.

새로운 영역. SS급이 자아내는 신(新)세계가 나를 기다리고 있었다.

또다시 그리고 더 길고 강력한 수준으로.

[역경자가 발동 했습니다.]

[역경자 (특성)

효과: 전투 불능 상태에 돌입하는 순간, 모든 능력치와 스킬의 등급이 한 등급씩 상승합니다. 또한 대폭의 부상 회복이 이뤄지며 지속 시간까지 고통을 잊습니다. 적용 중인 모든 부정 효과들이 제거 됩니다.

등급: A (5)

지속 시간: 2시간

재사용 시간: 5일]

* * *

나를 밟고 있던 놈은 내 순간의 변화를 알아차렸다.

온 인상을 일그러트리며 힘을 쏟아 붓지만, 내가 상체를 일으키는 동시에 나가떨어졌다.

퍽— 콰직!

놈의 대가리를 밟아 터트렸다.

그것으로 하늘을 새까맣게 물들였던 와이번 기수단과 전, 후속으로 참전했던 바클란 부대들도 더는 남겨진 게 없었다.

나머지 것들은 전부 연희와 성일에게 몰려 있었다.

호위 부대를 차차 잃어 나갔던, 그리고 내 죽음을 확신했던 주술사들도 거기에 합류한 상태였다.

연희와 성일이 약속된 시간에 모루를 형성하고 있는 것이었다.

"쓰, 쓰버어얼!"

그 먼 곳에서 성일의 비명 소리가 들려왔다. 연희의 호흡도 가빴다.

바클란들과 와이번들의 시체를 뛰어넘었다.

세 시간이 넘도록 계속됐던 전투의 참상이 끝난 자리부터 공백의 영역이 펼쳐졌다가.

이윽고 연희가 모아 놓은 것들의 모습이 시야로 들어오기 시작했다.

내가 등급 높은 것과 싸우고 있는 동안 나머지 것들은 전부 거기로 쏠려 있었다.

저급한 것들의 군집체.

내가 죽여 놓은 것들의 족히 열 배는 많은 수였다. 교전을 벌이고 있는 놈들보다도 대기 중인 것들이 그득했다.

지금부턴 모루를 때리는 망치가 되어, 그 안에 끼어 있는 저것들을 모조리 다 박살 내 버린다.

그래서 칠마제 둠 카소가 우리들에게 그랬듯이, 경악한 팔악팔선들이 힘을 합칠 수밖에 없었듯이. 바클란 군왕은 여기로 나와야만 한다.

맞다.

내가 이것들에게는 둠 카소가 되어야 하는 것이다.

*　　*　　*

바클란들의 시체뿐인 대지 위.

S급 오딘의 분노가 남긴 벼락 폭풍은 여전히 대지를 감돌며 시체들 사이사이마다 튀어 대고 있었다.

성일은 일어나지 못했다. 연희는 벼락의 영향 거리에서 벗어나 한 시체의 배를 깔고 앉아 나를 쳐다보았다.

정신없는 전투를 치러 왔다기에는 좋은 눈빛이었다.

승리에 대한 갈망이 보였다.

"군왕이…… 올까?"

연희가 그렇게 묻고는 얼굴을 쓸어내렸다. 핏물이 한 손 가득 미끄러져 나왔다.

뚝뚝.

[역경자 지속 시간 : 1시간 31분 12초]

[전투가 중단 되었습니다.]

[열정자 (5단계) 지속 시간: 0시간 59분 51초]

더 많은 군단만 몰려오고 정작 군왕이 없다면 남은 시간들은 여기서 벗어나는 데 쓰여야 할 것이다.

또한 그때는 계획을 바꿔야 한다. 연희의 귀환석까지 활용하여 게릴라성 전투를 지속, 계속적인 피해로 군왕을 꾸준히 자극할 수밖에 없는 것이다.

일단 성일을 부축해서 편히 누울 수 있는 자리에 눕혔다.

그는 처참했다. 팔과 다리 하나씩은 겨우 붙어 있는 수준에 그쳤다.

십여 분 후 연희가 치유 스킬이 충전됐다며 다가오고 나서야, 성일은 흐릿한 눈알로나마 나를 올려다볼 수 있었다.

"주먹 파괴자…… 라는 특성 먹었으. 이제 더해 볼 만혀. 쓰읍. 쓰읍. 쓰벌……."

하지만 마음대로 몸이 움직여지지 않으니 나오는 건 욕뿐이었다.

그가 일어서려다가 자리를 잡고 앉았다. 그때쯤 그에게도 보이는 게 있었던 것이다.

성일이 먼 전방으로 시선을 가져가며 말했다.

"저게 군왕이여?"

대규모로 편성된 군단 하나가 진형을 갖춰 나타난 채로 대기 중이었다.

성일이 물은 그것은, 그것들 중에서도 눈에 띄는 괴수였다. 1막 1장의 웨이브 당시에 등장한 녀석보다 더 괴악하게 크다.

생김새도 이족 보행에 우두(牛頭)를 단 바클란들과는 확연하게 달라서, 그 거대하고 흉측한 괴수의 모습이 눈에 띌 수밖에 없었다.

여섯 개의 손마다 산을 짊어지듯 거대한 바위를 들고 있다.

익히 아는 괴수.

저 바위들에 주술사들의 강화 마법이 깃들어 날아오면 폭발탄으로 변한다.

그래서 어깨에 타고 있는 주술사와 한 쌍.

던전에서는 볼 수 없고 게이트 전투에서나 나오는 S급 몬스터가 바로 저놈이다.

성일에게 대답을 따로 들려줄 필요는 없었다. 이어서 사방으로 출몰하기 시작한 군단들에게는 어김없이 똑같은 괴수가 병종으로 포함되어 있었다. 군왕이 여럿일 리가 없는 것이다.

우! 우! 우—

사방 대지는 바클란들의 함성으로 다시 채워졌다. 병종 구성이 다양했지만, 저것들 모두와 충돌할 생각은 없어서 신경 쓸 일은 아니었다.

계산해 두고 있는 시간 끝까지 군왕이 나타나지 않으면 우리는 후방을 뚫고 달아날 거다.

[역경자 지속 시간 : 1시간 3분 9초]

[열정자 (5단계) 지속 시간: 0시간 31분 48초]

째깍. 째깍.

시간이 계속 줄어드는 동안.

내가 정신계는 아니지만, 초월 감각으로 저것들의 긴장된 분위기를 느낄 수 있었다.

보다 가쁘게 내쉬는 호흡 소리며, 주술사들의 전신을 감돌고 있는 기운이며, 그것들의 체내 속 평소 이상의 힘이 집약되어 있는 마석 상태며.

모든 것이 임전무퇴(臨戰無退)의 전투를 준비하는 듯했다.

군왕이 나오지 않는다? 군왕 없이 우리를 도모하려고 한다?

나는 후방에 밀집해 있는 것들로 감각을 집중시켰다. 후방의 군단은 이수아와 신경아가 남겨진 산 정상을 가로질러서 운집해 있었다.

새롭게 추가된 부대는 없되, 시야가 산에 의해서 막힌 상황에서도 다른 군단들과 마찬가지의 분위기를 품고 있었다.

그런가. 전투를 준비하는 게 아닌가? 군왕을 맞을 준비를 하는가?

곧 직감이 들어맞았다.

하늘을 날아오는 강력한 기운이 두 개.

"오고 있다. 만약 대전 퀘스트로 발동하면 절대 끼어들지 마라. 어떤 상황에서든."

본 시대에서는 그랬다. 대전 퀘스트로 연계될 가능성이 높았다.

성일은 말없이 고개를 끄덕였다. 연희에게도 확답을 듣고 나서 하늘을 응시했다.

멀찍이 가시거리 안으로 진입했을 때는 한 점으로 보였다. 감각을 집중시켰다. 시야를 확 당겨서 놈과 놈이 타고 있는 비행 괴수로 시야를 채웠다.

[바클란 군왕 (종족)

동족들의 왕이자 수천만 전사들 중 제일의 전사입니다. 또한 **둠 아루쿠다**의 숭배자들을 이끄는 최고위 제사장으로 **둠 아루쿠다**의 권능과 함께 하고 있습니다.

등급: ?

총 물리 방어력: 210000 / 210000

총 마법 방어력: 300000 / 300000]

[대 초원을 가르는 용

대 초원에서 탄생한 용은 바클란 군왕에게 복종을 맹세 했습니다.

등급: S

총 물리 방어력: 135000 / 135000

총 마법 방어력: 120000 / 120000]

그 순간.

[히든 퀘스트 '증명'이 발생 하였습니다.]

떴다. 바라던 바대로의 결전이 임박했다.

그런데 히든 퀘스트 명이 내가 알고 있던 것과는 달랐다.

[증명 (히든 퀘스트)

바클란 군왕은 당신 같은 적수를 줄곧 기다려 왔습니다. 그는 계속 증명해 왔고 기회를 얻을 수 있었습니다.

임무: 바클란 군왕을 처치하라.

보상: 연계 퀘스트 '둠 맨의 탄생(1)'

* 실패 시 바클란 군왕이 동일한 기회(둠 바클란)를 획득 합니다.]

[**둠 아루쿠다**가 관심을 가지고 지켜봅니다.]

[대단합니다. 전지전능한 **둠 카오스**가 깊은 관심을 가지고 지켜봅니다.]

이런 건 본 시대에서도 없던 일이다. 본 시대 말기 최고 전력의 일악, 일선이라도 이런 문구를 봤을 리가 없다.

둠 아루쿠다와 둠 카오스가 관심을 가지고 지켜본다니. 어디에서 어떻게?

둠 바클란이라니, 둠 맨이라니. 이건 또 무슨 괴악한 단어냐.

뭔가 크게 달라졌거나.

……빠르게 진행되고 있는 것이다.

*　　*　　*

비단 방패 공대뿐만이 아니다.

[시스템이 수정 되었습니다.]

[삭제 목록: 등급제, 특정 능력치 박스, 특정 스킬치 박스, 특정 특성치 박스]

[추가 목록: 레벨제, 숙련도, 아이템 레벨, 스킬 등급 등]

전역의 공대들은 일정을 중단하고 그들의 본거지로 모여들었다.

방패 공대의 본거지.

주혁이 육감을 미세하게 조작하자 상태 창이 사라진 자리로 스킬 창이 떠올랐다.

[* 잠재 되어 있던 스킬의 위력이 '스킬 등급' 으로 표기 됩니다.]

[* 성공한 스킬에 한하여 숙련도가 성장 됩니다. LV.1 부터 LV.7 까지의 성장에 따라 스킬의 위력이 증가 합니다.]

확실히 그랬다. 주혁이 지금껏 파악한 바로는 스킬마다 잠재력이 달랐다.

브론즈 박스에서 띄운 스킬과 플래티넘 박스에서 띄운 스킬은 등급이 같은 F(0)이라도 차이가 분명했는데, 이는 스킬의 등급을 성장시킬 때마다 더욱 극심해졌었다.

그런데 수정된 시스템에서는 처음부터 스킬의 잠재력을 '스킬 등급'으로 명시해 놓는 것으로 혼선을 차단시켰던 것이다.

[수호 전사의 함성 (스킬)

스킬 등급: C

효과: 가까운 거리에 위치한 몬스터들에게 물리 피해를 입히며 피해를 입은 몬스터들의 시선을 집중 시킵니다. 파티원과 공격대원의 무기 공격력을 상승 시킵니다.

숙련도: LV.1 (0.0%) — 물리 피해: 120, 무기 공격력: 1% 상승

재사용 시간: 5분]

'굉장히 섬세해졌군. 직관적이야. 처음부터 이랬어야지…….'

화악!

주혁이 앉아 있던 자리에서 기운이 뻗쳐 나갔다. 스킬을 시전해 본 것이었지만 숙련도는 0.0%에서 조금의 변동도 없었다.

'몬스터에게 사용해야만 오른다는 말이군. 어쨌든 좋다. 박스를 소비하지 않고도 스킬을 성장시킬 수 있다. 특성은?'

[* 잠재 되어 있던 특성의 위력이 '특성 등급' 으로 표기 됩니다.]

[* 발동한 특성에 한하여 숙련도가 상승 합니다. LV.1 부터 LV.7 까지의 성장에 따라 특성의 위력이 증가 합니다.]

[방패꾼 (특성)

특성 등급: E

효과: 전투에 돌입하는 순간, 방패의 아이템 효과를 상승 시킵니다.

숙련도: LV.1 (0.0%) — 아이템 효과 상승: 3%

재사용 시간: 1일]

시스템은 아이템을 다루는 것에 있어서도 변화가 있었다. 뭉뚱그려서 각 등급으로 다루는 것이 아니라 여기에도 레벨을 붙여 놨다.

주혁은 거기로 관심을 돌렸다.

[* 아이템 레벨은 1 부터 560 까지 존재합니다.]

[* 560레벨을 초과하는 아이템은 첼린저 박스(아이템)에서 매우 희박한 확률로 획득할 수 있습니다.]

[* 아이템 효과가 구체화 되었으며 착용 시, 상태 창에도 이를 반영합니다.]

그는 주력 방패 하나와 보조 방패 하나를 나란히 세웠다. 그리고는 예술품을 감상하듯 턱을 괴고, 각 방패들 위에 떠올라 있는 창을 주시했다.

[건국자의 방패 (아이템)

아이템 등급: C

아이템 레벨: 271

효과: 체력 + 2, 방어 스킬 재사용 시간 - 10%

물리 방어력 : 4000 / 4000

마법 방어력: 1020 / 1020]

[백병대장이 잃어버린 방패 (아이템)

아이템 등급: C

아이템 레벨: 241

효과: 체력 + 5

물리 방어력 : 4200 / 4200]

원래는 둘 다 같은 C 등급 아이템으로 한 영역에서 다뤄졌던 방패였다.

특이점은 아이템에 있어서도 효과들이 구체적인 수치를 띄우기 시작한 데에 있었다.

주혁이 옮기는 시선마다 바뀐 아이템 정보를 확인하는 공대원들의 모습이 보였다. 본인의 아이템 혹은 서로 간의 아이템을 비교하면서, 그들의 대화 소리가 조금씩 높아지고 있었다.

그때 주혁과 눈이 마주친 공대원 하나가 그에게 다가왔다.

주혁과 함께 공대를 운영해 온 사내로, 최초는 언제나 주혁의 몫이었고 차순위의 대부분은 그가 차지해 왔었다.

사내가 말했다.

"표기법만 바뀐 게 아닙니다."

"나도 확인했다. 상자를 소비하지 않고도 스킬과 특성의 등급…… 이젠 숙련도라고 해야겠지. 그래. 올릴 수 있게 됐더군."

"레벨 업 시스템을 말하는 겁니다."

"경쟁이 더 치열해지겠지. 대충 정리시키고 출정 준비 시작해."

다른 공대보다 앞서 적응하고 파악해야 한다.

"옛!"

끝으로 주혁은 자신의 상태 창을 재확인했다.

[* 레벨은 1부터 560까지 존재하며 80 레벨당 한 개 구간이 형성됩니다.]

[* 레벨 구간

첼린저: 481레벨부터 560레벨까지

마스터: 401레벨부터 480레벨까지

다이아: 321레벨부터 400레벨까지

플래티넘: 241레벨부터 320레벨까지

골드: 161레벨부터 240레벨까지

실버 : 81레벨부터 160레벨까지

브론즈 : 1레벨부터 80레벨까지]

[* 각 레벨 구간 당, 필요 경험치의 양이 대폭 증가합니다.]

[* 각 레벨 구간 당, 분배할 수 있는 스탯에 제한이 있습니다.]

[* 각 레벨 구간 당, 공격력에 투입되는 계수가 증가합니다.]

[이름: 강주혁 레벨: 246 (플래티넘)
체력: 334 (+13) 근력: 311 (+2)
민첩: 300 감각: 300
경험치: 10320 / 10804
공격력: 144
물리 방어력: 15020 / 15020
마법 방어력: 5000 / 5000
특성(2) 스킬(3) 인장(8) 아이템(8)]

* * *

세상이 울부짖었다.

하늘이 쏟아지고 대지는 끊임없는 균열로 뒤집어졌다.

"으아아압!"

바클란 군왕을 쓰러트린 직후.

도전자 퀘스트와 히든 퀘스트 증명이 완료됐다는 메시지와 함께 나는 시작의 장으로 던져졌다.

[이름: 나선후 레벨: 482 (첼린저) * 2회 차 *

체력: 781 (+100) (+81) 근력: 790 (+100) (+90)

민첩: 760 (+100) (+50) 감각: 740 (+100) (+40)

경험치: 3906240 / 4233790

공격력: 30218

물리 방어력: 0 / 88500

마법 방어력: 0 / 90400

특성(10) 스킬(10) 인장(0) 아이템(10)]

[데비의 칼(스킬)

스킬 등급: S

효과: 강력한 기운을 쏘아 보냅니다. 시바의 칼, 이그니의 칼, 두르가의 칼, 칼리의 칼, 바루나의 칼, 인드라의 칼로 변환이 가능 합니다.

숙련도: LV.7 — 물리 피해: 10000, 마법 피해: 2000

재사용 시간: 1분]

[라의 태양 검 (아이템)

아이템 등급: S

아이템 레벨 : 580

효과: 근력 + 50. 모든 저항력 20% 상승. 아이템 '라의 태양 망토' 변환 가능.

공격력: 1530

물리 방어력 : 0 / 15000

마법 방어력 : 0 / 15000]

비로소 바클란 군왕을 쓰러트렸다는 기쁨도 잠시.

눈앞에는 온갖 창들이 사정없이 겹쳐 있었다. 수십 개의 창들이 무분별하게 겹친 시야는 온통 푸른색뿐이었다.

바닥에 쓰러져 있는 그대로 창들을 지워 나갔다. 그러고 나자 하늘이 보이기 시작했고, 종국에는 창 하나만 남았다.

그 창이야말로 확인하고 싶었던 창이었다.

[둠 맨의 탄생(1) (연계 퀘스트)

모든 것의 시작이며 끝인, **둠 카오스**의 능력은 전지전능합니다. 당신에게도 길이 열려 있습니다. **둠 카오스**의 기대에 부응하여 당신의 가치를 인정받는다면 둠 카오스가 품어 온 존재들과 동등해질 수 있습니다. 그렇게 한 차원을 아우르는 존재로 거듭날 수 있을 겁니다.

임무: 561 레벨을 달성 하라.

보상: 연계 퀘스트, 둠 맨의 탄생(2)]

[둠 맨의 탄생(1) : 561 레벨 달성 482 / 561]

수정하고자 하는 사안에 비해, 도전자 퀘스트의 난이도가 극악했던 데에는 이유가 있었던 것이다.

이런 게 숨어 있었다. 혹은 둠 카오스가 개입한 것이다.

둠 맨의 탄생?

하!

나를 팔마제(八魔帝)로 영입하겠다는 것 아닌가.

[* 공적을 사용하여 퀘스트를 취소 하시겠습니까?]

[필요 공적: 10000]

웃기고 있군. 선의의 시스템은 둠 카오스보다 덜떨어진 녀석이 분명했다.

2회 차를 시작하며 공적 또한 날려 버린 것이 시스템 아니던가.

1막 2장의 첨탑 방들을 파괴하고 바클란 군왕을 잡으며 획득한 공적은 이에 못 미쳤다. 설사 그만한 공적을 보유 중이라고 해도 이 퀘스트를 당장 취소할 생각은 있지도 않았다.

모든 가능성을 열어 둬야 한다고 생각했다.

팔마제가 되는 것이 칠마제 군단의 침공을 중단시키는 결과를 낳는다면.

그래, 얼마든지 팔마제의 둠 맨이 되어 줄 수 있다.

하지만 현재로선 몇 줄의 문장이 끝이다.

연계 퀘스트가 어디까지 이어질지 모르고, 그 종착역이 인류의 파멸인지 종전(終戰)인지도 알 수 없는 상황인 것.

어차피 이따위 퀘스트가 뜨지 않아도 SS급, 아니 561레벨이 목표였다.

거기까지 진행해 본다. 취소를 하고 싶어도 그만한 공적이 없는 이상 더 이상의 생각은 쓸데없는 기력 낭비에 불과한 것이었다.

바클란 군왕을 쓰러트리며 받았던 희열은, 메시지 창의 더러운 내용들 때문에 금방 꺼졌다. 비로소 주변이 보였다.

성일이 있었고 연희는 보이질 않았다.

『우연희.』

전음을 넓게 터트렸지만 조용하다.

우리는 일찍이 귀환석을 교환해 뒀었다.

연희는 본 무대로 돌아갔어도, 이 지역이 귀환 지역으로 설정된 내 귀환석을 사용하면 바로 내게로 합류할 수 있었다.

하지만 육안으로 확인할 수 있는 거리는 물론.

사방 어디에서도 그녀로 추정되는 기척이 느껴지지 않는다.

[크시포스 얼음 성물 (아이템)

크시포스 군단의 강력한 힘이 집약 되어 있습니다.

아이템 등급: S

아이템 레벨: 570

효과: 귀환 지역을 설정 할 수 있습니다.

귀환 지역: 얼음 성채 (크시포스)

재사용 시간: 7일]

이게 교환하며 받은 연희의 귀환석.

재설정 없이 처음 설정 그대로인 귀환 지역이 유지되어 있다.

연희는 바클란 본토로 진입했던 당시가 너무 급작스러워서 여기까지 신경 쓸 수 없었다고 밝힌 적이 있었다. 그때는 개의치 않았다.

내 귀환석만으로도 연희가 이쪽으로 합류할 수 있으니까.

그런데 왜 오질 않는 걸까. 돌아간 무대에서 무슨 일이 생긴 것인가. 그렇지 않고서야 이렇게 조용할 리가 없는데.

악의(惡意)의 시스템이 떠올린 퀘스트에 이 상황이 겹쳐 지금이 몹시 불편했다.

연희가 진입하길 기다리며 뒤로 누워 버렸다. 성일도 넋이 나간 듯 멍해져 있었기 때문에 주변에는 침묵만 감돌고 있었다.

거추장한 아이템들도 다 보관함으로 돌려보내고, 크게.

후우우우—

어쨌거나 이제는 쉬어도 되는 시간이었다. 숨을 크게 들이쉬는 것과 동시에 눈을 감았다.

[역경자의 발동 효과가 사라졌습니다.]

근 반년.

그 시간을 보내고 바클란 군단의 본토에서 살아 돌아왔다.

팀원은 둘을 잃고.

Chapter 7.

이수아. 신경아.

두 여자는 돌아오지 못했다.

[지배 된 인간 여성이 파티에서 추방 되었습니다.]

[지배 된 인간 여성이 파티에서 추방 되었습니다.]

성일도 마지막 순간에 연달아 떠오른 메시지를 봤을 것이다.

그래서 두 여자는 왜 돌아오지 못했냐고 묻는 것 없이 조용한 것이었다. 내가 파티장으로서 감행한 일이 아니었다.

시스템 자체적으로 걸러졌다.

성일로서는 내가 바클란 군왕과 겨루던 광경에서도, 두 여자가 함께 오지 못한 상황에서도 생각할 게 많아 보였다.

“다시 갈 순 없는 거여?”

“없지.”

그 말을 끝으로 우리는 별말이 없었다.

긴 여정을 끝내고 돌아온 밤은 구슬픈 울음소리들뿐이었다.

여기는 15구역의 어느 버려진 마을. 그 소리들은 경계면 너머에서 들려오는 것들로 몬스터들이 내는 소리였다.

1막의 최종장은 여전히 진행 중이었다. 와해된 군단의 졸개들이 전 구역으로 흩어졌으며, 1막 2장의 첨탑에서 기어 나왔던 것들 역시 아직까지 잔존한 채 경계면 너머의 어둠을 누비고 있었다.

이튿날.

몬스터들의 울음소리가 비명 소리로 변했다.

한 개 공격대가 경계면 너머에서 전투를 진행하고 있는 것이다.

이윽고 그들은 피로 범벅된 도축장의 배수구 같은 냄새를 동반하며 마을로 들어왔다. 몬스터를 어지간히도 사냥해 왔던 것인지 악취가 심했다.

하지만 정작 그들은 우리를 향해 코를 막았다.

"수작 걸지 말고 없는 사람 쳐. 서로 그편이 나을 거여."

성일이 공격대에서 나온 사람을 향해 말했다. 사내는 성일과 나를 알아보지 못했다.

우리를 알아본 사람은 공격대의 대장이었다. 그리고 그 어린 녀석도 있었다.

강자성.

1막 1장의 보스 몬스터를 상대할 때 성일의 목숨을 구해낸 녀석이다.

당시에 줬던 주의를 지키고 있는 것인지, 혹은 어떤 거래로 썼는지 녀석의 손가락에선 풍사(風師)의 반지가 보이지 않았다.

"안녕하십니까. 천공 길드 방패 공대, 강주혁입니다. 두 분을 만나 뵙게 돼서 영광입니다."

* * *

뜻밖이었다.

'여기서 보다니!'

전설, 오딘과 그의 심복 권성일.

그리고 천공 길드 길드장이자 골드 공격대장이기도 했던

이수아와 크시포스 군단과의 전투에서 막강한 능력을 선보였던 신경아.

그들 넷이 갑자기 사라져 버린 건 반년도 더 된 일이었다.

그런데 갑자기 사라져 버렸던 것처럼 갑자기 들어와 있었다.

"안녕하십니까. 천공 길드 방패 공대, 강주혁입니다. 두 분을 만나 뵙게 돼서 영광입니다."

주혁은 별 반응 없는 오딘과 약간 날이 서 있는 성일을 향해 예의를 갖췄다.

이들은 전설이다. 자취 하나 남기지 않고 사라졌어도, 지난 반년간 꾸준히 회자되어 왔던 게 바로 이들 아니던가.

돌아오는 길. 그래서 주혁의 얼굴은 굳어져 있었다.

사라지기 전까지 길드와 길드 본토를 장악하고 있던 이수아가 복귀한다면, 재편성된 지배 구도에도 큰 변화가 있을 수밖에 없었다.

하지만 두 남자뿐이었다. 이수아는 없었다.

이수아와 자매같이 굴었던 신경아도 마찬가지.

주혁은 의문을 품은 채 피에 쩔은 무기와 방어구들을 손질하고 마석 배분이 시작된, 제 사람들에게로 돌아왔다.

"저분이 정말 오딘 맞습니까?"

"왜. 아닌 것 같아?"

"솔직히 그렇습니다."

진규가 대답했다.

과거 군단과의 전투에서 전사한 부대장 자리를 그가 꿰찼다.

"나도 오딘의 능력을 직접 본 적은 없다. 객기 부리지 말고 믿어야지."

"본 드래곤을 소환한다는 게 사실일까요?"

"그것도 믿어야지. 접근을 꺼려 하니 애들한테 주의시켜."

주혁과 진규는 먼 거리에서 오딘을 응시했다.

둘은 똑같은 생각이었다. 냉담한 분위기가 몹시 싸늘하며 강자다운 눈빛을 지니고 있는 건 맞지만, 소문이 과했다.

혼자서 1막의 1장과 2장을 완료했다, 본 드래곤을 소환한다, 오딘의 불과 벼락이 세상을 뒤덮었다 등.

오딘과 같은 무대를 보내 왔던 본토 출신들은 그렇게 떠벌려 댔다.

하지만 둘이 보기엔, 오히려 오딘의 심복인 권성일이란 남자 쪽이 더 강인해 보였다.

멀리, 성일이 꺼지라는 듯이 손을 까닥인 시점에서 둘은 시선을 돌렸다.

"진규야. 애들한테 이수아 찾아보라고 해. 있다면 방에 있을 거다. 이수아를 모르는 애들도 붙여. 여자만 찾으면 되니까."

"옛."

이수아가 실종되기 전까지만 해도 200구역 전역에는 온갖 세력들이 난립해 있었다.

하지만 이제는 아니다.

크시포스 군단에 박살 났거나, 박살 나기 전에 더 강한 세력 아래로 융합됐다. 200구역 전역은 두 길드로만 양분되었다.

남방의 12구역을 본토로 삼고 있는, 천공 길드.

북방의 109구역을 본토로 삼고 있는, 일성 길드.

각각 수천 명의 각성자들이 운집해 있으며 제도적 사회조직으로서의 구성도 실수를 통해 완성해 나가고 있었다.

사실상 길드라기보다는 하나의 작은 국가나 다름없이 변한 것이 지난 반년간의 일이었다.

이런 시국에 과거의 집권자였던 이수아가 복귀하면?

단언컨대 주혁은 확신할 수 있었다.

이수아는 이제 불청객일 뿐이다.

천공 길드 전체뿐만 아니라 그녀가 만들었던, 골드 공격대 내부에서도 마석 은행에서도 상공회에서도 모두 말이다.

누구도 그녀를 반기지 않는다.

어차피 오딘이야 길드 정치에 관심이 없기로 유명했으며 권성일도 그 부분에 있어서는 눈에 띄는 점이 크게 없었다.

그러나 이수아가 길드의 모든 권력을 쥘 수 있었던 진짜 이유.

압도적인 힘이 그녀의 뒤에 있기 때문이었고, 그 힘이 바로 저 젊은 사내였다. 오딘.

'음…….'

주혁은 바뀐 시스템에서 파생된 문제보다도 이수아와 오딘이 더 큰 문제라고 판단했다.

* * *

어떤 원인으로 시스템에 그런 수정이 이뤄졌는지는 알 수 없다.

게임으로 치자면 대규모 패치였다.

능력을 계량화하는 방식이 전과는 판이해졌다. 그 부분은 기존의 등급제를 구체화한 방식이기에 혼선이 야기 되지 않는다.

각 종목들에 잠재되어 있던 위력을 명시하면서, 가치를 둬야 할 종목과 아이템들이 분명해졌다. 그 부분도 도움이 되면 됐지 손해 볼 일은 없다.

하지만 문제는 레벨 시스템의 도입이었다.

주혁이 그걸 체감한 건 본토에서 미세한 변화의 움직임을 포착했을 때였다.

대중들의 심리는 간혹 엉뚱할 때가 있다.

따지고 보면 바뀐 시스템은 전과 크게 다르지 않았다.

몬스터를 사냥하거나 퀘스트를 완료해서 얻은 포인트로 상자를 열어서 원하는 능력을 상승시킨다.

그런데 상자를 연다는 행위를 삭제하고 가시적인 레벨과 경험치를 도입.

각성자들 사이에서만 E급 각성자니 D급 각성자니 구분 짓고 있던 것을 시스템에서 아예 레벨 구간을 지정해버리자 분위기가 변했다.

"어? 경험치 삼백만 올리면 레벨 업이네?"

"공대 퀘스트에 한 번만 참여해도 최소 4렙 업 아냐? 해 볼까?"

"나, 1레벨 업만 해도 실버 가네요?"

몬스터라면 똥오줌부터 지렸던 것들이 잘도 떠들어 댔었다.

개중에는 서열 끝자락의 공대에 찾아가 한 번 끼워 달라던 녀석도 보였다.

문제는 그것들, 안주해 버린 자들이 본토에서 맡고 있는 역할이 따로 있다는 것이다.

안전을 보장해 주는 대신 귀찮거나 더러운 일들은 전부 그것들의 몫이었다.

그것들의 몸값은 점점 낮아져 갔다. 본토에 유입되는 사람 수만큼 안주해 버린 자들의 비중도 늘어났기 때문이었다.

그것들은 피라미드 저 밑바닥에서 두꺼운 하위 계층을 형성했으며 거기에서 벗어나려는 노력을 보이는 것들은 소수에 불과했다.

그렇게 왕국의 신분 계급은 완전히 굳어져 있었다.

그건 북방의 일성 길드라고 해도 사정이 다르지 않았다.

그들도 마석으로 경제를 일으키고 두 길드 간의 교역이 활발해졌으니까.

한데 시스템이 바뀌었다.

'그 파장으로 안정된 왕국에 균열이 생기려 한다. 첫날 하루만으로도 그런 분위기가 형성됐는데, 날이 갈수록 가속화되겠지.'

바로 그 점이 바뀐 시스템이 간직한 유일한 문제점이었다.

시스템이 안주해 버린 것들, 신분 계급상의 밑바닥, 일종의 노예나 다름없는 바로 그것들을 자극하고 있다.

레벨 업 해 보지 않을래? 실버는 가야지. 좀 더 노력하면 골드도 갈 수 있다?

라는 식으로…….

거기까지가 주혁이 오딘 일행과 조우하기 전 신경 썼던 부분이었다.

그렇지만 현재!

더 큰 문제와 당면했다.

원래는 지난 반년간 아무런 소식도 없던 자들이었다.

지금껏 천공 길드 지휘부에서는 혹시나 싶어서 북방의 왕국에도 그들의 소식을 물어 왔었지만, 그들은 객사해 버린 듯 사라졌었다.

'한데 왜 이제야.'

밑바닥에서부터가 아니라 위에서부터.

그렇게 왕국의 지배 구도와 체계를 뒤흔들 수 있는 자들이 출몰한 것이다.

주혁의 표정은 점점 심각해질 수밖에 없었다.

"자성아."

주혁은 자성을 찾았다. 어리지만 심지가 곧은 녀석이다.

어지간한 성인보다 걸출해서, 시작부터 방패 공대의 메인 힐러로 자리 잡고 있었다. 하지만 주혁이 자성에게 다가

간 건 힐러가 필요해서가 아니었다.

육신은 멀쩡했다.

천공 왕국의 집권자 중 한 명으로서 머릿속이 복잡한 게 문제였을 뿐.

"1막 1장에서 있었던 일. 다시 들어 보자."

자성은 오딘에 관한 화제라면 눈동자부터 빛냈던 녀석이다. 평소에는 벙어리처럼 말수가 없어도 그때만큼은 달랐다.

자성이 경외가 담긴 시선으로 멀리 있는 오딘을 물끄러미 바라보다가 이야기를 시작했다.

똑같았다.

불타는 망토와 허공을 찢어 대는 벼락 등에 관한 이야기들.

다만 주혁은 영웅담이나 듣고자 했던 게 아니었다.

'1막 1장 때부터 최소 C급…… 플래티넘 이상이었다는 건데. 다이아?'

주혁은 의도적으로 바뀐 시스템의 등급 구간을 상기했다.

이제는 D급이니 C급이니 하는 것보다는, 골드니 플래티넘이니 하는 단어에 익숙해져야 하니까.

"너도 이제는 계산할 수 있을 것 아니냐."

"예?"

"당시 오딘의 사대 능력치 말이다. 아이템과 스킬을 제외하고."

"오래된 일이에요."

오래돼서 가물가물한 게 아니라 말하기 싫은 거겠지, 주혁은 그렇게 생각했다.

하지만 본토 출신들이 대부분 그랬다. 꼭 자성만 탓할 것도 없었다.

그래도 들어야 할 건 들었다. 대단한 아이템과 스킬이 오딘의 주력이었지, 그의 몸놀림은 전설 같은 영웅담에서 주가 되지 않았다.

주혁은 곁눈질로 멀리를 훔쳐보았다.

다시 보아도 오딘 자체는 아이템 하나 없이 맨몸이었다. 정작 그의 심복인 권성일이란 남자는 위용 가득한 흉갑과 장신구들을 휘감고 있지만.

'음.'

무슨 사건을 관통해 왔는지는 알 수 없으나 저들도 굳은 핏물로 찌들어 있었다.

'아이템이 파괴됐나?'

아이템은 파괴된다. 강력한 공격에 노출되면 얼마든지.

만일 그렇다면 희소식이었다.

주혁은 최악을 가정해 봤다.

오딘을 뒷배로 이수아가 왕국의 정치에 다시 복귀하고자 할 경우. 더 넘어서 과거와 같은 권력을 요구하고 나설 경우를 말이다.

그때는 오딘 일행과 충돌할 수밖에 없다.

전쟁!

승리는 확실하다. 떠도는 소문이 모두 사실이라고 해도, 오딘이라고 왕국 전체의 화력을 감당할 수는 없을 테니까.

다만 오딘을 쓰러트리는 데 얼마나 많은 이들이 희생될까?

그런 후에도 북방의 왕국, 일성 길드에게 밀리지 않을 수 있을까?

'골 때리게 됐군. 단 한 명 때문에.'

주혁은 계속 생각했다.

오딘. 저 보스 몹은 몇 레벨일까, 마스터 구간?

공격력은 몇일까, 일천 이상?

과연 얼마나 받아 낼 수 있을까, 10여 분?

*　*　*

주혁은 끝까지 이수아를 볼 수 없었다.

죽었는지 살았는지는 알 수 없다.

속단은 금물이었다. 돌발적으로 나올 수 있는 시나리오에 대한 대책들을 한시라도 빨리 마련해야 한다.

주혁은 천공 길드의 본토로 돌아가는 길 내내 그 생각뿐이었다.

목적지 인근.

13구역의 유령 마을 하나로 진입했을 때였다. 본토로 들어가기 위해선 경유해야 했던 마을이었는데 한 개 공격대가 야영을 준비하고 있었다.

천공 길드의 10대 공격대는커녕, 어디에도 끼지 못할 허접한 집단이었다.

푸우우—

주혁이 타고 있는 커다란 짐승이 콧바람을 뿜으며 멈췄다. 주혁보다 앞선 쪽은 물론 뒤쪽의 행렬 또한 일순간 멈췄다.

"데리고 와 봐."

주혁은 그렇게만 뇌까렸다.

"옛!"

그의 주변에 있던 공대원 중 한 명이 탈것과 함께 쏜살같이 뛰어나가 사내 한 명을 데리고 왔다.

야영을 치고 있던 공격대의 대장이었다. 이름은 손일우.

주혁은 탈것에서 내리지 않은 채 손일우를 내려다보고 있었고, 손일우는 긴장한 얼굴로 하문(下問)을 기다리고 있었다.

손일우라고 모를 수가 없었기 때문이었다.

천공 길드의 대표 문양.

그 번개가 관통하고 있는 공격대 문장이 간단할수록 상위권의 공격대들이다.

여기는 번개에 관통된 네모를 문장으로 쓰고 있었다.

그건 천공 길드를 이끄는 10대 공격대 중 하나, 바로 방패 공대의 문장이었다.

"손일우라 했나? 너희들은 길드 문양뿐이군. 공격대 문장은 어디에 팔아먹었지?"

주혁이 말했다.

"이번만 활동하고 해산할 거라서 따로 만들지 않았습니다."

손일우가 주혁의 눈치를 살폈다.

아니나 다를까.

서늘한 눈빛이 그의 동공을 꿰뚫으며 들어왔다.

"불법이다."

"……."

"이번만 활동하겠다는 건 뭔 말이냐?"

"저 사람들과 거래를 했습니다."

손일우는 그의 공격대원들에게로 시선을 가져가며 사정을 설명했다.

어렵지 않은 이야기였다.

공격대 25인 중 20명이 의뢰자였고 손일우를 포함한 5인이 고용인 신분이었다.

손일우 등은 의뢰자 20명에게 안전한 사냥을 제공하여, 일차로 마석을 받고 이차로 사냥 도중에 획득하는 드랍 아이템과 마석에 관해서도 7할 이상의 배분율을 보장받은 것이다.

주혁의 미간에 골이 패었다.

이렇게 될 것 같더라니.

노예나 다름없던 것들이 본토 밖으로 나오고 있는 중이다.

몇 푼 안 되는 마석을 십시일반 모아…….

그때 주혁의 짜증 섞인 동공에서 붉은빛이 번뜩였다.

[대상을 일부분 간파 했습니다. (스킬, 개안)]

[이름: 손일우 레벨: 172 (골드)

체력: ??8 (+1) 근력: ??2 (+1)

민첩: ?00 감각: ?00

경험치: 2009 / 2114

공격력: 36

특성(1) 스킬(2) 인장(0) 아이템(2)]

공격 행위나 다름없는 일에, 손일우의 얼굴도 그때 꿈틀거렸다.

하지만 그는 항변하지 못했다.

책잡히지 않았더라도 방패 공대장을 상대로 반발하는 건 길드의 보호를 받지 않겠다는 통보나 다름없으니까.

한편 주혁은 손일우의 상태 창을 꿰뚫어 보며 눈살을 구겼다.

능력치 자체만으로는 정규 공대에 들어갈 수 있을 만큼 준수한 수준이다. 하지만 인장도 없고, 아이템도 방어막을 띄우지 못하는 저 등급 두 개뿐인 녀석.

이런 녀석들은 뻔하다. 도박과 육욕에 깊이 빠져 버린 것들이 꼭 이랬다.

항시 돈이 궁한 것들.

주혁이 뒤에 대고 뇌까렸다.

"전부 연행해."

그때만큼은 손일우도 휘둥그레진 눈으로 항변했다.

"연행이라니요? 문장 등록 안 한 것 때문에 연행이라고요?"

주혁은 단호했다.

"불법은 불법이다."

*　　*　　*

12구역 천공 길드의 본토는 다섯 개의 마을로 구성되어 있다. 그중에서 중앙마을, 1막 2장의 중심 무대였던 곳이 왕국의 수도였다.

경계를 지키고 있던 사내 중 하나가 주혁을 보자마자 뛰어왔다.

"그렇지 않아도 사람을 보내려던 참이었습니다. 천공 회의가 열렸습니다. 어서 가 보시죠. 공대장님."

길드 회관.

2층의 대회의실에서 대책을 의논하고 있는 소리가 들려왔다. 거기에는 열에 조금 못 미치는 사람들이 둘러앉아 있었다.

주혁이 짓고 있는 표정만큼이나 심각한 분위기였다. 자신의 자리를 찾아 앉는 주혁에게로 시선이 일순간 모였다가 흩어졌다.

"……그래서 허가받은 공격대만 사냥터를 이용할 수 있도록 조치해야 한다고 누누이 말해 왔던 겁니다. 이 사달이 일어나기 전에도 저는 여러분들께 꾸준히 말해 왔었습니다. 하지만 몇몇 고매하신 분들께서 반대해 왔었죠. 안 그렇습니까? 강 공대장님."

크시포스 군단과의 전투는 승리로 끝났다. 잔병이 흩어지고 1막 2장의 몬스터들까지 돌아다니는 본토 바깥은, 맞다.

사냥터가 되었다.

주혁도 줄곧 사냥터를 통제해야 한다는 입장이었다.

주혁이 고개를 끄덕이자 여자의 말이 계속 이어졌다.

"사냥터를 통제하고, 신규 공격대 등록세를 기존보다 20배는 더 올려 버리면 됩니다. 그러면 깔끔해요. 아랫것들이 본분을 망각할 일은 없게 되는 겁니다."

"표현도 꼭…… 아랫것들이라니. 그들도 우리의 길드원이다. 누가 들을까 무섭군."

사내 하나가 바로 쏘아붙였다. 이 공대장이라고 불리는 사내였다.

"스읍! 이 공대장님. 여기는 공석입니다. 반말은 삼가 주시죠. 어쨌든요. 그냥 방치해 두었다가는 우리들의 노력이 수포로 돌아갑니다. 어떻게 만들어 낸 안정입니까."

"……."

"우리가 때론 얼굴 붉히고 서로 삿대질해 왔어도, 우리는 말입니다. 길드 전체의 위기에 당면했을 때만큼은 단결해 왔었습니다. 일성 길드와의 국경전에서도 그랬었고, 본토 태생들의 공포증이 집단 발발했던 당시에도 우리는 한 마음 한뜻으로 위기를 극복했습니다. 지금 이 자리에서 확실히 말해 두겠는데, 지금이 바로 그때입니다. 아랫것들이 본분을 잊으려 하고 있어요. 이 공대장님."

"부르지만 말고 말씀하시죠."

"공감 못 하는 분은 한 분뿐입니다. 이 공대장님. 당신뿐이죠."

사내는 좌중들을 훑어보고는 언성을 높였다.

"나는 찬성 못 하니까 그렇게 아십시오들. 크시포스하고 일성하고 싸웠던 게 얼마나 됐다고 대중들을 통제하니 마니."

"그게 잘못된 겁니다. 이 공대장님은 아직까지도 여기를 이전처럼 보고 있어요. 이전 세계를 언제까지 달고 살려고요? 그들은 대중이 아닙니다. 우리의 보호를 받고 있는 백성이지."

"그 사고방식부터 글러 먹었어. 길드원이야. 백성이 아니라. 씨발, 말이 통해야 뭔 말을 해 먹지. 결정 나면 통보해. 따라는 줄 테니까. 내 표는 반대로 계산 넣고."

쾅!

사내가 양손으로 원탁을 때리듯 짚고 일어섰다.

주혁 외에는 누구도 그를 붙잡지 않았다. 주혁은 회의실을 나가려는 그의 등에 대고 한마디만 던졌을 뿐이었다.

"오딘을 만났습니다."

일순간이었다. 회의장 전체에 끔찍한 공백이 내려앉았다.

숨소리 하나 나지 않았다.

부릅떠진 눈들뿐.

*　*　*

주혁에게 좌중의 시선들이 집중된 상태에서 사내 또한 자리에 앉았다.

주혁이 말했다.

"15구역, 서쪽 마을에서였습니다. 이수아와 신경아는 보지 못했고, 오딘과 권성일뿐이었습니다."

그게 사실이냐 따위의 반문은 나오지 않았다.

다른 누구도 아닌 방패 공대의 강주혁이 한 말이기 때문이었다. 기적 공대 강기남과 최고 서열을 다투고 있는 남자가 바로 강주혁이다.

주혁은 마주치는 시선들마다 한 번씩 고개를 끄덕여 보인 게 다였다.

"혼자 오신 겁니까?"

슬그머니 자리에 앉았던 사내가 처음으로 말을 꺼냈다.

"설마하니 데리고 왔겠습니까. 지금도 15구역에 있을 겁니다. 거기에 터를 잡고 있더군요. 나눈 대화는 없었습니다. 인사를 했지만 받아 주지 않았습니다. 소문답게."

오딘이 돌아왔다? 전임 길드장 이수아가 돌아왔다? 권성일도 신경아도 모두가?

좌중 일곱은 선불리 입을 열 수 없었다. 시스템의 변동으로 파생된 사안을 초월하는, 난데없는 재앙이나 다를 바 없는 것이었다.

그들의 복귀는.

"……그들이 들어와선 안 됩니다."

지금껏 사냥터를 통제하자던 의견에 반박하던 사내였다.

도리어 그가 좌중에서 제일 무거운 표정을 띠고 있었다. 사실 좌중 일곱의 낯빛에 드러나 있는 감정은 정도에만 차이가 있을 뿐이지, 그들 모두는 한뜻이었다.

포커페이스로 인해 속내를 알 수 없기로 유명한 여자도 그때만큼은 집게손가락으로 원탁을 치기 시작했다.

툭.

툭툭…….

좌중의 불안한 심리를 건드리는 소리가 이어지던 갑자기.

여자가 입술을 뗐다.

"그래요. 오딘은 안 되죠."

좌중 일곱의 눈빛들이 사정없이 오갔다. 계산에 밝은 눈빛들, 무엇이 우선인지 아는 눈빛들이다. 주혁은 속으로 안도하며 말을 꺼냈다.

"막을 명분이 없습니다."

아는 사람들은 안다.

천공 길드의 이름과 번개 문장이 어디에서 발원되었는지 말이다.

이수아가 천공 길드를 창설했던 당시에 길드명과 문장의 유래를 설명한 바는 없었지만, 본토 태생의 사람들은 그것을 듣고 보자마자 모두 오딘에게서 비롯되었다는 것을 알 수 있었다 했다.

한 사내가 주혁의 말을 이어받았다.

"태조(太祖)나 다른 없는 양반이 오딘이라는 사람이란 건 많이 들었습니다만, 지금의 천공 길드를 있게 한 건 우리들입니다. 그 양반도 그걸 부정해서는 안 될 겁니다."

"맞습니다. 옛날의 천공 길드와 지금의 천공 길드가 어디 같은 조직인가요? 이름만 같을 뿐이지 차원이 달라요. 차원이."

그때.

끼이익—

"오딘이 무서운 사람이긴 합니다."

비교적 늙은 나이에 속하는 남자가 회의실 안으로 들어왔다.

골드 공대장, 주판석.

그러나 그 직함보다도 마석 은행장이라는 직함으로 더 알려진 남자였다. 그가 천공 길드에 행사하는 강력한 영향력은 마석 은행에서 나왔다.

1막 1장에서는 가장 큰 상점을 가졌던 장사꾼이었다. 2장에서는 상공회의 핵심 인물이었다.

그리고 지금.

1막 최종장이 끝나 가고 있는 무렵에서는 마석 은행장, 상공회장, 골드 공격대장 등 과거 이수아의 직함 중 상당수를 꿰차고 있었다.

주판석이 끌끌거리며 자기 자리를 찾아 앉으며 말했다.

"제가 본토 태생이란 걸 모르는 분은 없을 겁니다. 그러니까 내 말을 믿으세요. 오딘은 이 자리에 눈곱만큼도 관심이 없어요."

"조금도 도움이 되지 않는 소립니다. 본토 태생들은 오딘이라면……."

주혁이 받아쳤다.

주판석이 그 말을 가로채며 말했다.

"강 공대장님. 한국말은 끝까지 들어 주세요. 오딘 본인은 아니지만 제 사람을 보내올 가능성은 높습니다. 이수아라든지 권성일이라든지. 그게 오딘이 즐겨 쓰는 방법입니다. 좀 전에 태조라는 말이 들리던데 딱 그 짝이죠. 태상왕(太上王) 같이 권력 위의 권력으로 군림하길 바라는. 끌끌. 권력을 제대로 누릴 줄 아는 분이시죠. 우리 같은 것들하곤 달라요. 달라."

주판석은 마지막으로 보탰다.

"명분은 있습니다. 오딘은 본토 태생의 리더들을 죽여 왔지요. 내 보기에, 여러분들 중에서도 똑같이 목 잘릴 분들이 여럿 보입니다. 크흠. 그러니까 표결에 부칠 사안은 아니라는 말씀입니다."

주혁은 기적 공대장 강기남과 눈빛을 주고받았다.

주혁이 고개를 끄덕거리는 것으로 강기남의 굵직한 목소리가 나왔다.

"우리 전원의 뜻이 일치한 이상, 표결에 부칠 필요는 없는 것 같습니다."

물론 반박하고 나온 소리는 없었다.

"우리 천공 길드는 오딘 그룹을 거부하는 것으로 결론짓겠습니다."

마지막은 주혁이었다.

"지금부턴 그걸 전제로 대책을 강구해 봅시다."

*　　*　　*

최고의 시나리오는 우려하는 일이 일어나지 않는 것이다.

오딘이 따로 사람을 보내는 일도 없고, 오딘 본인도 길드 정치에 개입하지 않는 경우 말이다.

그러나 그럴 가능성은 희박했다.

권력은 중독이지 않은가. 마석 은행장의 말마따나 태상왕처럼 권력 위의 권력으로 군림하길 즐겨 했던 자라니 말 다했다.

다양한 시나리오와 그에 상응하는 대책들을 강구하는 동안 창밖이 어두워지고 있었다.

주혁은 고심 끝에 결정을 내렸다.

"오딘만이 문제가 아닙니다. 아래부터의 균열도 그렇고 북방도 계속 경계해야 합니다. 자원을 낭비하며 정체되는 것보다는 차라리. 차라리 우리가 먼저 움직이는 게 이롭지 않겠습니까."

북방은 여기처럼 권력이 분산되어 있는 게 아니라 유일한 권력자에 의해 지배되고 있는 곳이었다.

더욱이 일성 길드장.

그 북방의 왕은 오딘이라는 큰 위기를 맞닥트릴 이유도 없으니 그는 이 순간에도 라면 국물이나 들이키면서 조소를 짓고 있을 것이다.

오딘이 아무리 강해도 팀원이라고는 많아야 셋.

하지만 북방의 왕은 모든 각성자가 그자의 단일 명령을 따른다.

"일어나게 될 일을 계속 기다리고만 있느니, 빨리 정리하는 게 맞다는 겁니다. 여러분들도 다들 공감하고 있습니다. 화근을 계속 남겨 두고 길드 일을 꾸려 갈 순 없는 법입니다."

오딘을 회유해 보겠다는 시나리오는 처음부터 있을 수 없었다.

소문의 오딘은 그런 남자였다.

주혁이 말을 섞어 보려 했던 당시에도 소문대로의 느낌을 받았다.

그는 회유가 불가능한 남자다.

"우리에겐 명분도 있고 힘도 있습니다. 본 드래곤이든 뭐든, 애초부터 우리에게 대적할 엄두도 나지 않게 만들어 주자는 겁니다. 어설프게 자극하지 말고 할 거면 확실하게."

"어느 선까지 말씀입니까?"

"2만 길드원 전원. 공격대가 없는 자들까지도 전부 동원합시다."

그렇게 오딘을 추방하는 거다. 북방으로.

Chapter 8.

상실감을 떨쳐 내기 위해서였는지, 지난밤 내내 인근의 경계면 너머를 헤집고 다녔던 성일이었다. 미소가 돌아와 있었다.

멀리서 걸어오며 날 향해 씩 웃는데 뒤로는 뭔가를 감추고 있었다.

술 냄새였다.

그가 찌부러진 팩을 흔들면서 내 앞에 앉았다.

"뭘 찾아왔는지 보라고. 쐬주여. 쐬주."

그러고는 건빵도 한 봉지 꺼내서 세상을 다 가진 듯이 낄낄거렸다.

그는 이 순간만을 기다려 온 듯했다. 소주 팩과 건빵 봉지에 굳어 있는 피딱지들을 집게 손톱으로 긁으면서 소중히 다뤘다.

“아주 깊이 처박혀 있더구만. 살 썩는 시궁창 냄새 속에서도 찰나에 번뜩이는 게, 진짜배기여. 감각이 최고랑께. 같이 빨 텨?”

“물론.”

우리는 건빵을 안주로 놓고 소주팩을 번갈아 빨았다.

“경험치를 코딱지만큼이나 주던디. 이래서 어느 세월에 레벨 업 하련지 모르겄네. 지랄 맞은 썩은 것들이 지금도 돌아다녀.”

지랄 맞은 썩은 것들이란 2장의 첨탑 몬스터를 일컫는 말이었다.

1막 1장도 최종장도 크시포스 군단을 상대로 했지만 2장의 첨탑만큼은 둠 엔테과스토와 관련된 영역이었다.

해골 용을 얻기 위해 3년 이상 헤매고 다녔던 ‘죽은 자들의 대지’, 바로 거기가 주 무대였다. 전 세계의 각성자들은 던전 형식으로 일부분만 체험해 봤을 테지만 나는 아니었다.

죽은 자들의 대지 중에서도 해골 용의 서식지.

즉, 한국만 한 지역에서 고군분투했었다.

둠 엔테과스토를 숭배하는 집단으로는 쥐새끼 바르바 군단이 있으나 그것들은 거기에 존재하지도 않았다. 쥐새끼 바르바 군단의 본토 차원은 따로 존재하니까.

그럼 죽은 자들의 대지는 무엇일까?

이제 와서야 드는 생각이다.

둠 맨의 탄생이라는 퀘스트와 마주하고 나서야 떠오른 것이다.

어쩌면 죽은 자들의 대지는 둠 엔테과스토가 탄생한 차원일 수 있었다. 그렇다면 지구에서 둠 맨이 탄생한다면 미래 지구는 죽은 자들의 대지와 크게 다르지 않은 모습을 하지 않을까.

이건 어디까지나 가정이다. 정말 그렇게 진행된다면 퀘스트 둠 맨의 탄생은, 반드시 취소시켜야 할 퀘스트가 되는 것이다.

"원래도 술빨이 쎘었는디 각성자가 돼서 더 세져 버렸어. 간에 기별도 안 간단 말이여. 쩝."

큰 손으로 소주 팩을 잡아 뜯는 성일의 모습에서 그가 띄웠다던 특성이 생각났다.

"전에 떴다는 특성."

"주먹 파괴자?"

"살펴보고 싶은데."

"보면 되잖으."

성일은 별 대수도 아니라는 듯이 대꾸했지만 내 생각은 조금 다르다.

성일도 지난 반년간, 바클란 본토를 관통해 왔다. 거기서 잘려 나간 성일의 팔다리만으로도 바클란 몇 마리가 포식할 수 있을 정도였다.

전투뿐인 하루하루였고 적들은 최소가 부대 규모였다.

성일이 애송이 수준에서 벗어났다는 것은 두말하면 잔소리. 육성은 끝났다. 그런 그의 의중도 묻지도 않고 아무 때나 발가벗겨 놓을 순 없는 법이었다. 육성시켜 준 리더라고 해도.

[대상을 완벽하게 간파 했습니다. (스킬, 개안)]

[이름: 권성일 레벨: 351 (다이아)

체력: 410 (+10) 근력: 509 (+10)

민첩: 400 감각: 456

경험치: 47222 / 59971

공격력: 2170

물리 방어력: 10000 / 10000

마법 방어력: 3000 / 3000

특성(1) 스킬(3) 인장(0) 아이템(1)]

[주먹 파괴자 (특성)

특성 등급: S

효과: 무기를 착용하지 않을 시의 기본 공격력이 상승합니다. 무기를 착용하지 않아도 착용한 것과 동일한 계수가 적용됩니다.

숙련도: LV.1 (2.5%) — 공격력 : 609 (+509)]

[크로노스의 흉갑 (아이템)

아이템 등급: A

아이템 레벨: 431

효과: 체력 + 10, 근력 + 10, 부상 재생 속도 중폭 상승

물리 방어력 : 10000 / 10000

마법 방어력: 3000 / 3000]

계속 띄워지는 창들을 날려 버리고 성일의 특성에 집중했다.

본 시대에서는 보지 못했던 특성. 하지만 S급 랭크가 붙을 만했다.

맨손으로도 A급 무기를 착용하고 있는 것과 다름없는 판

정인데, 이는 숙련도가 상승하면서 더욱 위력이 붙을 수밖에 없었다.

바클란 군단의 본토에서 살아 돌아온 것에 대해 충분한 보상이라고 생각했다.

"신의 이름이 달린 무기 하나를 번 셈이다. 무기를 따로 들지 않아도 되니 남들보다 아이템 하나를 더 사용할 수도 있겠어. 매우 훌륭한 특성이다. 네 주력이 될 것 같군."

성일이 피식 웃었다.

내가 회수해 간 아이템이 생각났기 때문인지도 모르겠다.

"사람이 한길만 파면 어떻게든 먹고 살 수 있다 하잖어. 그 짝이 아니겄어? 근디 누님에게 무슨 일이 생긴 건지 거참 걱정되는구만. 언제까지 여기 있을 거여?"

"내일까지."

"내일 마을로 들어가는 거지? 그럼 마석 좀 챙겨 두려고."

성일이 자리에서 일어나며 말했다. 말은 그렇게 해도 이전의 먹을거리를 찾아 나서려는 것 같았다. 하지만 그런 대박이 또 있을 거라고는 기대가 들지 않는 게 사실이었다.

어쨌거나 곧 성일이 경계면 너머로 사라졌다.

* * *

두두둑. 툭!

성일은 우악스럽게 몬스터 대가리를 뜯었다. 거기까지는 소주 팩을 뜯었던 것과 다름없었지만, 마지막 한 방울까지 핥아 대던 혓바닥 대신 손아귀로 마석을 끄집어내는 것이 달랐다.

킁킁.

성일은 코를 계속 벌렁거리고 있었다.

그런데 감각을 끌어올릴수록 선명해지는 건 시궁창 같은 악취뿐이었다.

지나치는 도중 발견한 시체.

그것은 사람의 시체였다.

성일은 부패가 상당히 진행된 남자의 얼굴을 흙으로 덮어 주며.

"쐬주 봤으? 가르쳐 주면 한 잔 따라 줄게."

혼자 묻고 혼자 입맛을 다셨다.

생각건대 마을에 쐬주가 남아 있다 치더라도 그 값이 얼마나 치솟아 있을지는 너무나 뻔한 일이었다.

어쩌면 마을 거처에 남겨 두었던 마석 전부를 사용해야 할 만큼 엄청난 시세가 형성되었을 수도 있었다.

그러니까 지난 밤에 쐬주를 찾은 건 대박 중에 대박이 맞았다.

몇 시간을 쏘다녔다.

마주치는 몬스터들은 발견한 족족 잡았다. 바클란 군단의 소 대가리들에 비하면, 이것들 털복숭이들이나 걸어다니는 시체들은 한 입 거리도 되지 않았다.

어둠과 악취뿐인 땅을 가로지르던 끝에 다른 경계면까지 넘어왔다.

거기도 마찬가지로 버려진 마을.

그때도 성일의 코는 큼지막하게 벌렁거렸지만 퀴퀴한 공기 냄새만 물씬 풍겨 오는 것이었다.

성일은 부서진 건물들 사이를 기웃거렸다. 어둠이 펼쳐지는 너머 영역과 마을을 구분 짓고 있는 경계면이 감각을 크게 저하시키고 있지만, 그럼에도 느껴지는 게 있었다.

온갖 기척들이 기하급수적으로 늘어나고 있었다. 성일은 그들이 나오게 될 방향 쪽의 건물 옥상에 걸터앉아 그들을 기다렸다.

마침내 사람들이 성일이 주시하고 있는 경계면에서 나타나기 시작했다.

성일은 혀를 내둘렀다.

'흐미.'

행렬이 끊기지 않고 계속 이어지는 것이 개미 떼처럼 드글드글했기 때문이었다.

저하된 감각으로 느꼈을 때에도 족히 수백은 넘을 거라 예상했었는데, 실제로 경계면을 뚫고 나오는 수는 금방 예상치를 넘어서 버렸다.

"전쟁 난 거여?"

성일이 멀리 외쳤다.

제일 선두에서 사람들을 이끌고 나오던 남자를 향해서였다.

그때도 경계면에서 마을로 이어지는 행렬에는 끊임이 없었다.

방패 공대장 강주혁뿐만 아니라 낯익은 얼굴들이 많이 보였다.

바클란 본토에서 보낸 시간이 약 반년.

그렇지 않아도 이수아 휘하에 있었던 골드 공대와 마석은행 등이 어떻게 됐는지 궁금했던 차였는데, 골드 공대의 문장을 박은 사람들도 선두에 있었다.

"형님!"

성일이 주판석을 발견한 시점에서 도로로 뛰어 내렸다.

그런데 분위기만이 아니었다. 주판석과 강주혁은 물론이거니와 공대장급 인사로 보이는 사람들 전부까지도 완벽한 무장 태세였다.

'전쟁 난 게 분명하구만. 근디 언제 또 사람이 이렇게 불어났대.'

주판석을 만나게 되면 쐬주 시세를 물어보려고 했었지만 그럴 수 있는 분위기가 아니었다.

그때 행렬이 멈췄다. 행렬의 선두에서 몇 사람의 눈빛이 오가던 끝에 주판석이 탈것을 몰고 다가왔다. 주판석이 환하게 웃으며 말했다.

"이게 누구야. 성일이 아냐? 살아 있었어?"

"거참 인사 하고는 반갑지도 않수? 근디 저짝이 말 안 했었수? 나 봤다고."

성일이 주판석의 어깨 너머, 강주혁을 턱짓으로 가리켰다.

"들었다면 바로 달려왔게."

"그건 그렇고 형님, 출세했네. 이젠 형님이 골드 공대장이요? 무장도 때깔 번지르르 좋아 보이요. 반갑수. 형님."

성일이 큼지막한 손을 내밀었다. 그렇게 악수를 하며 다시 물었다.

"대체 몇 명이요? 뒤로도 쭉 깔려서 아직 멀은 거 같은디."

"2만 조금 안 되네."

성일의 아래턱이 쩍 벌어졌다.

"십 년이면 강산이 변한다고는 하는디, 뭔 놈의 반년 만에 그렇게 불어났디야."

"이상하네. 갑자기 사라져 버리더니 뚱딴지같은 소리를. 무슨 일 있었어?"

"일이야 있었수."

"무슨 일인데?"

"썩 좋은 일도 아닌디 뭘 꼬치꼬치. 그 야그는 담에 허고. 일은 이짝보다는 그짝에 있는 것 같은디 전쟁 난 거 맞는 거요? 털복숭이 군단 때문은 아닌 것 같은디 어떤 새끼들이요?"

"왜 도와주려고?"

"우리가 남도 아니고 당연한 거 아니요. 새삼스럽긴 한디 나도 천공인이요. 오늘 안에 끝낼 수 있는 거믄 얼마든지 도와줄 수 있수."

"기분 나쁘게 듣지는 말아. 자네 무장이 왜 그렇게 빈약한가?"

"흐흐. 이거 한 개뿐이라도 형님보단 낫수다."

성일이 흉갑을 탕탕 쳐 보이자 영롱한 빛무리가 번뜩였다 사라졌다.

"그런데 왜 자네 혼자인가. 오딘께서는 어디 계시고?"

"아따. 저짝 입이 참 무거운가 보네잉. 남자라면 그래야지. 암."

이번에도 강주혁을 향해서였다. 성일은 지난번에 냉담하게 반응했던 것이 괜히 미안해져서, 주혁에게 손을 흔들어 보였다.

그때는 기분이 꾸리꾸리했다. 그렇게나 간절히 바랐건만 결국 수아와 경아는 칠마제 둠 아루쿠다의 손아귀에서 벗어나질 못했으니까.

성일이 마저 말했다.

"오딘께선 건너편 마을에 계신디, 왜?"

"전임 길드장과 동생분께선?"

"……이젠 전임 길드장인 거여? 쓰잘데기 없는 야그는 그만허고 대답이나 싸게 해 보쇼. 나도 도와줄까 말까?"

"무엇이랑 붙는지는 알고?"

"그 나물에 그 밥인디 뭐가 대수라고."

"2만이나 움직여야 할 사안인데도? 보이지 않던 동안 무슨 일을 겪었던 거야? 자신감이 아주 대단해. 멋지네. 멋져."

"일은 무슨. 남자가 자신감 빼면 시체 아니요. 자신감 없는 순간부터 불알도 쪼그라지니께, 형님도 항상 긴장하고 살아야 할 거요. 근디 왜 자꾸 말을 돌린디야."

"……오딘이 다음 마을에 있단 말이지? 동생은 혼자고?"

오랜만에 만난 반가운 형님. 그래서 성일의 만면에는 줄곧 미소가 걸려 있었다.

그러나 성일의 눈매가 꿈틀거렸을 때.

미소도 함께 부자연스럽게 일그러졌다.

'그랬던 거였나?'

성일은 흐흐 하고 어색함이 가득한 웃음을 흘렸다.

그러면서 성일은 주판석에게 어깨동무를 하며 그의 뺨에 얼굴을 붙였다. 옆으로 주판석을 노려보는 성일의 눈빛이 살벌하게 변했다.

화악!

"이봐 주씨. 아주 그냥 상종 못 할 인간이었구만. 당신이 돈놀이로 문제 일으키려 할 때마다 우리가 뭐랬어. 뭘 하려면 적어도 깜박이는 키고 들어오라, 혔어 안 혔어? 어디서 깜박이도 안 키고 훅 들어와."

하지만 주판석은 안색 하나 변하지 않았다.

"끌끌…… 내 뒤가 안 보이시나."

"개가 짖는 소리만 들리는디?"

"문제 일으키지 말란 소리야. 성일이."

"뭔 소리래. 문제는 너그 개잡놈의 새끼들이 일으키고

있구만. 아주 살 떨려 죽겄어. 쓰벌 것들, 배은망덕도 유분수여."

"문자도 쓸 줄 아시네. 그만하고 날 따라와 줘야겠네, 동생. 오딘과 이야기가 잘 풀리면 자네도 문제없을 테니 지레 겁먹을 건 없어."

"겁? 겁이라고 혔어? 흐흐흐."

"내 뒤에 이만 명이 있네."

"근디 어찌라고. 내 뒤엔 오딘이 있는디."

* * *

"오딘? 동생 뒤에는 아무것도 안 보이 만."

"옛정 때문에 말해 주는 거여. 그짝 말고, 느그들 대가리들도 말고. 느그들이 데리고 온 사람들 말이여. 후딱 돌아가. 오딘이 알기 전에."

성일은 방패 공대가 운집해 있는 자리에서 그 녀석을 발견했다.

자신의 목숨을 구해 줬으며 기철이와 동년배인 어린 녀석, 자성이. 무슨 일인지도 모르고 이 잡것들의 무리 속에 합류된 게 분명했다.

"지금이라도 늦지 않았어."

“우리는 오딘과 싸울 생각이 없네.”

“그럴 생각 없는 것들이 나를 죽이려 들어? 나 건들면 재미 없을 텐디.”

“오딘과 이야기가 잘되면 자네 신상에는 문제없다니까 그러네. 얌전히 있다가 문제없이 풀려나는 거야.”

“벌써 노망났나. 쓰벌아. 눈깔의 먹물을 확 빼 버릴라. 내 갑빠 그만 쳐다봐라잉.”

“이야기는 다 끝난 것 같은데. 성일이. 아이템도 하나뿐이라니까 그거만 벗어 두면 되겠네. 나도 자네가 다치는 건 보기 싫어. 우리 인연이 어디 보통 인연인가.”

“어먼 사람들까지 피 보게 하지 말어. 오딘을 그렇게 몰러? 너그들이 뭉땡이 지었다고 오딘이 눈 깜짝할 것 같냐고. 정말 그리 믿어?”

“끌끌.”

“병신 중에 상병신이구만. 대갈빡 좀 굴릴 줄 아는 것인 줄 알았더니…… 병신이었던 거였어?”

“오딘과 이야기 끝날 때까지만 얌전히 있으면 돼. 여기에서. 우리 아가씨들도 붙여 줄 테니까 노닥거리고나 있게나. 감시야 붙겠지만 신경 쓰이면 천막도 쳐 주지.”

“아이템 내놓고 떡이나 치고 있으란 건디. 쓰벌. 사나이 권성일, 겁나게 쪽팔리게 만드네.”

"성일이. 오딘은 여기 없네. 내가 시키는 대로만 하게나."

주판석은 성일이 제 목에 두른 팔을 치우기 위해 힘을 썼다.

그러나 꿈쩍도 하지 않았다. 그는 포기하고 뒤쪽으로 수신호를 보냈다. 대화를 나누는 도중에 이미 몇 개 공격대가 마을을 크게 돌아 퇴로를 막고 있었다.

두두두.

주판석의 골드 공격대와 위성 공격대 일곱.

그렇게 199명의 각성자가 포위망의 첫 겹을 형성했다. 그 뒤로는 방패, 기적, 특공 등의 공격대들이 몇 겹을 더 만들어 나갔다.

그들은 크시포스 군단과 많은 전투를 치러 온 자들이다.

군열(軍列)을 갖추는 것쯤이야 이제는 기본이었다.

빠르게 수 겹의 포위망이 만들어졌을 때, 주판석을 제외한 십대 공대장과 그들의 부공대장들이 포위망 깊숙이 들어왔다.

그들이야말로 첫 겹의 포위망이자 천공 길드의 최고 전력.

성일은 그들을 둘러보았다. 도망칠 수 없다는 건 진즉 알았다.

몇 개 공격대들이 마을 외곽을 우회하여 건너편 경계면

으로 향했을 때에는 그저 정찰대인 줄로만 알았건만, 결국엔 제 퇴로를 막기 위해서였었다.

아무리 빠르게 달려도 탈것을 탄 기수들을 능가할 수는 없었다.

"못 보던 새끼들도 있구만! 라면 겁나게 처드셨나. 얼굴에 기름기 봐라."

성일이 자신을 주시하는 시선들을 향해 외쳤다.

계속.

"오딘 앞에서도 이래라잉. 쫄보 얍삽이 개등신처럼 뒤로 빠져서 도망칠 구석만 살피지 말고! 너그들이 양심이란 게 쥐똥만큼이라도 남아 있다면. 꼭!"

그때 주판석이 혀를 찼다.

"이러면 동생만 크게 다쳐. 동생이 문제를 더 키우고 있어."

"오딘하고 이야기를 한다고? 무슨 얘기."

"별거 있나. 우리 땅에서 나가 달란 거지. 성일이, 자네도 같이 가면 돼. 자네와 여기에서 있었던 일은 끝까지 비밀로 하지. 조용히 있다가 떠나."

"흣! 흐흐흣!"

"설마 자네 때문에 계속 친절을 베푼다고 생각하는 건 아니겠지?"

"지랄 맞다. 지랄 맞어. 어쩜 이렇게 사람이 악해질 수가 있나. 오딘이 너그들에게 어떻게 해 줬는디."

"……자네도 참 말을 안 들어 먹는군. 진심인가. 우리와 싸우겠다고?"

"안 봤으면 모를까. 이대론 못 보내지. 오딘에게 가려면 내 시체를 밟고 가야 할 거여."

그게 시작이었다.

"쓰벌것들아! 한판 붙어어엇!!"

*　　*　　*

찰나에 일어났다.

주판석이 순간 이동의 인장으로 성일의 손아귀에서 벗어났을 때.

서로의 상태 창을 꿰뚫어 보던 시선들이 교차했다.

[대상을 일부분 간파 했습니다. (스킬, 개안)]

[이름: 권성일 레벨: 3?1 (다이아)

체력: ?10 (+10) 근력: ?09 (+10)

민첩: ?00 감각: 456

경험치: 4???? / 59971

공격력: 2???

물리 방어력: 10000 / 10000

마법 방어력: ?000 / ?000

특성(1) 스킬(3) 인장(0) 아이템(1)]

'엄청나군!'

강주혁은 경악했다. 300대 레벨, 다이아 등급은 권성일이 아니라 오딘쯤 되어야만 품고 있을 능력이라고만 생각해 왔었다.

오딘의 심복이 300대 레벨이면 정작 오딘은 몇 레벨이란 말인가.

오딘의 심복이 자그마치 2천대의 공격력을 보유하고 있다면 오딘은?

미친 듯이 쏟아져 나오는 광풍(狂風) 같다고 생각했다. 성일이 인장을 이용해서 대열로 들어온 주판석을 향해 몸을 날리고 있었는데, 형체가 실로 우악스러웠다.

찰나에 뇌리를 스쳐 댔던 생각들은 하나로 귀결되고 있었다.

꼭 나쁘다고만은 볼 수 없는 상황이다.

10대 공대장과 부공대장.

그렇게 천공 최고의 전력들이 합을 맞춰 볼 수 있는 기회이지 않은가.

최악의 경우 오딘과 이 멤버로 대적해야 했다. 어쨌거나 일단은 오딘의 심복을 쓰러트려서, 이야기가 끝나기 전까지는 없던 일로 가져가야 한다.

제 심복이 잡혀 있는 걸 알면 대화는 그때부터 결렬이니까.

아니, 심복의 목숨을 협상 카드로 쓸 수 있을까?

쏴악—!

주혁은 성일의 뒤로 몸을 던졌다.

이미 주판석 쪽으로 충돌이 있었다. 전열이 흐트러졌기 때문에라도, 자신이 성일을 붙잡아 둬야 했다.

천공 최고의 탱커인 자신이 말이다.

상대의 능력치가 가공스럽기 짝이 없긴 하나 계산은 섰다.

공격력이 2천대.

자신의 물리 방어력은 15000대.

개안을 제외한 상대의 스킬 두 개는 자신 같이 탱커 계열이었다. 스킬은 위력이 될 게 없었다. 특성은 볼 수 없었으나 한 개뿐이고, 아이템이라고는 무기 없이 흉갑 하나뿐이다.

그런데 무기도 없이 공격력이 2천대가 뜰 수 있는 것일까? 어떻게?

지금까지 파악한 바로는 근력, 무기, 레벨 구간을 근거로 공격력이 계측됐었다.

주혁은 생각했다.

성일을 잡고 나면 무기도 없이 2천대의 공격력을 띄울 수 있었던 이유를 알아내고야 말겠다고.

쾅!

[스킬, 충차를 시전 하였습니다.]

주혁은 방패로 전면을 가리며 성일의 등에 충돌했다. 흡사 산에 부딪힌 듯 묵중한 무게감이 충돌 지점부터 퍼져 나갔다.

그때 성일의 고개가 주혁에게로 돌아갔다.

상대가 몬스터가 아닌 이상, 어그로를 끄는 스킬들은 무용지물이다.

주혁은 성일의 화를 돋우기 위해 도발하는 말을 빠르게 내뱉었다.

"네 목을 따고 오딘의 목을 따 주지!"

오딘의 충성스러운 심복답게 즉각 반응이 왔다.

주판석을 향하려던 그의 돌주먹이 자신의 방패를 향해 날아오는 것이었다.

'최소한 여섯 번은 충분히 버틴다. 그거면 돼!'

그 시간을 벌어 주는 것만으로도 저것의 등 뒤에 딜러들의 공격이 작렬할 것이다.

쾅! 쾅! 쾅! 쾅! 쾅! 콰아앙—

[2170의 물리 피해를 입었습니다.]

[2170의 물리 피해를 입었습니다.]

……

[2170의 물리 피해를 입었습니다.]

[2170의 물리 피해를 입었습니다.]

[물리 방어력 : 0 / 15020]

[경고: 건국자의 방패에 강력한 피해가 계속 되고 있습니다.]

그 순간 주혁은 바뀐 시스템을 두고 했던, 한 공대원과의 대화가 번뜩 떠올랐다.

"공대장님. 공속이 나와 있지 않지만, 민첩과 연동

됩니다. 실버와 골드 구간의 80레벨 차이 나는 둘을 대상으로 시험해 본 결과, 공격 속도에서 두 배의 차이가 있었습니다. 50 공격력의 실버가 한 번의 공격을 시도할 때, 100 공격력의 골드는 두 번이었습니다. 즉 50 대 100이 아니라, 50 대 200이 되는 것입니다."

쾅!

[경고: 건국자의 방패가 파괴되기 직전입니다.]

쾅! 쾅!

[건국자의 방패가 파괴 되었습니다.]

방패가 유리창처럼 깨져 버렸을 때.
그때를 비집고 들어온 거친 주먹이 주혁의 얼굴을 뭉개버리고 이어서, 나머지 손이 그의 발목을 낚아채 올렸다.
메시지만큼은 그대로였다.
하지만 시야는 반전돼서 하늘과 땅이 거꾸로 뒤집혔다.
"컥! 컥!"
연달아 이은 충격들에 정신이 없었다.

풍압이 얼굴을 밀어붙이고 입안으로 비릿한 피 맛이 퍼져 댔다.

빠르게 스쳐 대는 광경마다 피가 튀고 있었다. 지나간 이야기들도 함께.

"오딘에 대해서는 묻기도 힘들었습니다. 하지만 권성일은…… 본토 태생들이 그러더군요. 그의 인간 칼리버는 매우 강력하다고요."

"인간 칼리버? 스킬이냐."

"아닙니다. 엑스칼리버처럼 상대를 무기로 쓴다고 해서 그렇게 부른답니다."

"언제 적 이야기지?"

"2장 초기입니다."

"그때는 그럴 수 있었겠지. 하지만 많은 시간이 흘렀다. 무기가 매우 중요하지."

"제 생각도 같습니다. 인간칼리버는 다시 볼 수 없을 겁니다."

다시 볼 수 없다고. 다시 볼 수 없다고! 다시 볼 수 없다고오오오?

*　*　*

"크어어어……."

언제 어떻게 풀려났는지는 알 수 없었다. 풍압이 더는 없고 눈앞은 뿌옜다. 여러 사람들의 핏물이 눈가를 찔러 들어오고 있었다.

주혁은 몇 개의 힐이 동시에 들어오고 나서야 시야를 되찾았다.

오딘의 심복 손아귀에는 골드 공대장 주판석과 기적 공대장 강기남의 발목이 쥐어져 있었다. 축 늘어진 둘의 모습에서, 그간 자신의 모습이 어땠을지 상상이 갔다.

추해도 저런 추한 모습이 또 없었다.

자신도 저렇게 시체나 다름없는 꼴로 한참 동안 무기로 사용됐을 터.

주혁은 이가 바득바득 갈렸다.

보아하니 권성일은 훈련용 허수아비나 다름없는 신세였다.

살기등등한 눈으로 주변을 노려보고만 있을 뿐, 선 자리에서 발끝 하나 움직이질 못하는 상태였다.

'고작 심복 하나 잡는 데…….'

십대 공대의 공대장과 부공대장으로도 모자라 뒤에서까지도 지원이 있었다.

포위망 몇 겹.

사방에서 뻗쳐 나와 오딘의 심복에게 이어져 있는 스킬 전부는 속박 효과가 있는 것들로, 수십 가닥의 빛줄기를 자아내고 있었다.

상황 종료였다.

주혁은 주변에 떨어져 있는 제 무기를 찾아서 집어 들었다.

그러고는 성일의 앞으로 걸어갔다. 가까이서 보니 주판석과 강기남은 시체처럼 보이는 게 아니라, 정말 시체가 되어 있었다.

강기남만큼은 가슴에 구멍이 난 채.

"네놈은…… 흐흐흐. 오딘 몫일 것 같아서. 네놈이 데려왔잖어. 다."

성일이 피를 한 바가지 쏟아 내며 눈을 부릅떴다.

"……."

"크윽. 다구리 끝난 거 같은디, 뭐 혀…… 끝을 보자고. 끝내. 쓰벌 것."

주혁은 대답 대신 깊은숨을 내쉬었다.

다이아 구간의 위력인지, 아니면 오딘의 심복이 유별나게 전투 기술이 뛰어났던 것인지.

다시 돌아본 주변은 북방 왕국과의 국경전을 방불케 할

만큼 엉망이었다. 핏물은 당연하고 허리가 꺾이고 얼굴이 함몰돼서 죽은 시체들도 상당했다.

그리고 그들은 일선의 포위망을 형성했던 골드 공격대의 일원들이었다. 더욱 후방에서 지원했던 자신의 공격대와 십대 공격대들은 온전했다.

다행이라면 다행.

그래도 천공 길드의 모든 공격대들이 지켜보고 있는 상황에서 십대 공격대의 체면이 말이 아니게 되었다.

'죽여야겠군.'

체면을 조금이나마 회복하려면, 모든 천공인들에게 위신을 잃지 않으려면 어쩔 수 없는 일이다.

물론 성일을 죽이면 오딘과의 대화는 하나 마나다. 잠깐 오딘의 눈을 속여서 북방으로 떠나는 걸로 귀결된다 쳐도, 심복이 사라졌는데 그냥 돌아갈까.

결국엔 이 이야기가 오딘에게도 들어가게 될 거고 오딘과는 자연히 충돌하게 된다.

그럴 바에는 제대로 각 잡고 들어가야 한다. 이 길 그대로 2만 병력 전원으로 오딘을 친다.

북방과의 일이 걸리긴 하다만 최대한 외교로 풀어 나갈 수밖에.

계산을 마친 주혁의 눈에서 살기가 일렁거렸다.

"……오딘에게 달려들 때는……꼭 선봉 서라잉."

"그럴 리가 있나. 다음번엔 아래 길드원들에게도 전공을 세울 기회를 줘야지."

주혁이 속삭이듯 말했다.

"쓰벌 것."

"억울해하진 마라. 우리들을 상대로 몇 사람이나 저승길 동무로 삼았잖은가. 그건 대단한 일이지. 자부해도 돼. 그럼…… 죽어."

그때였다.

성일의 얼굴로 핏물이 쏟아졌다.

찌익.

그다음에야 주혁의 목에 남겨진 실선이 드러났다.

싹둑—!

주혁의 얼굴이 바닥으로 떨어졌다. 성일이 눈을 깜박일 때마다 사람들의 대가리가 주인의 몸에서 기울어지고 있었다.

그러고는 일제히 핏물을 분수처럼 뿜어내는 것이었다.

"말했잖어…… 네놈은 오딘 몫이라고."

성일이 주혁의 목이 잘려 뒹구는 얼굴을 내려다보며 중얼거렸다.

* * *

상태 창에 적시되지 않았을 뿐이다.

데비의 칼날은 바클란 군단들을 상대해 오면서 더욱 위력적으로 변했다.

과거에는 일차원적인 궤도에 국한되었던 반면에 지금은!

쉐에엑—

일직선으로 쭉 뻗어 날아가, 성일을 죽이려던 놈의 머리를 날려 버린 시점에서 방향을 틀었다. 그러며 점점 커지는 원을 그려 가기 시작했다.

소용돌이의 궤적이었고 말했던바 빠른 속도로 확장되고 있는 중이다.

칼날이 궤적을 그리며 지나간 자리에서는 어김없이 비명이 솟구쳤다.

아직은 1막 최종장이다.

데비의 칼날을 그나마 한 번이라도 받아 낼 수 있는 수준은 기득권층의 공대장이나 부공대장 급 정도에 불과했는데, 그것들은 성일과의 전투에서 이미 방어력을 상실한 상태였다.

그것들이 목 잘린 절단면에서 핏물을 분수처럼 뿜어내며 넘어가고 있을 때.

일반 공대원, 심지어 기득권층의 정규 공대원들이라 할지라도 저열한 방어막과 함께 목이 날아가기 시작했다.

피하려고 몸을 틀어 댔던 놈들은 목이 아니라 상체가 큼지막하게 두 동강 났다.

이미 날려 보낸 데비의 칼날은 거둘 수 없다.

그럴 마음도 없고.

죽음의 물결이 포위망 앞쪽에서부터 파도를 치고 있는 것이다.

목 잃고 두 동강 난 시체들이 픽픽 넘어갈 때마다, 다음 궤적 안에 들어온 놈들도 어김없이 죽어 나갔다.

그러니 그 다음, 그 다다음의 궤적 안에 포함되어 있는 놈들이라고 모를 수가 없었다. 곧 자신들의 차례란 걸 말이다.

"으아악!"

"비켜어어엇!"

사방은 금세 아비규환으로 변했다. 등을 돌리는 것들이 태반이었다.

한편 칼날이 만들고 있는 것은 비단 궤적만이 아니었다. 칼날다운 날카로운 바람을 사정없이 뻗쳤다. 내게도 그것이 불어왔다.

이미 죽은 놈들의 피비린내와 곧 죽을 놈들의 공포를 실고.

잠시 후.

데비의 칼날이 사라졌는데도 비명 소리가 끊임없었다. 흰자위를 뒤집어 까고는 벌벌 떠는 녀석들이 내는 소리들이었다. 그것들은 죽음의 물결이 멈춘 걸 깨닫지 못했다.

마냥 겁에 질려서, 눈앞의 광경에 압도당해서.

그래서 제 입에서 무슨 소리가 나오고 있는지도 모르고 있는 것 같았다.

"으어어…… 으어어억!"

궤도에서 비껴 나간 녀석들이다. 온갖 것들이 시체로 변해 쓰러졌던 그 공백을 몇몇 운 좋은 녀석들이 채우고 있는 것이다.

녀석들은 속박에 당해 버린 것처럼 선 채로 굳어 버렸다.

그나마 몇 놈은 고개를 돌려 데비의 칼날이 사라진 지점 너머를 바라보고 있었다. 아마도 애원하고 있을 것이다. 자신들을 구해 달라고.

거기부터가 죽음의 물결이 멈춘 곳으로 여전히 이놈들로 득실거린다.

갑자기 시작됐다가 그렇게 멈춰 버린 학살을 대하는 놈들의 반응은 내 예상에서 조금도 빗나가지 않았다.

소란이었다.

군진을 갖추라고 더듬거리는 놈이 있는가 하면, 어떻게든 제 뒤에 포진해 있는 인간 벽을 뚫고 도망치려는 자들도 있었다.

한편 궤도권 안에서도 운 좋게 살아남은 녀석들은 누구 하나 발을 떼지 못하고 있었다. 지뢰를 밟은 듯하다. 발을 떼는 즉시 죽음뿐이라고 여기는 것 같았다. 공포에 질린 눈동자만 데굴데굴 굴려 댔다.

고작 스킬 하나도 받아 내지 못할 거면서 나를 도모하려 하다니.

내 그룹원을 죽이려 들다니.

너희들이 이 정도나 살아 있는 게 누구 덕분인데.

나도 사람이다.

* * *

성일을 직접적으로 상대했던 놈들의 시체로 시선을 돌렸다.

내가 아는 문장도 있고 새롭게 추가된 문장도 있다.

분명한 건 이것들 열 개의 공격대가 1막 최종장의 기득권층이란 거다.

수백 구의 시체를 중간에 둔 너머.

군진을 갖추라며 허둥대는 녀석들 태반이 이것들과 동일한 문장을 박고 있다.

본 시대의 시작의 장에서도 1막 최종장은 한 개 세력으로 통일되는 시기였다. 시스템이 유도한 것도 있고, 온갖 게이트에서 쏟아져 나온 군단들을 상대하다 보면 자연히 그렇게 됐었다.

그러니까 천공 길드가 1막 최종장을 통일했거나 그 과정에 있는 중이었다.

족히 다섯 자릿수의 각성자들을 대동할 정도로 성장해 있는 걸 보면…….

어쨌거나 작금의 사달은 내게도 원인이 없다고 할 수 없었다.

공격의 빌미를 줬지 않은가.

내게 대적해도 되겠다, 싶게 만들어 줬다. 패착이라면 패착이랄 수 있겠지.

그렇기 때문이다.

이 정도로 끝낼 순 없다!

이것들은 아직도 숫자를 믿고 있었다.

탓!

지면을 박찼다.

"방패 공대는 내 지휘를 따라라!"

너머에서 그렇게 외치는 놈과 놈의 주변이 첫 타깃이었다.

첫 번째 포위 겹은 골드 공대와 그것들의 위성 공대들이 주를 이뤘었는데 데비의 칼 한 방에 썰려 나갔고, 놈과 주변은 두 번째 포위 겹의 시작쯤 됐다.

"당장 군열을 갖……!"

놈은 귀신을 본 듯한 얼굴로 칼부터 휘둘렀다. 그게 놈의 마지막이었다.

"으아아악!"

놈이 하늘이 무너져라 울부짖었다.

불타는 꼬리에 휘감긴 채로 허공에서 발버둥 친다.

[염마왕의 길을 시전 하였습니다.]

곧바로 놈의 두 동공은 화염으로만 가득 찼다. 정확히는 제 공대원들을 집어삼키는 화염들로, 몇 겹의 포위망을 일자로 가로지르며 활활 타오르고 있었다.

라의 태양 검을 끄집어냈지만, 놈의 목을 벨 것도 없이 끝났다.

꼬리를 푸는 즉시 화염에 씹어 먹힌 시체 한 구가 뚝 떨어졌다.

그렇게 전방은 불을 달고서 뛰어다니는 것뿐이었다.

"살려 줘어어엇! 아아악! 힐! 히이이이일!"

핏물은 화염보다 선명하지 못할뿐더러 열기도 낮았다. 라의 태양검을 휘두르며 놈들의 몸을 벨 때마다 나는 것이라곤 피 냄새뿐이다.

염마왕의 길을 시전했을 때 솟구쳤던 화염들이 사그라든 순간에는 큼지막한 붉은 길이 자리했다. 이것들 전부를 가로질러 확 터져 있다.

잿더미로 가득한 이 붉은 길은 나의 절대 영역.

가까운 경계면 입구까지 이어져 놈들의 퇴로가 차단되었다.

놈들이 내 안배로 인해 본 시대를 초월하는 성장을 누리고 있는 것은 맞으나, 그래봐야 1막 최종장밖에 오지 못한 것들이다.

빠져나가질 못해서 죽었다. 들어오질 못해서 막혔다.

붉은 길 좌우의 경계가 어수선했다.

물론 놈들이 공포로 얼어붙어 있던 것만은 아니다. 길 좌우를 따라 쭉 대치되어 있는 것들은 뒷걸음치기 바쁘나, 허공과 놈들의 사이사이에서는 공격이 시작되고 있었다.

속박 효과를 담은 빛무리들. 폭발 효과를 품은 투사체들. 포물선을 그리며 떨어지는 각양각색의 기운들이었다.

미친 듯이 덮어 씌워지는 메시지들도 함께.

[상대가 당신을 간파하지 못했습니다. (스킬, 개안)]

……

[상대가 당신을 간파하지 못했습니다. (스킬, 개안)]

선은 자르고 구는 꼬리로 감쌌다. 내 상태 창을 꿰뚫어 보려는 시도 이상의 스킬들을 파훼하고, 또 피하며 놈들 사이로 뛰어들었다.

베고 차고 내던졌다.

사방에는 잘린 팔과 대가리들이 핏물과 함께 날아다녔다.

콰아아앙!

데비의 칼이 폭발의 변식을 담아 지면을 강타했을 때였다.

그때 나는 허공으로 몸이 치솟은 상태였다. 아래의 거대한 폭발이 놈들을 저승으로 쓸고 가 버리는 광경이 한눈에 들어왔다.

놈들은 이러한 불바다를 경험해 본 적도 목격했던 적도 없었다. 1막 최종장까지 웨이브와 첨탑 그리고 군단들을 상대해 오며 이 세상에 적응했다 자부하고 있었던 바들은,

그때 증발했을 것이다.

부서진 건물 파편들이 흙더미와 함께 쏟아지고.

꾸준한 화염들이 거리 전반을 덮쳐 온갖 건물들로 옮겨 붙었다.

세상이 불바다가 된 시점.

놈들은 전의를 상실했다.

십대 공격대고 아니고 할 것 없이, 도망치는 뒷모습들뿐이었다. 오죽 급했으면 염마왕의 길로 차단되어 버린 경계면 쪽으로 도망치는 놈들도 있었다.

지휘하는 자는 단 한 명도 없었다.

"적은 한 명이다! 한 명이다! 물러서지 마라! 물러서지 마라아앗! 공격해! 이 새끼들아아악! 공격하라고오오옷!"

그렇게 외쳤던 놈들도.

그러려고 시도했던 놈들도 전부 바닥의 시체로 깔려 도망자들의 발에 계속 짓밟히고 있었다.

신원을 확인할 수 없을 만큼 밟히고 또 밟혔다. 행여나 목숨이 붙어 있는 녀석이 있었다면 그때 정말로 숨통이 끊겼을 것이다.

나는 불바다 속의 유일한 악마였다. 적어도 이것들에게는 그래야 했다.

나와 마주친 것들은 둘 중에 하나였다.

미친 듯이 더 도망치려 하거나, 나를 본 자리에서 주저앉아 버리거나.

그래도 살려 달라는 말만큼은 누구나 같았는데, 그것들의 생사는 그것들의 문장에 달려 있었다. 지금까지는 권력의 배지처럼 달고 있었을 테지만.

*　*　*

나는 어디에고 있을 수 있었다. 마을은 크지 않았다. 사방의 퇴로 중 하나는 염마왕의 길로 차단되어 있었다. 놈들은 느렸다.

마을에서 벗어나려는 자는 그 즉시 죽음뿐이라고 경고했다.

경계면으로 도망치려는 것들의 목이 난데없이 출몰한 기운에 잘려 나가고, 그 몸뚱이를 벼락 줄기들이 휩쓸고 지나가길 몇 차례.

"오딘!"

"오딘!"

“오디이이인. 살려 주세요!”

세 방향의 경계면들은 무릎을 꿇고 있는 자들로 가득해졌다.

이윽고 돌아다니는 자들은 내 지시에 의해 부상자들을 끄집어내는 자들뿐이었다. 사망자들의 시체는 바닥에 버려진 채, 부상자들만 소속 공격대의 품으로 돌려 보내졌다.

이만에 가까운 사람들이 한 공간 안에 있지만, 숨소리 하나 나오지 않았다.

와르르륵.

불탄 건물들이 무너지는 소리만 마을 중앙에서 들려왔다.

그때 성일은 자성의 부축을 받고 있었다. 유독 십대 공격대의 일원들이 특정돼서 죽어 나가는 와중, 그는 자성을 가만히 두고 볼 수 없었던 모양이었다. 자신의 목숨을 살린 바 있었으니까.

운 좋은 녀석들이 내 앞으로 불려 나왔다.

십대 공격대의 문장을 박고도 아직 목숨이 붙어 있는 것들 말이다.

“주…… 주판석과 강주혁 그리고 강기남이 주도한 일입니다. 저희들은…… 저희들은…….”

이놈 같은 경우엔 정말로 운이 좋았다고 할 수 있었다.

십대 공대장이면서도 내가 당도하기 전에 이미 혼절 상태였다가, 모든 상황이 끝나 갈 때쯤에야 정신이 든 놈이었다.

"그래서?"

"특, 특히 강주혁은 아래에서의 균열보다 위에서의 균열을 더욱 심각하게 여겼습니다. 오…… 오딘 님. 당신을 말입니다."

"아래에서의 균열?"

놈은 제대로 말을 잇지 못했다. 내 호흡 한 번에 몸을 흠칫흠칫 떨어 댔다.

내 시선이 미치는 곳마다 정적이 스치고 지나가는 건 당연했다.

놈이 그러한 정적을 도무지 견딜 수 없는지, 바들거리며 입술을 열었다.

"시, 시스템이 수정된 후에…… 천공 회의가 열렸었습니다. 안건은 사냥터 통제와 신규 공격대의 등록세 상승으로……."

탁.

나는 바위를 가볍게 쳤다. 그것만으로도 놈은 침을 삼켜 넘기며 고개를 조아렸다.

더 설명을 듣지 않더라도 알 것 같았다. 어차피 일어나게 될 충돌이었다.

연희와 나. 그리고 성일과 둠 아루쿠다의 수중에서 벗어나지 못한 이수아와 신경아 모두.

실력의 고하와는 관계없이 바클란 군단의 본토에서 목숨을 걸었었다.

내가 모두를 이끌고 바클란 군단의 본토를 어떻게 관통해 왔는데?

그걸 소수의 몇 놈들이 작당해서 없던 일로 하려 해?

나를 도모하려 했던 행위보다 그 일에 더욱 분개를 느꼈다.

이것들은 모른다. 누군가 이것들을 변호할 사안이라고는 하나밖에 없다.

시작의 장이 끝나고 나면 이것들의 국적이 나와 같다는 것뿐.

나는 끈적끈적 달라붙는 더러운 기분들이 보태진 채로 마저 말을 내뱉었다.

내 앞에서 조아리고 있는 놈만 아니라, 운 좋게 생존해있는 것들 전부에게.

"나를 설득해 봐라. 너희들을 죽이지 않아도 되는 이유가 만일 있다면."

* * *

녀석은 주위를 둘러보았다.

십대 공격대의 공대장과 부공대장급 인사들 중에서 자신 외에는 살아남은 사람이 없다는 걸 다시금 깨달았는지, 줄곧 망설이던 입술을 떼기 시작했다.

“2만 천공인을 통치하시려면 충성스러운 수족이 필요하실 겁니다. 시켜만 주시면 뭐든 다 하겠습니다. 목숨을 다 바쳐 모시겠습니다. 시작의 장이 끝난 후에도 변치 않겠습니다.”

빠직. 빠지직—!

허공을 비집고 나온 뇌력 줄기가 녀석의 얼굴을 관통한 순간.

눈앞에서 살점이 튀겼다. 얼굴이 날아간 시체가 뒤로 넘어갔다.

정령에게 반발한 녀석들은 이런 꼴로 죽기 십상이었다. 하지만 지금, 녀석들의 생사를 주관하고 있는 것은 정령이 아니라 바로 나였다.

“이유를 말하라 했더니 각오만 다지는 꼴이라니. 거기 너. 단발머리.”

단발머리가 고개를 숙인 채로 눈만 치켜떴다. 이마에 굵직한 주름이 접혔고, 두 눈은 삶과 죽음 사이의 어딘가를 헤매고 있었다.

"저…… 전…… 천공 사정을 많이 알고 있어요. 총무부를 감독하고 있, 있었습니다."

나는 한쪽을 가리켰다.

그게 무슨 뜻인지 금방 알아차린 단발머리는 허겁지겁 기어갔다.

그러고는 양팔을 교차하여 가슴에 대는 것이 내게 감사를 표하는 것처럼 보이지만, 실상은 미친 듯이 뛰어 대는 심장을 짓누르려는 행동일 것이다.

단발머리는 내게 감사를 표할 수 있을 만큼의 여유가 없었다.

단발머리의 거친 숨소리가 들려오는 시각.

판결이 계속되던 중 한 녀석이 북방을 언급했다.

"전 골드 공격대의 위성 공대를 운영하고 있었습니다. 평, 평소 모든 공격대를 통틀어 저희들이 북방과의 교역에서 제일 활발했습니다. 그러니까 저, 저희들이. 아니 제가 북방의 사람들을 잘 알고 있습니다. 북방과 대화를 해야 할 때면 제가 자주 갔었습니다."

자신이 사절이었다는 말이다.

남방과 북방.

그렇게 두 개 세력으로 양분되어 있다는 것쯤은 자연히 알 수 있었다.

북방 세력의 모태는 신경아가 남겨 둔 세력일 가능성이 높았다. 최종장이 시작될 무렵에 이미 10개가 넘는 구역으로 세를 높여 가던 중이었으니까.

녀석의 말에 따르면, 북방 세력은 한 명의 권력자에 의해 지배되고 있는 곳이었다.

미룰 것도 없었다.

"가서 전해라 내가 보잔다고. 오지 않으면 내가 갈 것이며 그때는 대화로 끝나지 않을 거라는 것도 분명히 해야 할 것이다."

김윤철이라는 이 녀석에게 한 개 공격대를 붙여서 보냈다.

북방의 왕을 자처하고 있는 놈에게.

*　　*　　*

윤철뿐만이 아니었다.

상민과 그의 공격대원들 또한 경계면을 넘은 지 한참이 지날 동안 말이 없었다.

그들은 최선을 다했다. 지독한 공포뿐이었던 살육의 현장에서 한 발자국이라도 더 멀어지기 위해서 말이다.

경계면을 가로질렀다.

유령 마을 하나에 당도하고 나서야 처음으로 목소리가 나왔다.

"좀 쉬었다 갑시다."

아직도 충격이 가시지 않은 목소리.

윤철이 그렇게 말하며 쉴 자리를 찾아 주위를 두리번거렸다.

"그럽시다."

상민도 대꾸했다.

전 같았으면 윤철과 상민 사이에는 동석할 수 없는 신분상의 차이가 있었다.

윤철은 골드 공격대의 위성 공대 하나를 운영하고 있는, 그러니까 십대 공격대의 일원이라고 할 수 있는 사람이었다.

하지만 상민은 백대 공격대의 말석쯤에나 간신히 들어가는 인사였다.

그런데 그런 것들이 뭐가 중요할까.

우물 안의 개구리였다는 말이 틀린 게 없었다. 천공 길드는 작디작은 우물에 불과하였으며, 그 안의 개구리들끼리만 누구 울음소리가 더 큰지 겨루고 있었던 것이다.

진짜 세상은 우물 밖에 있었다.

문제는 거기에 머물던 거인을, 그 끔찍한 괴물을 건드린 것이었는데.

참 많이도 깔려 죽었다.

'천? 이천? 얼마나 죽은 거지…….'

윤철은 시체만 가득했던 불타는 거리를 떠올리며 자리에 앉았다.

살육의 현장을 떠나온 지 세 시간. 윤철의 팔이 지금도 떨리고 있었다.

윤철의 옆으로 상민이 앉았다. 상민이 윤철에게 물병을 건네며 말했다.

"최상민입니다."

"김윤철입니다."

"압니다. 김 공대장께선 절 기억하지 못하겠지만."

"……과거 일은 죄송합니다."

윤철은 사과부터 해야 했다. 왜냐하면 자신은 기억을 못 해도, 상대만큼은 필시 좋은 일 때문에 기억하고 있는 게 아닐 것이기 때문이었다.

길드의 일이란 게 그랬다. 특히 많은 돈과 물자를 다루고 있던 윤철로서는 다른 공격대의 사람들과 얼굴을 붉히는 일이 많았다.

얼굴을 붉히게 된 대상이 십대 공격대의 일원이라면 말

로써 끝났지만. 십대 공격대가 아닌 자들에게는 말로만 끝나지 않았다.

윤철은 상민의 시선에 서린 불길한 기운을 감지했다.

"오늘은 좀 봐주셨으면 합니다. 저, 목숨 하나만 달랑 남았어요. 제게 돌려줘야 할 빚이 있다면 나중에…… 나중에 안 되겠습니까."

"그렇죠. 오늘은 모두가 힘든 날입니다. 하지만 지금껏 당신들이 우리들한테 한 짓거리들은 그렇다 쳐도, 오늘. 오늘 당신들 때문에 우리까지 전부 죽을 뻔했습니다. 나와 내 공대원들까지 전부."

그렇지 않아도 상민의 공대원들은 지시가 떨어지기만을 기다리고 있었다.

상민이 일어나며 윤철을 턱짓하자, 그의 공대원들이 일제히 몰려왔다.

퍽! 퍽! 퍽!

윤철은 구타당했다. 딱 죽지 않을 만큼 맞았고 혼절했다.

그가 정신을 차린 건 이튿날, 덜컹거리는 짐칸 안에서였다.

"오딘 님께 감사하십시오."

십대 공격대와 그들의 위성 공격대들은 동반 몰락했다. 삼백여 명의 생존자가 있긴 하다만, 과거와 같은 위상은 다시 없을 일.

그래서 오딘이 윤철에게 맡긴 일이 없었다면 어제 기회가 났을 때 죽여 놓았을 거란 말이었다.

그만큼이나 상민과 그의 공격대는 윤철에게 원한이 깊었다.

윤철은 계속 그들의 눈치를 봐야 했다.

시일이 지났다.

윤철과 상민의 공격대는 간간이 출몰하는 몬스터들을 해치우고 구역들을 꾸준히 넘어갔다.

91구역부터 100구역까지 이어지는 국경이 목전.

각 구역당 십대 공격대의 위성 공대 하나씩이 주둔군으로 배치되어 있었는데, 윤철은 상민의 공격대와 주둔군인 방패 공대의 위성 공대 사이의 마찰을 예상했다.

그래서 주둔군 몇이 무리를 지어 다가왔을 때, 그가 일행들을 대표해 나섰다.

"나는 골드 공대 휘하, 김윤철 공대장이라 한다. 너희들 중에 내 얼굴을 아는 자가 있을 텐데? 그래 너. 낯이 익어."

윤철이 사내 하나를 특정했다.

"옛! 교역 나오셨습니까?"

윤철은 대답 대신 주둔군의 대장을 급히 불러오라 지시했다.

주둔군의 대장이 빠릿하게 뛰어나왔다. 윤철의 위상이 그보다 높아서가 아니라, 분위기가 이상하다는 보고를 받았기 때문이었다.

대장이 보기에도 평소와는 달랐다. 짐칸에서는 교역품들 대신 말린 어포 냄새만 나고 있었다. 골드 공격대의 위성 공대장이 대동하고 온 사람들도 골드 쪽의 사람들이 아니었다.

본 적도 없었던 공대 문장.

무장 상태도 크게 눈여겨볼 게 없는 허접한 공격대였다.

크시포스 군단들과의 전투가 한창이었던 몇 개월 전이었다면, 저런 허접한 공격대는 이 구역까지 당도할 수도 없었다.

"자네 공대원들은 어디에 두고 뭔 놈의 떨거지들을 데려왔어? 무슨 지시인지는 모르겠다만. 킥. 재수 옴 붙은 것 같은데. 아냐?"

대장이 낄낄거렸다.

그러던 것도 잠시, 윤철의 대꾸 없는 심각한 표정에 대장의 얼굴에서도 웃음이 지워져 나갔다.

곧 윤철의 입에서 충격적인 이야기가 시작됐다.

단 일인에게 2만 병력의 천공 길드 전체가 굴복했다는 것이다.

대장은 도무지 믿기지가 않았다. 아니 믿을 수가 없었다.

"정말…… 다 죽었나? 우리 강 공대장님께서도?"

"제일 먼저 죽었다더군. 생존자 속에 없었던 것은 확실하지. 거기까지야. 우리 모두 도망치는 것만으로도 급급했으니까."

"어떻게 그런 일이. 이게 말이 된다고 생각하나? 그걸 믿으라고? 강 공대장님이 어떤 분이신데. 너희 수전노와 다르신 분이다."

"믿고 안 믿고는 알 바 아냐. 하여튼 우리를 도와야겠다. 제대로 잘 시간도 없이 달려왔거든. 북방의 본토까지 호위를 부탁하지."

"북방은 무슨 일로?"

"오딘 님께서 북방의 왕을 소환하셨다. 데려오라 하셨지. 큭큭. 불쌍한 놈. 죽은 목숨인 거지. 응하든 응치 않든."

* * *

"오딘께서는 또 이러셨습니다. 응하시지 않는다면 오딘 님께서 직접 여기로 오실 것이며, 그때는 대화로 끝나지 않을 거라 하셨습니다."

콰앙!

위압적인 충격음이 울려 퍼졌다. 하지만 윤철은 반사적으로 눈만 깜빡거릴 뿐 겁을 먹는 기색이 조금도 없었다.

그래도 여기는 적지의 중앙이다.

정도 이상으로 자극해서 애꿎은 목숨이 날아가는 일은 없어야 했다.

그 혈겁에서 어떻게 살아남았는데?

북방의 왕이 노려보는 시선에, 윤철은 고개를 숙이며 덧붙였다.

"전언은 그것뿐이셨습니다. 저희들도 오딘의 의중을 모릅니다. 양해해 주십시오."

그때.

북방의 왕이 내리친 지점에서 충격음이 한 번 더 일었다.

윤철이 몸만 움찔할 뿐 당황하는 기색이 없던 시점이었다. 윤철을 노려보던 북방의 왕이 자리에서 일어났다.

그때는 왕의 투구 안에서 일렁이던 기운이 갑자기 사라진 때였다.

눈과 코로 이어지는 T자 라인만 개방되어 있는 투구였는데, 왕은 투구를 벗으며 윤철에게 고개를 들으라고 말했다.

지금껏 윤철이 북방의 왕을 대면한 적은 수차례 있었지만, 왕의 얼굴을 직접 본 건 지금이 처음이었다.

'어? 이…… 이 사람.'

그 순간 윤철의 두 눈이 큼지막하게 커졌다. 너무 뜻밖이었다. 뒤통수를 세게 얻어맞은 듯 머릿속이 얼얼했다.

북방의 왕은 한국인이이라면 모를 수가 없는 유명 인사였다.

일성 그룹과 관계 깊은 인물일 거라는 소문은 있었지만, 실제로는 그 이상이었다,

북방의 왕국이 괜히 일성이라는 이름을 달고 있는 게 아니었다. 괜히 일성 그룹의 로고를 그대로 차용해서 길드 문장으로 쓰는 게 아니었다.

일성 그룹의 젊은 총수, 이태한!

누이였던 전임 여회장을 밀어내고 그룹을 장악한 인사.

그도 시작의 장에 존재했다.

재벌 그룹의 총수라 할지라도 시스템의 부름을 거부할 수는 없었던 것이다.

"김윤철. 부평에서 카페를 운영했던 걸로 알고 있다."

"그, 그걸 어떻게……."

"천공 길드만 스파이를 심어 놓았을까 봐? 하하. 우리도 김윤철 씨 같은 사람들을 꾸준히 지켜봐 왔지. 봐, 봐."

탁. 손가락을 튕기는 소리가 났다.

"여기는 영원하지 않아. 언제가 됐든 우리는 바깥으로

나가게 되어 있지. 그리고 나나 김윤철 씨 같이, 1막에서 도약하는 데 성공한 이들 대다수가 이대로 나가게 될 거라고 확신하고 있다."

"그…… 그렇긴 합니다만."

"그런데 생각해 봤나?? 바깥이라고 과연 안전할까? 나는 그렇지만 김윤철 씨 같은 사람들은 아니야. 안타깝게도 바깥은 계엄령이 선포된 상태거든. 군부에 징집될 거야. 나라를 위해 헌신하는 건 좋은 일이겠다만, 강압이냐 자유 의지에 의해서냐는 차이가 크지."

윤철은 입안에 고인 침을 꿀꺽 삼켜 넘겼다.

"알겠지만 나 정도 되는 사람들은 국가의 부름에 응하지 않을 수 있다. 내게는 내 주변 사람들 역시 그렇게 만들어 줄 수 있는 사회적 힘도 있지. 나를 도와주는 사람들도 마찬가지야. 우리 일성 그룹의 사주 중 한 명으로서, 다가온 신세계의 주역으로 세계 무대를 이끌어 가게 될 거란 말이다. 그러니 말이야."

"못, 못 합니다. 안 됩니다. 안 돼요! 누굴 저승길에 끌고 가시려고."

"무엇을?"

"오, 오, 오딘을…… 겪지 못해서 그런 말씀을 하실 수 있는 겁니다."

윤철은 사색이 돼서 말을 이었다.

"십대 공대장들 전원이 목이 잘리거나 얼굴이 터져 죽었습니다. 그 사람 한 명의 손아귀에 천 명, 이천 명이 죽어나갔습니다. 믿기지 않아도 믿으셔야 합니다. 내게 되지도 않는 제안을 하실 거라면……."

"하하하하! 뭔가 크게 착각하고 계시군. 설마 오딘을 도모하겠어?"

"예?"

"남방의 소식을 가지고 온 건 네가 처음이 아니다. 먼저 도착한 사람이 있지. 김윤철 씨보다 더 높은 지위의, 오랫동안 나를 도와준 사람."

"그 사람이 누굽니까?"

"그 얘기는 나중에 하기로 하고. 어쨌든 천공 길드에 입성하고 나면 나를 도와줬으면 하는군. 천공 길드의 십대 공대장과 위성 공대장들이 대다수 죽은 마당에, 김윤철 씨는 내게 큰 도움이 될 거야."

"무슨 말씀이신지 모르겠습니다."

"채비해. 오딘께 같이 가자고. 그래. 이 손으로 내 세력 전부를 오딘께 바치지. 까짓것."

윤철은 자신의 앞에 내밀어진 손을 물끄러미 쳐다보았다.

“그 이후에 날 도와주겠나? 그러면 오딘도 줄 수 없는 걸 약속하지. 여기에서도, 바깥에서도.”

머뭇거리는 윤철의 얼굴로 한마디 말이 더 쏟아졌다.

“오딘은 네게 조금도 관심 없겠지만, 난 아냐. 내게 충성을 바쳐라. 네 미래와 네 가족들의 미래 전부. 나와 우리 일성 그룹이 보장해 주마.”

〈다음 권에 계속〉

DREAMBOOKS★

DREAMBOOKS★

DREAMBOOKS★

DREAMBOOKS★